黒部奥山見廻り日記

杜あきら

郁朋社

黒部奥山見廻り日記／目次

カバー画像／「越中国立山絵」森幸安 書写・収集 国立公文書館所蔵
装　　丁／根本 比奈子

その一　「槍ヶ岳」

黒部川は飛騨山脈のほぼ中央に聳える鷲ヶ岳（標高二千九百二十四メートル）に源を発し、北流して日本海に注ぐ流路約八十五キロメートルの河川である。三千メートル級の山々を割るように走るこの川は両岸に巨大な渓谷を刻み、その形状の壮絶さから人々の立ち入ることを阻み続けてきた急流河川でもある。

江戸幕府の頃、この地を領有する加賀藩は、黒部川流域への立ち入りを禁止すると同時に、その取り締まりのための「黒部奥山見廻り役」を置いた。

目的は、山越えによる密貿易や、領内における樹木の盗伐や盗材の取り締まりなどの、国境の警備が主であるが、黒部奥山地区などの測量を実施し、絵地図などを作成するなどして国境を接する信州や飛騨との国防にも備えていた。この他にも、立山信仰登山者の安全を守るために、登山道の整備や盗賊の取り締まりなども行っていた。

このため、担当の目付を頭とした数名の廻り役が配置され、定期的にこの地を巡視していた。しかし、この役に携わる者は、領地の境界に関する情報はもとより、通過する谷や川筋の様子そして樹木とか鉱山の状況などについては、親子といえどもいっさい口外してはならない定めになっていたため、記録はほとんど残っておらず、その詳細については知られていない。

一

天を覆う黒雲が葡萄の房のように連なっていた。

その雲の間を割って落ちてくる雨が、波を打つように大地に叩き付けられていた。それはあたかも、雲の溝を流れる水の帯が塊となって落ちてくるようでもあった。

天を仰いでいた源次は、忌々しそうに足元に転がる小石を蹴飛ばした。その肩にも雨は容赦なく降り注ぎ、肩を通す雨足は痛みを感じるほどであった。

源次は、築堤されたばかりの土手に駆け上がると、目の前に流れる利根川の水面を凝視した。その両岸は荒々しく渦を巻き、奔流は矢のような速さで下流へ向かっていた。

「せっかくここまで工事が進んだのに、この雨では元も子もなくなるぞ」

源次は、そう呟きながら、再び天を見上げた。

源次が踏ん張っている足元の堤防が僅かに揺れた。

振動を足で感じた源次の耳元に、ゴーンといううめき声のような音が、遠くから届いてきた。

その音は、大地を打つ雨足や濁流となって流れ落ちる河水の音に比べ、喧しいものではなかったが、腹の底に響くように、そしてはらわたを抉るように不気味さに満ちていた。体全体を耳にして聞いている源次には、その振動音しか聞こえなくなっていた。

「堤防《ヤマ》が鳴いている」

源次はそう叫ぶと、堤防を駈け降り犬走りと堤防の法尻《のりじり》の間に立ち、遠く続く堤防の本体を凝視した。

彼らは、築き上げた堤防をヤマと呼んでいた。それは確かにヤマと呼ぶに相応しいほどの高さを有し、その二倍以上の提敷幅で支えられた堤防は、遠くまで小山のような形となって続いていた。

雨足に霞む提体が、小幅ながら左右に揺れているように見えた。

「まずい。堤防が揺れている。このままでは堤防が切れてしまうかもしれない」

源次は急いで人足小屋目掛けて駈けだした。

小屋の前には、ゴーンという山鳴りのような音に驚いた男たちが飛び出してきていた。

「親方。何ですかこの音は」

小頭の乙次郎《おとじろう》が腕組みをしながら源次に問いかけてきた。

「土が鳴いてる音だよ」

源次は素っ気なく答えた。

深刻そうな顔をすれば、不安感を増長しかねないとの思いがあった。

この曖昧な回答は、かえって男たちの間に動揺を呼び、互いに顔を見合わせる者もあった。その気配を察知した源次は、乙次郎に顔を向け、

「堤防が落ち着く前に、大きな流れが来ると、河の水の揺れで堤防が振動することがある。その折に、

叩き詰めた土が互いに軋んで音を出すのよ。これが堤防全体に及べば、このような大掛かりな音になって聞こえるわけさ」

「ということは、放っておけば堤防《ヤマ》は切れるのかい」

一人の男が素っ頓狂な声を上げた。

「心配には及ばねえ。堤防はめったに切れるものじゃあない」

源次は声を張り上げて言った。

「目を凝らして、よっく見てみろ。河の流れに押されて堤防が揺れているのが見えるだろう。こんな間は大丈夫なのさ」

源次は、雨に煙る堤防を指さして言った。

「河の水が堤防を越えると、堤防は切れる。一カ所が切れれば、後は手がつけられねえ。飴を溶かすように堤防は飲み込まれていく。だから、河の水が堤防を越えないような手だてが要るのさ」

「天端《てんば》に土嚢を積めば良いのだな」

乙次郎が頷きながら言った。

天端とは、堤防の最上部のことである。堤防は台形を押しつぶしたような形に築き上げていくが、その天頂部分のことをこのように呼んでいる。この部分が、堤防の維持管理のための通路になったり、生活道路として利用されるのは、現在と同様である。

また、堤防に掛かる水圧は底部ほど大きく、これを支えるために堤防の敷地幅を大きく取る必要があるが、水圧が小さい上部はその幅も少なくて済むことになり、その断面は小さくなっている。

地域によっては、堤防の斜面の途中に小段を設け、その部分も通路として利用している場合もある。河水のある面に設けられる小段を表小段と呼び、反対側を裏小段と呼ぶ。ちなみに、堤防は人々の生活や家屋・田畑を守るために構築されるため、家屋や田畑のある地域を堤防の内側つまり堤内地と呼び、河水などの流れる地域を堤外地と呼ぶ。あくまでも堤防に守られている地域が堤防の内側という発想である。

「そうだ。天端に土嚢を積めば、越水を押さえられるし、堤防の揺れも押さえられる」

源次は、周りの男たちに大声で指示を出した。

「いいか、野郎ども。かますに土を詰め、天端へ担ぎ上げるんだ。そうすれば、川の水が堤防を越えるのを防止することになるし、その重みで堤防の揺れも押さえることができる」

かますとは、藁でむしろを編み、それを二つ折りにして作った袋のことで、中に土砂などを詰め込み土嚢として利用していた。

男たちは黒い塊となって一斉に動きはじめた。全員が無言だった。

その男たちの多くが、ふんどし一丁の裸の肩に、蓑を背負い菅笠を付けただけの姿であり、足は裸足のままだった。ただ、樫の木で作った鍬をふるい、かますに土砂を入れ、天端へ担ぎ上げる姿は力強いものがあった。

源次は、その動きを腕組みをしながら見つめていた。その肩には、小降りになったとはいえ、痛いような雨が打ち付けていた。

二

ここ、上州中里村では大掛かりな利根川の改修工事が進められていた。

徳川家康が、江戸に幕府を開設した当時は、関八州に広がる平野には多くの河川が入り乱れていた。そのため、雨が降れば各地で川が氾濫し、洪水による被害が後を絶たなかった。江戸幕府開設当初は、利根川上流で越水した流れが遠く江戸にまで及び、多くの田畑や家屋を押し流す被害が出たこともあった。

当時の利根川は江戸湾に注いでいた。

上州と越後を分ける山群に源を発する利根川は、沼田付近で片品川を流入させたり、渋川付近で吾妻川そして伊勢崎の南で神流川などの流れを集め、大河となって流下していた。その流れも、熊谷付近で、秩父山系の甲武信岳に源を発する荒川と合流して更に水量を増し、江戸北部で分派して南流する大川（現在の隅田川）の流路を辿り江戸湾に注いでいた。また、今では利根川の支流となっている渡良瀬川や鬼怒川もそれぞれ別な流路を経て江戸湾に注いでいた。そして霞ヶ浦や北浦からの流れは鹿島灘へと東流していた。

このため、徳川家康は幕府設立当初から河川の改修工事に力を注いできた。二代将軍秀忠の時代に入り、荒川に合流する利根川の流れをせき止め、その流れを東方に変更させる工事が着手され、当時としては世界的にも類を見ない大土木工事が行われていた。

利根川を知る人々にとって、この川は我が国最大の流域面積を有し、豊かな水量と自然に包まれた河川との印象が強いが、その一部は江戸時代に開削された人工河川なのである。また、東京在住の人々にとって、当たり前の風景となっている荒川（荒川放水路のことで水路幅五百五十メートル、総延長二十二キロメートル）などは、明治時代に入ってから開削された人工河川である。我々が住んでいる地域は、多かれ少なかれ先人たちが施した遺跡の上に成り立っているのである。

幕府は、各地に点在する大名に命を発し、この工事を請け負わせた。利根川を改修して江戸の街を洪水から守るという目的の他に、関ヶ原の戦いの後に徳川方に臣従した大名、いわゆる外様大名の資金をここに投入させ、藩内の軍備にまわす資金を断つという政策的な目的もあった。

工事を請け負わされた各藩は、藩士や領民を引き連れて現地に赴くことになるが、それだけでは人手が足りず、また、専門的な技術や工法を駆使する人材も必要であり、現地や江戸の口入れ家業を営む者に人の手配を依頼せざるを得なかった。

源次が任されている工区は、西国大名である船津藩の請負区間であった。これまでの利根川の流れをせき止め、新しい河川敷を切り開き、利根川の流れを東方に向ける要衝にあたっていた。

船津藩では、普請方の藩士三十名の他、徴用した農民や食料隊など約百名を引き連れての工事請負いとなっていたが、それだけでは人手が足らず、江戸の口入れ家業「山源」からの人足を雇いあげていた。

船津藩は、十万石に満たない小藩だが、そこに産する塩は品質が高く、藩外との交易で得た富が蓄積されているとの風評が立っていた。

徳川幕府から、利根川改修の沙汰が船津藩にもたらされた時、藩内では激論が戦わされた。

ある者が、

「この沙汰は、利根川改修に名を借りた幕府の陰謀である。我が藩の財政を逼迫させ、藩を滅亡させようとする謀としか考えられない」

と唱えると、別の者が、

「同じ滅亡ならば、叶わぬまでも反旗を翻し、死して抗議をすることが武士としての道理、すなわち義である」

などの主戦論を展開した。

主戦論に対し、

「武士としての面目はそれで立つだろうが、領民は戦を望んではいないだろう。ここは、幕府の沙汰に従い、工事を請け負うべきである。財政の逼迫についても、領民に話をすれば分かってもらえる。そうすれば困窮にも耐えてもらうことができるはずだ」

などの沙汰受諾容認論が出たが、

「それでも武士か」

「腰抜け侍が何を言うか」

などの罵声が飛び、場は次第に主戦論へと傾斜していった。

幕府の沙汰を受諾することをやむを得ないと考えている藩士も多かったが、下手に反論すれば「腰抜け侍」との誹りを受ける恐れがあり、ただ目を伏せて沈黙するしか術がなかった。戦国武士の気性が色濃く残っているこの時期は、弱者呼ばわりされることは、死に匹敵する恥でもあった。

主戦論を展開する一団にとっても、藩内の具体的な軍備の状況や、幕府の軍事力の強大さについて知る者は少なく、ただ勇ましい言葉だけが飛び交っていることに気がついている者もあった。しかし、場の流れは如何ともし難く、家臣たちは次第に硬い面持ちとなって沈黙するようになった。

終始黙して聞いていた、時の筆頭家老平岩左門は、更なる意見のないことを確認すると、

「己のために死すのが義であるならば、人のために死すのもまた義である。聞くところによれば、利根川の氾濫で苦労を強いられている人々が居るのも事実である。そのような人々を救うために働くのもまた義である」

そう言って、一同を見渡した。

会議の場には、安堵の空気が流れた。

「御家老がそのように判断されるのであれば、我らに異存はございません」

主戦論を展開していた藩士が応えた。

家老の平岩左門は、普請方の奉行高木元右衛門を呼び、工事の責任者を命じるとともに、検地術など測量に長けた者や、土の掘削や運搬そして盛土などの技術に詳しい普請方の藩士を集めさせた。

数日後に提出された藩士の名簿を基に、工事に必要な道具や作業員そして馬や牛などの作業用の獣などが集められた。しかし、農家の次男や三男を中心に徴用した作業員の数は、当初の見込みより大

幅に少なく、不足する作業員は江戸で調達するしか術がなく、口入れ屋「山源」への依頼となった。

山源は、土方や大工の頭として源次を選任し、小頭として乙次郎の他七名の補佐役を付け、総勢九十八名の男たちを船津藩の現場に送り込んだ。小頭の乙次郎は、これまで建具師という肩書きで山源からの手配に応えていたが、土木や建築に関わる仕事へは積極的に参加しており腕も確かだったため、今回の招集となったのである。

三

乙次郎は、飛騨地方で仏像彫りを営み、左源次という名で呼ばれる名工の次男であった。幼い頃から木彫りをたたき込まれ、十七歳で元服した頃には、仏像を載せる台座の制作や彫刻などを任せられるまでになっていた。

台座に載る仏像の種類により、その形は大きく変化する。種類としては蓮の花をかたどった蓮華座や邪鬼を踏みつける鬼座そして岩座などがあるが、乙次郎は鬼座の彫刻が好きであった。そして将来は、鬼座の上に載る不動明王の像や、干支の神将を彫った十二神将像を手がけたいと願っていた。

また、仏像を彫るためには、精神の統一が必要との左源次の考えもあり、幼い頃より街の道場に通い、今では道場の師範代を務める一人にも選ばれていた。

左源次のもとには、各地から多くの彫物師が集まり、弟子として修業をしていた。その弟子の中に丁治と呼ばれる若者が居た。

名は体を表すとでも言おうか、丁治は丁斧《ちょうな》扱いが巧みで、材料を荒削りして形を整えることが上手かった。しかし丁治には、気まぐれなところがあり、酒や女におぼれて不始末をしでかし、師匠である左源次に小言を言われたり叱責されることも多かった。そして何時しか、隠れ賭場にも出入りしているとの噂が立つようになっていた。

乙次郎が二十歳を迎える頃になると、丁治は頻りに乙次郎を街の酒場へ誘うようになっていた。これまで剣の修行と木彫りに明け暮れていた乙次郎にとって、そこには別な世界が広がっているようで、何時しか、二人揃っての夜遊びが続くようになっていた。

なじみの酒場で一杯引っかけた後は、花街へ繰り出して放蕩を繰り返すことも多くなった。花街には馴染みの女もでき、朝方には女の元から仕事場へ通うこともあった。

一日の仕事が終了し、後片付けに入っていた乙次郎に丁治が声を掛けてきた。

「乙《おと》さん。今夜あたり朝日町へ繰り出しますか」

そう言って、右手に猪口を持つ仕草をして、ニヤリと笑った。その頃には、二人は相手をそのように呼び合う飲み仲間になっていた。

「今日は、親方と兄者に呼ばれているが、そっちの用事を済ませたら駆けつけますよ。それまで丁さん一人で飲んでいてくださいよ」

乙次郎は、笑いながら応えた。

父でもあり、親方としても采配を振るう左源次にとって、次男の乙次郎の行状は看過できないところまで来ていた。

乙次郎は左源次と兄の甲太郎の前で頭を垂れていた。甲太郎は四年前に嫁を取り、いずれは左源次の名を継ぐ者として周囲の期待を受けていた。

「お前は、何のために剣術の稽古を積んできたのじゃ」

問われて、乙次郎は即答できなかった。

仕事が終わってから、父でもあり師匠でもある左源次の部屋へ来るように伝えられた時から、日頃の放蕩に対する小言があることは予測でき、両者の前では詫びを入れなければ只では済まないとの思いがあった。しかし、小言の前に発せられた言葉は、乙次郎の予想の範疇にはないものであった。

〈今夜の小言は長くなるな〉乙次郎は心の中で臍を噛んだ。

その予測通り、黙している乙次郎に向かって、兄の甲太郎が低い声で言った。

「剣の修行というものは、ただ単に剣を使う腕を磨くことだけではないだろう」

「その通りです。剣の道を追求するということは、剣を使う以前の礼儀作法や相手への思い遣りも学ばなければなりません。また、厳しい修行に耐える忍耐力も身につける必要があります」

乙次郎は、稽古のはじめと終了時に正坐をして黙想する折に、剣の師匠が言い続けている言葉を思い出しながら答えた。

「乙次郎の剣捌きの見事さは儂の所まで届いておる。そのような声を聞くことは、親として嬉しくもあり、我が家の誇りでもある。噂が届くたびに儂も喜んでおった」

左源次は乙次郎に目を向けて言った。その細い目の奥には、我が子へ対する愛おしさが溢れていた。放蕩を繰り返す乙次郎にとって、親の目は気になるものであったが、自分に注がれる左源次の視線は、爽やかなものであることに気がついていた。

乙次郎はその目を、

〈これまで、多くの弟子を育ててきた経験を有する師匠であれば、長い目で見ながら弟子を育ててきたはずである。ましてや、実の子である自分に対しては、多少の我が儘をしても許してもらえるのではないか〉

との甘い考えで受け止めていた。

むしろ我が子であればこそ、仕事や作法にも厳しく指導されることが、他の弟子へ対する礼儀であることに気がついていなかった。

「ところで、このところは剣術の稽古も無沙汰のようじゃの」

左源次の口調が変わった。

乙次郎は頭を垂れて、膝の上の拳を握りしめた。夜遊びにかまけて剣術の稽古はおろか、仕事にも集中できていない自分には気がついていた。親の小言が自分の為であることは分かっていたが、彼の心の中には、〈自分もそのことに気がついている。このような馬鹿げたことは間もなくやめにするつもりでいる。だから今は、そっとして置いて欲しい〉との思いがあった。

自分でも気がついていることを、改めて指摘して欲しくないという思いに加え、丁治との約束事が頭をよぎり、この場を早く逃れたいとの気持ちが強くなり、背筋の汗ばむ焦燥感で頭が一杯になった。

「稽古の時に着衣する袴には幾つの襞があるか知っているか」

左源次が、乙次郎の心を見透かすかのように問うてきた。

「五つです」

当時から、正装の折に身につける袴や剣術の稽古時に使用する袴などには、五本の襞が設けられていた。

「知ってのとおり、袴の襞には仁、義、礼、智、信の精神が宿るといわれている。剣の修行でこれらを身につけることも大切だが、それを実生活に活かすことは、更に大切なことだ」

〈剣の道で得た精神を持って、仕事に励めという小言の主旨は分かるが、持って回った言い方はもう結構だ。酒は飲むな、夜遊びには出るなとはっきりと言ってもらいたい〉

乙次郎は苛立っていた。そして、この場を早く離れたいとの気持ちで一杯だった。

「なあ、乙次郎よ。このままじゃ、剣術だけでなく肝心の彫りの仕事もだめになってしまうぞ。今のような生活を続けるのなら外の弟子にも示しがつかないから破門も考えなければならなくなるだろう。親方はお前に期待しているからこそ、厳しく考えているんだぞ」

兄の甲太郎の言葉が追い打ちになった。

乙次郎は、その場に立ち上がり、

「分かりました。申し訳ありませんでした」

相手の顔を見ずに叫び、その場を離れた。

「待て。乙次郎」

兄の呼び止める声を背にしながら、乙次郎は家を飛び出した。

四

乙次郎は俯きながらも足を速めた。丁治との待ち合わせ場所に早く着かなければならないという焦りと、家から少しでも遠ざかりたい気持ちがあった。

家を離れることで左源次がみせた、悲しそうな眼差しを追い払うことができるような気がした。

「よおー、乙さん。ここだ、ここだ」

店に入って中を見渡す乙次郎に、丁治が手招きをしながら声を掛けてきた。

「随分時間が掛かったようだが、何かあったのかい」

丁治が酌をしながら聞いてきた。

丁治の周りには、この酒場で幾度か見かけた顔が揃っていた。乙次郎は、そのような男たちが譲ってくれた席に腰を下ろし、注がれた酒を立て続けに飲み干した。

「乙さん。駆けつけ三杯てえ言葉はあるが、何か食わねえと体に毒だぜ」

丁治が心配そうに、乙次郎の顔を見ながら言った。

乙次郎は、師匠と兄から逃げるように家を飛び出してきたことを後悔していた。父親が見せた寂しそうな眼差しが脳裏から離れなかった。

乙次郎は、その思いを払拭するように周囲の男たちに声を掛けたり、話の輪に入ったりしながら杯を重ねたが、頭は冴えたままであった。

「乙さんよ。どうでえ、河岸を替えねえか」

掛けられた声に顔をあげると、乙次郎の周りには、何人かの遊び人風の男たちが集まっており、丁治は台の上に突っ伏して眠っていた。

「それじゃあ、華の香へでも繰り出すか」

華の香とは、乙次郎の馴染みの遊女のいる店である。

「女の所へしけ込むのは、未だ早いんじゃあねえかい。ちょっと手慰みでも付き合わないか」

男は、そう言って、壷を振る仕草をした。

乙次郎はこれまで、賭場に顔を出したことはなかった。博打に引きずり込まれ、一家離散した噂やいかさま賭博のことなどを耳にし、誘われても足を向けることはなかったが、今日は無性に何かをやってみたかった。乙次郎は、賭場へは何度も出入りしているような顔をして、男たちに向かって頷いた。

「お前さん方、酒が過ぎているんじゃあねえのか」

賭場の入り口で、客を見切ったり下足の世話をする番方に咎められた。

「なあに、景気づけに一杯引っかけてきただけよ。酔っぱらって粗相をするような奴は居ないから、揚がらせておくれよ」

乙次郎が男たちの後から声をかけた。男たちは驚いたように後を振り返ったが、そうだと言わんばかりに頷いた。

客と見切った時から、番方の言葉遣いが替わった。

「よし。良いだろう。ところで、道具（匕首）なんぞを呑んでいる方は居ないでしょうね。もし、間違ってお持ちになっている場合は、こちらでお預かりさせて頂きます」

賭場での刃傷沙汰を避けるため、賭場への刃物の持ち込みは禁止されていた。男たち五人の中に匕首などを携えている者は居なかった。

乙次郎たちはそれぞれに、駒番から杉板に一朱あるいは一分と刻印された駒札を受け取り、奥の賭場へ向かった。手にした駒札は、手汗が染みこんだように黒ずみ、刻印の文字の消えかかったものもあった。

賭場には二つの盆座が拵えてあり、雰囲気で奥の盆は賭け金の大きい賭場で、手前の盆は小口の賭け場になっていることが分かった。小口の盆の周りには、多くの男たちが群れていたが、奥の盆のほうは人も少なく、その盆を采配する出方の緊迫した声が聞こえてきた。

乙次郎は、臆することなく奥にある盆に位置を取り、盆上でのやり取りを見つめていた。盆の中央には片肌を脱いだ壷振りが位置し、真っ白な晒し布に真一文字に描かれた黒線を境に、壷振り側が丁、線の向こう側が半の賭け札を賭ける場所となっていた。

壷振りが右手の指に挟んだ賽子を周囲に示し、左手に持つ壷の中に投げ上げるように賽子を吸い込ませると、大きく壷を振り盆上に静かに壷を伏せた。盆を取り巻く男たちは、血走った目でその流れを追った。

使い込まれた壷と賽子の乾いた音が止むと、盆の左右に控えていた助け出方が声を張り上げ、駒札の賭を煽った。

「どっちも、どっちも、どっちも。さあ、さあ、賭けてください」

その声に誘われるように、方々から駒が差し出された。

「よし、半に五両だ」

「丁に二両。もう一度頼むぜ」

などの声が飛び交い、盆上には樫の木で作られた駒札が並べられた。樫の札には一両という刻印が刻まれていた。客の中には、無言のまま手元の駒札を押し出す者も居た。

乙次郎は、壷振りが四度目の壷を振ったところで勝負に出た。盆を取り巻く男たちの肩越しに、一分の駒板二枚を半の側に置いた。

後から手を出された客は、座を少し移動しようとしたが、賭け駒の少なさを見てその動作を止めた。助け出方が丁半の駒を数え、駒の数が合っていることを出方に目配せすると、

「丁半、駒が揃いました」

暫く間をおいて、

「勝負」

出方の鋭い声に合わせて、壷振りが静かに壷を開いた。

「三六の半」

場には、落胆と驚喜の声が入り乱れた。

乙次郎の元には、一分の駒板が四枚押し出されてきた。

乙次郎は次の勝負にも勝ちを納めた。この日は感が冴えていたのか、はじめてのことで邪心がなかったためか、数回の勝負の後には、八枚の一両札が手元に積まれていた。座る場所も、何時しか壷振りの隣になっていた。

「お若けえの。憑いていなさるようだね。こちらに座んなせえ」

壷振りに誘われるまま、その場所に座ったことすら上の空であった。

賭場に同行した他の四人は、早々と駒板を使い果たし、入り口に立ったまま乙次郎の勝負を眺めていた。

次の勝負で乙次郎は丁に全てを賭けた。

「勝負」

出方の声に併せて開かれた壷の賽の目は丁だった。

朱に塗られた賽子の模様が、血走った両目のように並んでいた。

「ピンゾロの丁」

出方の凛とした声に重なるように、周囲にはどよめきが起きた。乙次郎は放心したように盆の上と、手前に押し出されてきた駒板を見つめていた。

乙次郎の仲間たちは、驚いたように顔を見合わせ、手をたたく仕草をして勝利を称えてきたが、乙次郎は嬉しさがこみ上げてくるわけでもなく、何の感慨も湧いてこなかった。

ただ、この勝負の間だけは、先ほどまで頭を覆っていた、父と兄のことを思い出さずに済んだことだけが嬉しかった。

五

「いかさまじゃあねえか」

乙次郎の反対側に座っていた渡世人風の男が、突然、大きな声を張り上げ、駒板を投げつけると同時に、盆を晒しごと持ち上げてひっくり返えした。盆の上の駒板が乾いた音とともに周囲に散らばった。

駒板は、乙次郎の顔目掛けて飛んできたが、顔を横に振ってそれを避け、立ち上がった。

乙次郎は、暴れはじめた渡世人風の男と正面から対峙する形となった。

男は、乙次郎を指さし、

「やい、小僧。手前は、この賭場の回し者か」

そう言いながら、ひっくり返った盆を跨いで詰め寄らんばかりの形相で乙次郎を睨み付けた。

乙次郎は、何のことかわけが分からず、驚いた顔のまま呆然とその男を見つめていた。

「野郎。何を睨み付けていやがるんだい。手前ら、皆グルじゃあねえのか。手前たちが賭場に着いてから、こちとらは、さっぱり当たらねえぜ。それと、壷振りの横に座っているのも気に入らねえ」

男は、ますますいきり立ってきた様子であった。

「お客さん。この賭場では絶対にいかさまなんぞはやらせません。他のお客さんに迷惑ですので、座っておくんなせえ」

代貸しの猪乃助と子分二人が男の背後に回り、暴れる男を抱きすくめようとした。

「しゃらくせえ。触るんじゃあねえよ」

男は体を振って猪乃助たちを振り切ると、腹に巻いた晒しの背後から匕首を取り出し、大きく横に振った。

男の周りに空間ができた。

賭場にいた客たちが一斉に出口に殺到し、部屋の外に飛び出した。入れ替わりに賭場を仕切るやくざ者たちがなだれ込んできた。

乙次郎も逃げようとしたが、男の匕首は乙次郎の胸に向けられ、動くことができなかった。

男は匕首を顔の前に突きだし、腰を低くして身構えた。このような修羅場を幾度かは踏んでいるような構えであった。

猪乃助の子分のやくざ者も、口々にやめろなどと叫びながら、長脇差や匕首を手に男を取り囲んだが、刃物を前に突き出すだけで、腰は引けていた。

「賭場荒らしをした上は、このまま帰れるとは思っていねえ。手前らを道連れにしてやる。まずは、小僧。手前からだ」

男は頭を低くして、盆板を飛び越えて、突き上げるように匕首を繰り出してきた。

乙次郎は、手にした駒板を投げつけ体を横にずらして、男の切っ先をかわした。

目標をかわされた男は、敷き板の上に広がる晒しに足を取られ、羽目板に体を打ち付け、その場に倒れ込んだ。子分たちが一斉に襲いかかったが、男は体を捩りながら匕首を振り回し、子分数人の腕を切り、その場に立ち上がった。

男の顔からも血が滴り落ちていた。

男は、執拗に乙次郎に刃物を繰り出してきた。

羽目板に追いつめられた乙次郎に向けて、「兄さん、これを使いな」との声とともに長脇差が投げ入れられた。

乙次郎は、受け止めた長脇差を抜くと、鞘を男目掛けて投げつけ、素早く中段の構えを取って身構えた。

長脇差とはいえ、刀を手にして身構えると、気持ちが冷静になり、男の動きが見えるようになった。長脇差の切っ先から見える男の仕草は空きだらけであり、何時でも打ち込めそうであった。乙次郎には自分からは刀を振らないようにしようと考える余裕もあった。

男が体を丸め、体当たりをするように乙次郎に飛びかかってきた。

乙次郎は、相手の刃先を長脇差しで叩き、返す刀で男の腕を跳ね上げた。

男の二の腕と匕首が宙に飛び、敷き板に二の腕がドサリと落ち、匕首は羽目板に突き刺さった。

周りを取り囲んでいた子分たちが、一斉に男目掛けて刃物を突き立て、男はその場に倒れ込んだ。

体当たりを受け、刀を振った後その場に転倒した乙次郎は、倒れたままその後の様子を見つめていたが、立ち上がり長脇差をその場に投げ捨てると、倒れている男に近づいていった。

「おい。しっかりしろ」

声を掛けたが返事はなく、男はその場に絶命していた。

男の目は、見開かれたままとなっており、その血走った目は、何時までも乙次郎を睨み付けているようであった。

乙次郎は、猪乃助の案内で奥の間に通され、親分の克造に引き合わされた。

克造は、欅の大火鉢の奥に肩を怒らせて座り、刺繍の入った褞袍を羽織った姿で、火鉢にかかる鉄瓶から熱燗の徳利をつまみ上げ独酌で飲んでいた。

「若けえのに良い度胸だぜ。博打の筋もなかなかのもんだってえ言うじゃあねえか。どうでえ、俺んとこの若い者にならねえか」

猪乃助からの報告は受けているとみえ、話の切り口は早かった。

乙次郎は返事をしなかった。あれほどの騒ぎがあったにもかかわらず、一人で酒を飲んでいる了見が分からなかった。いくら代貸しの猪乃助に任せてあるとはいえ、賭場の元締めとして、騒動などの陣頭指揮をするのが親分だと思っていたからである。

「親分さんは、あの場をご覧になったのですか」

乙次郎は思い切って尋ねてみた。

「何でえ。不満そうな顔のもとはそのことけえ。考えてもみな、頭に火がついて騒ぎ廻っている奴を鎮めるのは別な人間で良いのさ。俺は、騒動が起きねえように様々な手配をすることよ。賭場に刃物は持ち込ませねえなども、その一つさ。それと、万が一騒動が起きてしまったら、その後始末をするのも俺の仕事よ」

克造は、面倒くさそうに言った。

「ですが、親分が直接出向けば、騒ぎも収まったかもしれません」

乙次郎の言葉に克造は目を剥いたが、目に炎はなかった。

「人それぞれに持ち分てえもんがあんのさ。何もかも親分あるいは他人頼りじゃあ、任されている奴は育たねえ。自分でやってみて、しくじったり上手くいったりして、世の中の仕切りを覚えていくのよ」

そう言った後、克造は猪乃助のほうに顔を向け、

「この始末はどのようにつけるつもりなんでえ」と聞いた。

「今夜の野郎は、どうせ何処かの無宿人でしょう。簀巻きにして何処かの川へでも放ってきます。なあに、ひとっ走り峠を越えて、飛騨川へでも放り込めば大丈夫でしょう。万が一、誰かの口からこのことが御上に露見するまでには、暫く間がありましょう。この間に、奴を手に掛けた者を逃がします」

猪乃助が乙次郎のほうに顎を向けながら言った。顎を向けられた乙次郎は、その言葉に驚いたが、未だ自分が逃げなければならないという実感は湧いてこなかった。むしろ、何故自分なのかと逡巡していた。

「おい。若けえの。名は乙次郎とか言ったな。良い名前じゃあねえか。ことの経緯はあったとしても、人一人を殺めた事実は隠せねえ。今回の賭場荒らしの件は、俺が納めるから、その間はこの土地から

離れていろ」

克造の言葉には、有無を言わせぬ凄みがあった。

その晩は一睡もできず朝を迎えた。

縞の合羽に三度笠という旅装束と長脇差が準備され、茂太と呼ばれる子分が同行することになっていた。茂太は、乙次郎が無宿人の腕を落とした後、最初に長脇差を突き立てた男であった。

「ことが収まったら走りをつけるから、それまでは辛抱しろよ」

そう言って克造は、道中の親分や貸元といわれる仲間への紹介状を認め、茂太に持たせた。

乙次郎は、せめて親にだけでも別れの挨拶と詫びを言いたいと懇願したが、克造からの許しはなかった。

「親に詫びるほうがかえって心配を掛けることになる。建具の修業に出ると言って、ここを後にしたと伝えて置くから心配するな」

乙次郎は、その言葉に従わざるを得なかった。


その日のうちに、乙次郎と茂太は峠を越えた。

生まれ故郷の街並みが見下ろせる高台で乙次郎は足を止め、田圃に囲まれるように点在している集落を眺めた。

街並みの遙か西方には白川郷とを隔てる急峻な山並みが続いており、その彼方に加賀の白山、乗鞍岳、ホタケ（穂高連峰）、槍ヶ岳、笠ヶ岳などの山々が、東に向けて屏風のように連なっていた。

この地方は、険しい山並みが怒濤のように連なり、その山並みが襞のように重なっていることからヒダの名前が生まれ、それが何時の頃からか飛騨という名に変わったといわれている。

飛騨の匠といわれる職人集団の発祥の地は、この山並みへ続く天生峠の麓にある月ヶ瀬だといわれていた。大宝年間（七〇〇年ごろ）、年貢の代わりに大工や木彫り師として徴用され、街の普請や都へのぼっての仕事をしたことがそのはじまりといわれている。

都へのぼった匠たちは、共同して寺社や仏閣そして屋敷などの建立に携わった。当時は、在住する家屋五十戸ごとに十名程度の徴用が義務づけられており、その中の頭を中心に共同で仕事に当たった。腕を上げ、故郷に戻った男たちは、飛騨地方に独自の建築様式を確立すると同時に、その腕を生かして家具や建具などの製造をはじめるようになっていた。

乙次郎は、生まれ育った故郷の街並みに深々と頭を下げ、思い出を振り払うように踵を返すと、急ぎ足で峠を降っていった。

それから七年が経過した。

乙次郎の名は「飛騨の乙次郎」として、中仙道や東海道沿いの宿場町では知られる存在となっていた。腕が立つことと、何事にも動じない度胸の良さが、その世界での乙次郎の名を高めていった。

そのため、乙次郎が訪れる地方の地回りたちは、大きく歓迎して彼を迎えた。しかしその腹には、何かことがあった場合の強力な助っ人として、一家を支えてくれる用心棒として彼を迎えているのは明らかだった。

飛騨を発った一年後に、ほとぼりが冷めたから戻ってくるようにとの克造からの便りがあったが、乙次郎はそれを断り旅を続けていた。

家に帰りたい気持ちも強かったが、このまま帰ることには抵抗があった。克造を通じて、建具の修業に出かけたとの連絡は届いているであろうが、そのような口実が嘘で固められたものであることは容易に想像できるであろうし、丁治の仲間から、ことの顛末についての情報は揚がっているはずである。小言を与えたその日に起こった事件でもあり、今のままでは親に会わせる顔がないとの思いがあった。

六

乙次郎は浜松の城下町に居た。街の東に勢力を張る音羽屋という貸し元のところに草鞋を脱ぎ、世話になっていた。音羽屋は、表向きは貸金業や口入れ稼業を営んでいるが、裏では隠れて賭場を開帳したり、宿場に隠れ茶屋を設け女郎や飯盛り女などからの掠りをあげる仕事を重ねていた。音羽屋は、宿場の花街の縄張りを巡って、付近を束ねている博徒の谷蔵一家との間にいざこざを抱えていた。

浜松は戦国の世、徳川家康が城を構えていた由緒深い土地柄でもあり、街道の要所を占める宿場町でもあったため、役人の取り締まりの目は厳しかった。そのため、表立っての抗争は控えていたが、抗争の火種は燻っており、小さなきっかけでも、それに火がつく危険性は残っていた。

花街の女郎を巡ってのいざこざが発生した。

音羽屋の息の掛かっている茶屋の女郎お駒と谷蔵一家の若い衆助松との駆け落ちが口火になった。郷里の幼馴染だった二人が偶然出会い、相愛の仲となり助松が音羽屋に身請けを願い出るが、古くからこの地を束ねている谷蔵一家に代わり勢力を握りたい音羽屋はこれに目を付けた。遣り手ばばあとして茶屋を仕切っているトメを言い含め、遊女や女郎などの人身売買の仲介屋である女衒の存在をでっち上げ、お駒が駈け落ちに踏み切らざるを得ない状況に追い込んだ。そして、乙次郎と用心棒の浪人者に二人の始末を依頼した。乙次郎も一宿一飯の恩義がある以上断り切れない立場にあり、浪人者とは別に二人を追っていた。

秋の刈り入れが終わり、それぞれの集落では秋祭りの準備に忙しい時期となったある日、夜陰にまぎれて浜松の町外れを急ぐ二人連れがあった。助松とお駒である。二人の行く手にぞろりと着流し姿の浪人者が立ちふさがった。浪人者は無言だった。

「お侍さん。そこを退いて下セい。俺たちは急いでいるんでエ」

助松が油断無く腰を落としながら頭を下げた。

「その女郎はお駒だな。足抜けでも企んでいるのか」

浪人者が低く呟くように言った。

「いいえ。この女はそのような名前ではありません。急いでいるので失礼します」

助松がそう言いながら浪人者の傍を通り抜けようとしたとき、刀が一閃し助松の首が飛んだ。

「す、助松さん。何をするんですか」

お駒は助松の体にすがりつきながら浪人者を見上げた。

「おい、女郎。このまま茶屋に戻れば許してやる」

「私の大事な人を切っておきながら、何を言ってやがる。こいつめ」

お駒は立ち上がり浪人者に体当たりを食らわせた。その傾いたお駒の肩先に浪人者の刀がひらめき、お駒の体は助松の上に倒れ込んだ。

「すけまつ……さん……」

お駒は事切れた。浪人者はそのお駒を足蹴にして助松から離すと、助松の前にしゃがみ込み、助松の懐中を探り血に塗れた財布を取り出した。助松が駆け落ちのために用意してあった二十両である。

「死人の懐中物に手を出すのはサムライの風上にも置けないんじゃあ無いですかイ。やくざ者でもそんな阿漕なことはやりませんぜ」

乙女郎であった。乙次郎は二人に出会ったら、家に戻るように説得するつもりだったが、浪人の柿崎三重朗が先回りをして二人を切ってしまったところであった。

「シャッ」

近づいてきた乙次郎の足を払うように浪人者の抜き打ちが飛んできた。乙次郎は後方に跳び去り長脇差しを抜いて身構えた。

「おい、乙次郎とか言ったな。手前は音羽屋の客人の身でありながら、何時も斜に構えて見ていやがる。音羽屋にわらじを脱いだときから気に入らなかったんだ。お前のような恩知らずは儂が切って捨てやる」

浪人はそう言いながら刀の切っ先を上げてきた。

その時、三〜四人の男たちが二人を取り囲んだ。谷蔵一家の若い者たちであった。

「やい、サンピン。手前っ、よくも、うちの可愛い助松を殺ってくれたな。それだけでも許せないのに、人の懐まで探るとは飛んでもない野郎だ。それでも侍かい。助松の敵だ、覚悟しゃあがれ」助松の敵だ、覚悟しゃあがれ」

男たちは一斉に刀を抜くと浪人者の方に切っ先を向けた。先ほどからこれまでの経緯を見ていた模様で、切った啖呵も浪人者の行為に対する非難であった。

浪人者はニヤリと笑い、刀身を横に反し、多くの敵に対応できる脇構えの体勢に入った。その目には殺気が充ち満ちていた。乙次郎が両者の間に分け入ろうとしたその時、「ガーン」という銃声がとどろき、浪人者が膝から崩れていった。

「ヒイッ、ヒイッ、ヒッ」

笑い声と共に種子島を抱えた小男が閻魔堂の陰から身を現した。男たちは浪人者にとどめを刺すと、その懐から金子を奪い立ち去ろうとしていた。

「おい、谷蔵一家の若い衆ヨ。助松と女郎の始末はどうするんでイ」

乙次郎の咎めに男たちは立ち止まったが、その目に殺意はなかった。

「飛騨の乙次郎さんとお見受けいたします。私は谷蔵一家の代貸しの半座と申します。恐れ入りますが、ここは見なかったことにして頂き、お見逃し頂きとうございます。いずれ出入りの場でお会いすることになろうかと存じます。その折に、改めて仁義を切らせて頂きます」

半座はそう言い残して闇の中に消えていった。

音羽屋と谷蔵一家が天竜川の河原で「出入り」に入ったのは、その三日後であった。音羽屋は「谷蔵一家の若い者が茶屋の女郎を拐かした」と言い、谷蔵一家は「家の若い者が音羽屋の用心棒に殺された。その敵討ちだ」などと大儀などはなく、積年の恨み辛みをこれを機会に解消しようとする思惑だけは一緒であった。

「飛騨の乙次郎さんとお見受けいたします。谷蔵一家代貸しの半座でございます。先だってはご無礼申し上げました。お許し願いとうございます。ところで本日は、あなた様には何の恨みもございませんが、浮き世の義理と言うことでお手向かいさせて頂きます」

啖呵を切った半座は抱えていた竹槍を数回扱き、その穂先を乙次郎に向けた。その声に会わせるかのように他の男たちは留造目掛けて突進していった。乙次郎は半座に任せ、自分たちは親分の留造を討とうと図った行動であった。突進してきた男たちを目にした留造は「ウワッ」と叫びながらススキの穂の中に逃げ込んでいった。それを見た乙次郎と半座は苦笑いを浮かべながら見合っていたが、共に戦意は消えていた。

「ピピピー」

鋭い呼び子の音とともに、馬上に構える数名の役人と大勢の捕り方が現れ、両陣営の間に分けて入った。

「儂は、代官の空知孫太夫である。天下の大道で白昼から何という所行じゃ。双方とも刀を退けイ」

馬上からの大音声は天竜川の河原に響きわたり、両者の動きが止まった。

出入りというのはやくざ者の世界でのみ通用する言葉であり、実際は殺しあいである。土地の支配者としては看過することのできない行為であった。「やくざ者の喧嘩だから勝手にやらせておけば良い」というものでもなかった。

奉行所での取り調べに当たったのは若手の小沼勘九郎であった。小沼は奉行所務めの当初から、浜松宿の健全化を図ろうと考えていた。その為には宿場内で対立するやくざ者の集団を解体させる必要があると考えていた。

小沼勘九郎は早々に両者からの事情聴取を開始した。

出入りの切っ掛けとなった助松とお駒は既に亡く、この二人を殺害した浪人者も殺されていることから乙次郎への取り調べは過酷であった。しかし、乙次郎は見聞きしてきた行状の全てを正確に話し、小沼はその供述一つ一つの裏付けをとった。取り調べの途中には、音羽屋から鼻薬を嗅がされている代官から音羽屋に対する取りなしの話もあったが、小沼は断固としてその申し出を退け、事実に基づいた取り調べと調査を行った。その結果、音羽屋と谷蔵一家の虚偽の供述が明らかになり、両者に下された裁定は許可を与えていた事業の取り消しだけに止まらず、構えている一家の解体と関係者全員の所払いであった。こうして、浜松宿に巣くっていた音羽屋と谷蔵一家は一掃されることになった。

「なあ、乙次郎とやら。そなたがこの城下にいる間、人を殺めたり人を脅かしたりした事実はないことが判明した。本来ならこの街に留まっても問題はない。しかし、儂は、この街からやくざ者やそのような集団を一掃したい。そなたには相済まぬが、この街を出ていってはもらえないだろうか」

「……」

乙次郎は無言だった。

「ここは東海道に位置する宿場町だ。東海道は天下の大往来でもある。儂の夢も叶えてもらえないか」

そう言いながら小沼は浜松からヤクザ者を排除し、宿場の人たちが無法な暴力に脅かされることなく、安心して暮らせるような場所にしたい旨の話をした。話を聞いていた乙次郎の肩が小刻みに揺れてきた。

「お役人さん。申し訳ない。好きこのんで選んだ稼業ではありませんが、私らの存在が世の為になるなどと考えたことはありませんでした。私も、できるだけ迷惑のかからないような生き方をしてきましたつもりです。でも、そろそろ潮時との感じも持っております」

「乙次郎。これを機会にヤクザ稼業から足を洗ってみてはどうだ」

小沼勘九郎が笑って近づいてきた。

「はい、そうですね」

肩を抱かれながら乙次郎は小さく頷いた。

「聞けば乙次郎は手先が器用だと聞いている。どうだ。この地には家具や建具を生業とする家も多い。良かったら私が後見として紹介してやるぞ」

乙次郎の気持ちは複雑だった。仏像を彫っている父の姿と建具づくりに精を出している自分の姿が目に浮かんだ。若気の至りで故郷の飛騨を離れ早七年の歳月が経とうとしていた。ヤクザ渡世の非情さを恨み、何度もこの世界から足を洗おうという気持ちを持った自分を思い出していた。そして、今回は再び巡ってきた機会かもしれないとの思いが乙次郎の心を過ぎった。しかし、このままこの地に残り仕事に就く自分の姿は想像がつかなかった。

「ありがたい話ですが、私は江戸へ出て修業してみたいと思っております」

乙次郎は頭を下げながら言った。

「そうだな。この地は離れたほうが良いかもしれぬな。それでは、江戸の知り合いを紹介しよう」

そう言って小沼勘九郎は奥に入り、やがて「山源」への紹介状と所を書いた半紙を乙次郎に手渡した。

街道から飛騨の乙次郎の名が消えたのは、それからまもなくのことであった。

七

盆の法事や祭礼が終わりを迎える季節になると、喧しかった蝉の声に代わり秋の虫たちがすだきはじめる。

寝苦しい夜に寝返りを打った瞬間から目が冴えてしまった乙次郎は、思い切って外に出てみた。空一面に広がる天の川が、遠く離れた山並みへと続き、山の輪郭が白く浮き上がって見えた。

船津藩が構築した堤防は、黒く長くその影をとどめ、堤防の斜面に植え付けた草の中から、蟋蟀の探るような鳴き声が届いてきた。

ふと上流に顔を向けた乙次郎の目に、数名の人影の動く姿が見えた。そこは、利根川に流れ込む荒瀬川の合流地点に近い場所で、この度の工事の難所の一つであった。荒瀬川は北東の山並みから利根川に流入する急流河川で、利根川に直角に流入させれば、その流勢で本川の流れを乱すだけではなく、せっかく構築した堤防を破壊する危険もあった。そのため、合流地点に沿って荒瀬川の流れを下流に流す導流堤を築き、荒瀬川の流れを下流へ導き、流勢が弱まったところで利根川本川に合流させようとするものであった。

その為の出先として、対岸には船津藩の作業員小屋が建てられてはいるが、その地点からは半里は離れた場所にあり、本日の最終打合せの段階では、夜間作業の連絡は入っていなかった。

乙次郎にとって、その人影がどのような作業を行っているのかは判別できなかったが、星明かりで目が利くとはいえ、夜間工事には必需品である篝火さえもともさずに動くその姿は、尋常なものとは思えなかった。

荒瀬川の急流に掘り下げられた河床は深くえぐれ、流れの穏やかなときでもその付近だけは荒々しい渦が発生しており、渦に巻き込まれた流木が川底から顔を出していた。そのような条件の悪い場所での作業は、導流堤を構築する場所に巨石を沈め、次第にその石の大きさを小さくしながら石積みの堤防を築いていく工法が採られていた。このため、筏状の台舟を組んだその上に巨大な岩石を載せ、目的地で筏の上から転がり落とす方法や、筏の中央を割り台舟の中央から石を落下させる方法が採られていた。

何れの方法も危険の伴うものであり、石を落下させる際に、傾いた筏の上で足を滑らせ巨石とともに水面に落下し、命を失う者もあった。特に、筏を割って巨石を落下させる作業は危険度が高く、乙次郎たちが率いる工事の専門集団でなければ手に負えないものであった。

盆があけてからの十日間はこの作業に人手を集中し、巨石の沈設を終了し、ようやく導流堤の底部への敷石が終了したばかりであった。中でも困難な作業は、川底に沈んでいる流木の撤去であった。川底の流木をそのままにして石を沈めても、強い流れに合えば如何に巨大な石でも簡単に流されてしまうからである。巨大な石といえども、水中では浮力を受け簡単に移動してしまうのである。

人影から遠く離れた乙次郎の所までは、時折、水面を打つ音がきこえる程度で、男たちの話し声までは届いてこなかった。むしろ、声を殺して作業をしているようにも見えた。

「奴らは何をやっているんだろう。工事に不都合でもあったのかな。しかし、その為の見回りにしては明かりも点けていないし、このような夜更けに何があったのだろう」

乙次郎は、不審そうに呟いてその場を後にした。

「川の上の現場が荒らされた」

朝の打合せの時、源次からの報告があった。

「誰が、何のためにやったのかはわからないが、せっかく沈めた石が流されたらしい。また、ご丁寧に、陸に引き上げておいた流木までが投げ入れてあったらしい」

源次の声も終わらぬうち、

「せっかく命がけでやったのによ。何処の何奴でえ」

「やった奴らのねらいは何なんでえ。まさか、お上に楯突く関ヶ原の残党なんかじゃあねえだろうな」

一人の男が、冗談のつもりで言葉を発したが、笑う者はいなかった。

「幕府直轄の普請なんだから、役人も下手人を捜しているんだろうな。早いとこ下手人を見つけてもらわねえことには、またやられるかもしれねえぜ」

「それにしてもよ、幕府の役人は俺たちには冷てえぜ。この間も、些細なことでやり直しをさせられたぜ」

「ここは、船津藩のお侍に一丁頑張ってもらうしか他はねえぜ」

などと男たちの口からは、幕府の役人に対する非難の声が上がった。

乙次郎は、昨夜目にした人影がそうだったのかと思ったが、それを見たことは誰にも話さなかった。話をしても埒があくわけでもなく、男たちの怒りが納まるわけでもないことは分かっていた。そして、今度見つけたら只じゃあ済ませないという怒りは、腹の中に納めておいた。

その日から、復旧の工事は再開されたが、投げ入れられた流木の撤去は、思ったより困難を極めた。作業に当たる男たちは、胸まで水に浸かり流木を引き抜いていたが、淵に投げ込まれた流木は、潜って縄をかけ引き出すしか方法がなかった。作業員の一人が、跳ね返った流木の枝に打たれ、大きな怪我を負った。

乙次郎の怒りは倍加した。

八

その後、工事現場の要所には夜を徹しての見張りが立てられた。見張りには、工事を管轄する船津藩の者が当たった。

乙次郎も折に触れ、宿舎を抜け出して堤防に上がり周囲を監察したり、夜半に外を歩く足音に気を配った。

「小頭の乙次郎さんだが、このところピリピリしていなさるぜ」

などの声が聞こえてきたが、乙次郎は監察を止めなかった。

暫くして、工事区域の下流部で事件が発生した。

堤防に沿って流れる奔流の勢いを和らげ、更に流れの中心を河道の中心に向けさせるため、堤防や護岸から河の中心に向かって杭を打つ工法がある。杭打ち水制と呼ばれる工法であるが、現在も多用されている工法の一つである。

水制とは、読んで字の如く水を制するもので、川岸から二列か三列に並べた木杭を河の中央に向かって直角に打ち込んだり、木製の枠などを並べて配置するものである。流れてきた水は、この木杭や枠に遮られ、その流勢を弱める。流勢が弱まれば、流れの中に溶け込んでいた土砂の粒がその場に沈下する。その沈下した土砂が堤防や護岸の先に溜まれば、流水による洗掘が防止されるものである。この工法の歴史は古く、戦国時代の武将として知られる武田信玄が築いた信玄堤に用いられた、聖牛《ひじりうし》などと呼ばれる木組みの水制は有名である。

水制に用いられる末口五寸ほどの丸太が二百本ほど用意されていた。この木材は、遙か上流の沼田の地から高額で入手し、筏に組んで運んできたものであった。その木材が、夜陰に紛れて何者かの手により、河の中へ放棄され流失してしまった。

木材を貯留してあった場所には、当日見回りに出ていた船津藩の下級武士が、切腹して果てていた。船津藩からの説明はなかったが、工事人足の間には「居眠りをしていて、この狼藉に気がつかなかったことを恥じて切腹したんだ」などという噂が飛び交っていた。

「俺たち、人足にとってはよ。居眠りした程度じゃあ親方にこっぴどく怒られるか、罰金てえところだぜ。なにも、命まで落とすことはねえやな。お侍てえのは、因果な稼業だぜ」

などと、軽口をたたいていた。しかし、度重なる工事への狼藉は、誰が、何の意図を持って行っているのかが不明であり、流された木材を拾い集める人足たちには、倍加する疲労感を植え付けていた。

何かの気配に目を覚ました乙次郎は、外に出て堤防に駆け上がった。目を覚ましたとき、周囲には男たちのいびきや歯ぎしりの音が充満していたが、外からの音は聞こえてこなかった。しかし、乙次郎の耳には、遠くうごめく男たちの息づかいが聞こえてくるようであった。

すだく虫の音は既になく、初冬を迎える天空には、切れそうなばかりに研ぎ澄まされた三日月が、青白い光を放って留まっていた。

乙次郎は、綿入れの中に腕を組み堤防の上を歩いた。草履の先からは大地の冷気が伝わってきた。

堤防が大きな曲線を描いて続いている天端の上に、二人連れの男の姿が目に入った。

乙次郎は、堤防の肩に身をかがめ、暫く、様子を伺った。そして堤防の小段に身を潜めながら男たちとの距離を縮めた。

男たちの影が長く伸び、緩やかに流れる利根川の水面に揺れていた。

二人の男たちは武士であった。

二人の武士たちの遙か前方にうごめく人影があった。

二人の武士は、腰の刀を押さえながら、人影のある方向へ駆けだしていった。

その位置は、旧利根川を堰き止め、流れを東に向けた要衝の地点であった。古来から流れていた流路を堰き止め、流路の変更が行われた地のため、そこには一際大きな堤防が築かれ、その前面には堤防を保持するための植樹が成されていた。旧河道の安定を図るため植え付けた樹木の根の力を借りようという思惑のある工法であった。

上流の渋川付近から調達した松や榆の苗木が運ばれ、船津藩の人足の手で植樹が行われていることは乙次郎も知っていた。人影がうごめいているのはその地点であった。

男の一人が発する声が聞こえた。

「何だ、あの人影は。夜間工事か」

もう一人が老いた口調で応えて言った。

「本日は、夜間工事の予定は入っていない。怪しい奴らだ」

「正木殿。工事の邪魔だてをしてきたのは、あ奴らでござろう。直ぐに行って叩っ切ってやろう」

走り出そうとした若い武士の手を押さえ、年を老った武士がその場に伏せさせた。

「正木殿。何を躊躇しているのでござる。怖じ気づかれたか」

「そうではない。今しばらく様子を見よう」

年を老った武士の言葉には気迫が込められていた。

「本日、我々が植えた樹木を倒そうとしている。許せない」

若い武士が息巻いたが、年老いた武士の手は若い武士の腕を固く押さえていた。

見れば、植えられたばかりの松の木が、根こそぎ倒されており、倒れた幹に鋸を当てて切断していた。植樹した木の転倒を防ぐために、三方から張り出された支柱を引っこ抜くと、幹に手を当て押し倒していた。植えられたばかりの樹木は、未だ根本が柔らかく簡単に倒すことができた。

男たちの数は十名ほどで、三名ほどの武士の指揮に従って行動していた。武士の一人は陣中傘を目深にかぶり、その傘の中央には徳川家ゆかりの家紋が染め抜かれていた。その家紋を有す藩が、この度の全ての工事を取り仕切っていた。

「おのれ。あいつ等は幕府の役人ではないか。何故我々の工事の邪魔をする。ここは、適わぬまでも討って出て血祭りに上げてやる」

若い武士の目は血走っていた。

「待て、長瀬。それはならぬ」

年老いた武士が再び、若い武士の長瀬を押しとどめた。

「長瀬。悔しい気持ちは儂とて同様じゃ。しかし、ここは手出しはできないのじゃ」

暫し、沈黙が流れた。

「この工事を請け負うに当たっての、藩内での論議は聞いておろう。そこでも話題になったとおり、幕府の目的は我が藩の財政を逼迫させることだ。その為、工事に使用する材料の調達には多くの経費が掛かっている。少しでも安く調達しようと、勘定方の連中は遠くまで足を運び、苦労して材料を入手している」

若い武士が頷いた。

「しかしな、幕府からの指示があったと見え、なかなか首を立てに振ってくれるところは少ない。多分、船津藩へは安い値での販売は禁ずるとでも言ったのであろう。我らが食している米や味噌なども、相場よりは高い金額で入手しているのだ」

若い武士は驚いたように年老いた武士の顔を見上げた。

「この度の工事への邪魔だても、その流れの一環ではないかと感じる。完成しかけた現場を打ち壊せば、再興に要する資金も時間も嵩んでいく。資金が破綻すれば工事はできなくなる。そのことを口実に藩の取り潰しにまで発展する虞もある」

若い武士がごくりと唾を飲み込んだ。

「そのようなことがあれば、幕府は労せずして一つの藩を取りつぶすことができる。ましてや、我が藩のような外様大名は狙われやすい。ここは、耐え難きを忍んで、借金をしてでも工事は完成させなければならない」

　樹木を倒した男たちは音もなくその場を去っていた。

「工事の邪魔をする現場を目にしながら何もできない。これ程屈辱的なことはない。しかしだ、ここで打って出て切り死にしたとしても、その咎は藩に行くのだ。幕府の役人に歯向かったとの口実を与えてはならない」

　男の目には泪が流れていた。

「先に切腹して果てた加納にしても、現場を目撃して儂と同じようなことを考えたのであろう。嫁を取って間もないのに可哀想なことをしてしまった。……巷では、居眠りをしていたためその責任を取ったなどといわれているが、本当のところはお家のためだったのじゃ。幕府の無体な所行に対し、その場で切腹して果てれば、抗議の切腹であることは明白である。如何に幕府であろうと考えを改めるのではないかと考えたのだろう。しかし、幕府の役人は方針を変えてはいない」

　年老いた武士は、長瀬の肩を抱いて言った。

「長瀬、お前はこのままこの場を去れ。そして宿舎へ戻るのじゃ」

　長瀬は頷かなかった。

「私もこの場で腹を切り、幕府への抗議の姿勢を示します」

「それは為らぬ」

　年老いた武士の言葉は、地面に突き刺さるように鋭かった。

　乙次郎は、その場をそっと離れた。

驚きと悔しさで声も出ず、虚ろな顔でふらふらと宿舎へ戻った。

翌日。倒された樹木の真ん中に、二人の武士の切腹して果てた姿があった。

九

年が改まり、春が来た。

船津藩の構築した堤防は、上州の山々からの雪解け水に耐えた。

幕府による工事の検分が済めば、工事は終了である。江戸の口入れ家業「山源」から手配された人足も、その大半は江戸に戻り、頭領の源次ほか、乙次郎など小頭三名と人足数人が残った。

桜のつぼみがふくらみはじめたある日、源次のもとへ、この地区を縄張りとする地回りの一人が訊ねてきた。

「忙しいところすまねえ。ちょっとお訊ねしてえことがあるんで、少し時間を頂きてえんですが」

言葉遣いは丁寧だが、有無を言わせぬ迫力があった。その態度の裏には、自分たちは古くからこの地に根付いた者である。お前たちはたかだか流れ者の雇われ人足ではないか。との思いがあるのは明らかであった。

「受け持ちの仕事のあらかたは終わっている。今は特段の役目もござんせんから、存分にお話をお聞きいたしましょう」

この地回りの一家が、幕府の役人と結託して、船津藩の工事の邪魔をしていたことや、船津藩へ安い値で米や味噌を売った商人などへの嫌がらせをしていたことなどが、その後の源次たちの聞き込みで明らかになっていた。そうと知った乙次郎が珍しくいきり立ったが、源次はそれを押しとどめていた。そして、ことを荒立てることもなくここまで来ていた。今になって、あらためてことを構えることは避けたかった。しかし、この一家の名を聞いたり一家の人間と会う度に虫ずが走る不快感は抱えていた。

「まことにぶしつけなお伺いで失礼しやすが、お宅の組に、飛騨の乙次郎という渡世人がお世話になっているってえのは、本当でしょうか」

源次は相手を見据えて言った。

「私らは、博徒や地回りなどのような一家を構えている者ではない。江戸の口入れ家業で『山源』というところから、船津藩の手助けに来ているだけだ。山源には、それぞれ腕自慢の職人を抱えているが、渡世人のような者は雇ってはいない。申し訳ないが人違いじゃあねえのかい」

源次は、皮肉を込めて一蹴したが、男は引き下がらなかった。

「うちの敷居を跨いで世話になっている旅人が、あんたのところの若い衆を見て、乙次郎に間違いねえって言っているので、確かめに来たわけですが、そのお方に会わせて頂くわけにはいきませんかね。何なら、その旅人を連れてきても構わねえぜ」

「うちで雇っているのは、れっきとした職人の集団です。博打打ちや渡世人などという奴は一人もおりません。申しわけねえが、そう言うことでお引き取りください」

男は「後でほえ面かくんじゃあねえぜ」と捨てぜりふを残し、帰っていった。

次の間でこのやり取りを聞いていた乙次郎は、話が出た時点で直ぐにでも飛び出そうとしたが、小頭の作太郎に押し止められていた。

「なあ、乙次郎さんよ。山源に雇われる職人は、多かれ少なかれ寂しい過去を持つ者が多いのよ。昔のことをとやかく言わず雇ってもらえるから、立派な腕を持つ職人も集まってくるという寸法さ。たとえ、乙次郎さんが昔渡世人だったとしても、今では立派な大工の腕を持つ小頭よ。仕事の見切りも早く、俺たちはあんたが目標だぜ」

「その通りよ。源次の兄貴もお前さんを頼りにしているじゃあねえか。昔のことをとやかく言ってくる奴がいるのは仕様がねえ。でもよ、一度関われば元の木阿弥だぜ。ここは、我慢のしどころだぜ」

別な小頭が言葉を重ねてきた。

「恥ずかしい話だが、俺が博打打ちに身を落としていたとき、どこかの出入りで手にかけてしまった一家の者かその身内の者か、俺を討って名を挙げようとする輩かもしれない。昔の因果とはいえ、何処かで決着を着けておかないと、一生つけ狙われることになる。そうであれば、ここで決着を着けたいんだよ」

乙次郎は絞り出すように言った。

「乙次郎よ。手前は何でも一人で始末を付けようとするから悩むのよ。お前には仲間のあることを忘れねえでもらいていい。決して、あんな奴らへお前さんを売ったりはしねえから安心しな。ここは一つ俺に免じて辛抱してくれ」

いつの間にか、源次が顔を出し乙次郎に言った。

数日後、船津藩の工事の検分が終了し、藩から派遣されていた人々は帰国の準備に入ったとの知らせがもたらされた。

その日の源次は饒舌だった。

「なんでもよ。船津藩の工事は完璧で、巡回に来た副将軍様に直々にお褒めの言葉を頂いたそうだぜ。その工事を手伝った俺たちも鼻が高いてえもんだぜ」

「ところで源次兄いよ、俺たちの工事の邪魔をした野郎どもは、幕府と一蓮托生だからお咎めはねえだろうが、切腹して果てた侍はどうなるんでえ」

小頭の一人が訊ねた。

「そこのところは俺にも分からねえ。でもよ、工事で亡くなった者は、人足に至るまで詳細な報告が求められたという話だぜ。切腹とも書けず、藩の役人も苦労したことだろうぜ。それにしても、可哀想なもんだぜ」

「幕府に雇われたとはいえ、地回りの一家はこれからは地元の人々に恨まれるだろうよ。後ろ盾がなくなれば、空威張りも効かねえからな」

皆は、どっと笑った。

「ところで、乙次郎を捜していたという渡世人だが、居なくなってしまったらしいぜ」

茶碗酒を口に含んでいた乙次郎に向かって源次が言った。

「なんでもよ、誰かに呼び出しを受け、青い顔して帰ってきたと思ったら、挨拶もそこそこにわらじを履いたとよ。最近の渡世人は仁義を知らないと、この間来た代貸しみていな野郎が言ってたぜ。脅したのは、乙よお前じゃねえのか」

「関わり合いになるなと言ったのは頭領ですぜ。襲われたら仕方がないとは思っていたが、自分からは手を出したりしませんよ」

乙次郎は苦笑いをしながら答えた。

「ということは、この中の誰かが脅しでも掛けたかな。何せ、皆は、今はともかく、昔は腕自慢の野郎ばかりだからな」

一同が、またどっと笑った。

乙次郎は、渡世人を説得したのは源次であろうと確信していた。

「今後のことだが、俺は親方へ報告する役があるから、ここを畳んだら江戸に向かうが、皆もそれで構わねえな」

そう言って、一同を見渡した。

小頭の作太郎が頭を掻きながら、

「源次兄貴、済まねえが俺はここに残りてい。ここに残って米づくりをするのも悪くねえと思っていたところなんだ」

「お前、あの娘に惚れたな」

源次の言葉に男たちの間から拍手がわき起こった。作太郎は、一気に茶碗酒をあおると済まねえと言いながら、しゃくり上げ鼻水をすすった。

「なあに、構わねえよ。流れの人足よりそのほうがよっぽど良いぜ。お前の器量だったらこの辺の庄屋も夢じゃあねえぜ」

男たちの酒の量が増えた。

乙次郎は、手を挙げて源次に向かって言った。

「俺も、これを機会に本職の仏像彫りに励んでみたいのですが、宜しいでしょうか」

男たちの目が乙次郎に集まった。しばらくの沈黙があった。

「侍が切腹した場所に祀った、お前の彫った仏像は見事だったな」

源次の声に男たちが頷いた。

「良いも悪いもお前の人生なんだぜ。思った通りにやってみな。俺たちが造った堤防も後の世に残るものだが、お前も立派な仏像を彫って後の世に残してくれよ」

乙次郎は、泪に咽びながら男たちの手を握った。

十

殊の外少なかった今年の積雪も、春を迎える時期になると、いつもの年と同じ雪紋を山肌に残した。

土地の人々は、山に残る雪紋の形を馬やウサギなど様々な動物に例え、それを眺めながら楽しんでいた。そして、その大きさや方向をもとに、その年の豊作を占った。雪紋が大きければ豊作だとか、今年は馬の頭が西を向いているから豊作だなどと、常に豊作になる要因を捜し、豊かな実りを期待しながら野良仕事に精を出していた。

彼らの心の中には、お山が我々を見守っていてくれるとの思いがあった。そして、それが高じて、何時しか、山を尊敬する気持ちを持つようになり、山を信仰の対象として見るようになったり、崇めたりするようになっていた。

薬師の森（現在の薬師岳、二千九百二十六メートル）を遠望する、ここ、栗峰村は、周囲を森に囲まれた小さな盆地とはいえ、米などの主穀はもとより、蕎麦や粟などの雑穀も豊富に産する地であった。そして、薬師の森に続く広大な樹林帯からは、清涼な水が注がれ、春の山菜はもとより秋の実りや茸など、自然の恵みが届けられていた。

いつもの年のことであるが、薬師の森の頂き近くの斜面には、ウサギの頭に似た形の雪紋が残るようになっていた。

昨年は、その耳の形が大きく張り出し、例年にない大豊作を迎えることができた。いつもの年は、米に稗や粟などの雑穀を混ぜて、穀物の量を増やして食料としていた村人も、今年は白い飯を思いっきり食べることができた。

「こんな、白いおまんまを、たらふく食ったのは何年ぶりかの」

などと、お年寄りたちは喜んでいた。

「これも、薬師の森様のお陰だじゃ」

「薬師の森様へ、何ぞお礼をしなくっちゃならないじゃ」

誰からともなく、そのような意見が湧き出てきた。

それぞれの家から寄進を受けて売った米の収益は、二十両もの大金となって名主に預けられた。

「この金で祠を作り、その中に仏様を祀ろう。そして、これを薬師の森に担ぎ上げて、お山に奉納しよう」

名主の提案に反対する者はいなかった。

「祠は、村の大工たちに頼めるが、問題は仏様の彫り物を、誰にお願いするかだ」

「立山村や芦峅寺《あしくらじ》付近には、石を刻む職人は多いが、木彫りの仏像職人のことはあまり聞かないな」

それを聞いていた農夫の一人が、

「この前、この前といっても去年のことになるが、黒部奥山廻役のお供をして黒部の周りを廻った時、立山村に木彫り師が住み着いたという話を聞いたことがある」

と、考え事をするように腕を組んで小さく言った。

「それはありがたい。ところで、その話をされていたのは、廻り役の何方であろう」

名主は、得たりやおうと膝を乗り出して聞いた。

「確か、藤田小太郎様だったと思う。何でも、村はずれの山彦平というところに庵を結び、仏像を彫っているとのことだった」

「そう言えば、そんな話を聞いたことがあるな。たしか、日頃は建具仕事で身を立て、仕事のない時は仏像を彫っている人が居るそうだよ」

会合の場は一気に盛り上がり、名主による決定の声で場は締めくくられた。

名主たちは、木彫り師の庵を訪ねた。

小屋掛けをした屋根の下には、土地の銘木が立て掛けられて乾燥を待っていた。屋根組の乾燥小屋に並ぶように一軒の家が建っていた。

「ごめんくださいませ」

名主が、開け放たれている引き戸の中に顔を入れながら言った。

土間に続く板敷きの上には筵が敷かれ、その上では二人の男が鑿を操っていた。

入り口に近い場所で鑿を振るっていた男が顔を向けた。

「ありゃ。あなた様は奥山廻り役の藤田様ではございませんか」

同行した義助が思わず声をかけた。

「いかにも、私は藤田小太郎ですが……。なんだ、義助さんではありませんか。今日はお揃いで、何かご用ですか」

小太郎の顔に笑顔が浮かんだ。

「それにしても、藤田様はどうしてここに居られるのですか」

義助は目を見開いて尋ねた。

「奥山廻り役が非番の時は、ここへ来て木彫りの手ほどきを受けているんですよ。仏像に向かっているときは心が和みますからね」

小太郎はそう言って、木彫り師の名を紹介した。

「この方は、飛騨の地から修業に来られた乙次郎さんといいます。年は若いが確かな腕を持っておられます」

名主は、挨拶前に声を掛けた義助の非礼を詫びると、来訪の主旨を話した。

名主の話を聞いていた乙次郎は、多少困惑した表情で答えた。

「わざわざお出で頂き、このような栄えある仕事を仰せつかり、恐縮いたしております。喜んでお引き受けいたしますと言いたいところですが、即答はできません。まず、どの仏様を祀るのかを決めていただく必要があります」

一行は、怪訝そうな顔をして乙次郎の顔を見つめた。

「ご存じかどうかは分かりませんが、仏像はそれぞれに位を持っております。一番位の高いのが如来様の像です。如来様を彫る場合、御本体の他に光背を設け、台座も彫ってそこにお座りになるようにしなければなりません」

「台座は何となく分かるような気がするが、光背というのはどのようなものなのですか」

小太郎が皆を代表するようにして聞いた。

「尊いお方などのお姿に対して後光が差すなどと申します。その様子を表すため、仏像の背面に光りを発しているような飾り板を設けます。如来様や菩薩様の像を彫るときには、これらの光背が必要となります」

「そう言われて見れば、儂の家が檀家に入っているお寺の菩薩像も、このような卵形の飾り板を背負っていたじゃ」

一人の男が手を大きく広げながら言った。

「仏像に位があるということは今日はじめて知りましたが、それはどのようなことなのですか」

名主が乙次郎に顔を向けて聞いた。

「仏像には幾つかの種類と位があります。そして、それぞれに果たすべき役割を持っております。位で言えば、上位から如来、菩薩、明王、天部という順位になっております」

「仏の像に位があるなんてことは、今まで知らなかったじゃ。俺は、菩薩様も如来様も一緒だと思っていたじゃ」

義助が感嘆したように呟いた。

「何でまた、如来様の位が一番上なのですか」

誰かが問うた。

「最高の境地に達した方、つまり悟りを開いた方の像といわれるのが如来像です。これらの像は、重々しい台座を設け、その上に座像や立像の形で彫られます。そして、先ほどの光背も彫らなければなりません」

「へえぇ、そういうものですか。ところで、如来様の像にはどのようなものがあるのですか」

「普通は釈迦如来像、阿弥陀如来像、薬師如来像などがあります。少し形が異なりますが大日如来像を含めることもあります」

「それで、如来様の次の位は何でしたっけ」

「菩薩様です。菩薩様とは、悟りを追い求めると同時に、悟りを開いた如来様の教えである六波羅蜜などを、多くの人々に広めて衆生を救済する役目を持っています」

「菩薩様の像にはどのようなものがあるんですか」

「良く知られている像として弥勒菩薩像、地蔵菩薩像、虚空蔵菩薩像などがあります。しかしそれだけではなく文殊菩薩像、普賢菩薩像、日光菩薩像、月光菩薩像なども多くの人々に拝まれております」

「この村の入り口にも観音様の石像が建っておりましたが、観音様はどの辺りの位になるのですか」

名主が感極まった面持ちで尋ねた。

「観音様の像も菩薩像の一種です。聖観音像、千手観音像、馬頭観音像、如意輪観音像などはご存じでしょう」

「ご存じでしょうと言われても、どれが誰やら、どれが何やらは素人目には判断がつきません。これを機会に少し勉強しますので教えてください」

名主の声に一同が頷いた。

「私も仏像を彫りはじめてから学んだことなので、詳しいことはまだ分かりませんが、如来様の像の頭は、肉が盛り上がったように二重に仕上げます。これを肉髻相《にくけいそう》というそうです。なんでも、脳みそが盛り上がっている様子を表したものだとも言われています。これに対して、菩薩様の像は、宝冠をかぶったり髪を結ったりしている形に仕上げられています」

一同は、これまで見てきた像を思い浮かべながら頷いた。

「あの、頭の毛をまん丸く、ボツボツに仕上げるのもわけがあるんですか」

義助の言葉遣いも丁寧になってきた。

「はい、如来様の髪は普通は二重の渦巻き型に、特殊な場合は三重の渦巻きをしているように仕上げます。これを螺髪《らはつ》と呼んでおります」

「その次の明王の像とはどのようなものなんですか」

「はい、明王とは、如来の教えに従わない衆生を、憤怒の表情で威嚇し、力ずくでそのような人々を教化するものです。これには不動明王像、降三世夜叉像、金剛夜叉像、軍荼利夜叉像などがあり、その背中には、煩悩を焼き尽くす火炎を光背として持っています」

外には笹を揺する風が吹きはじめたが、小屋の中は静寂が支配していた。

「何もかも知らないことばかりで、恥ずかしい限りです。今日は良いことを教えてもらいました。ありがとうございます」

名主が頭を下げて乙次郎に礼を言った。

「名主さん。せっかくだから天部さんや他の像のことも教えてもらいましょうよ」

小太郎が、その先へと話を促した。

「仏像としてその次に位置されるのが天部様の像です。天部は、仏法をお守りするという役を負っております。そのお姿は、甲冑を身につけた武人の像であったり、母性姿の天女の像あるいは特異な面相を有する鬼神像だったりします」

「それにはどのような名前の像があるのですか」

「はい、これらには多くの像があります。梵天、帝釈天、金剛力士、毘沙門天、鬼子母神、大黒天、縁魔王の像であったり、持国天、増長天、広目、多聞の四天王の像や、八部衆の八つの像、そして十二神将や二十八部衆の像などがあります」

「お寺には、それらの像の全てが祀られているのですか」

「そのようなことはありません。お寺を開いた方や建てた方の考えが反映されます。そして、仏像の建立に掛かる財力も関係してきます。また、多くのお寺では、今お話しした四種類の仏像の他に、尊像と呼ばれる像を安置しているところもあります」

「ところで、その尊像というのはどのようなものなのですか」

「尊像というのは、宗派の開祖や仏教の布教に貢献した人の像を彫るものです。弘法大師様の像や聖徳太子の像が彫られることもあります」

一同は、顔を見合わせため息をついた。

「今の話のように、数多くの仏像がある中で、どの仏像を選んで良いのか分からなくなってしまったじゃ。でもよ、どうせ彫ってもらうのなら位の高い像の方がありがたみがあるんじゃないかい」

義助が独り言を言うように呟いた。

「大きな座像でなくても良いじゃがや。祠に納まる立像というわけにはいかんじゃろか」

今度は、名主が困惑した表情で呟いた。

「台座や光背を設けない如来像は彫ったことがありません。しかし、皆様が、豊作のお礼に奉納したい像とのことでしたら、お引き受けいたしましょう」

乙次郎の返事に一同の笑顔が戻った。

「この小屋の前に、多くの木材が立て掛けられておるのを皆さんも、ご覧になったことと存じます。乙次郎さんに言わせれば、立て掛けてある木だけではなく、全ての樹木一本一本には仏様が宿っているとのことです。仏像を彫るということは、周囲の木の部分を削ぐように外し、中に鎮座している仏様を取り出すことだとのことです」

小太郎の説明に、一同は目を見開きながら大きく頷いた。

十一

乙次郎が丸太の中から彫りだしたという仏像は、薬師如来の立像であった。上半身を少し前方に傾斜させた像の面は、見る人に何かを語りかけるようであった。

小さな立像とはいえ、手のひらの形で仏の心を示す印相は、右手は正面を向く形に彫られ、左手には薬壷《やっこ》が載せられていた。

「右手を正面に向けているのは施無畏印《せむいいん》と申しまして、人々の畏れを取り除く形だといわれております。また、左手に持つ薬壷は、薬師如来だけの特徴で、左手は人々の願いを叶える形だといわれております」

運び込んだ薬師如来の立像を名主に手渡し、乙次郎は説明を加えた。

「なんと、優しそうな顔立ちだこと。私そっくりだじゃ」

取り巻く女性のなかから声がかかった。

「何を言ってんだ。おかめ面のお前がつまらんことをぬかすでない。如来様に失礼だよ。おめえん家には鏡てえものがないのか」

すかさず、義助の声が飛び、辺りには笑いの渦が広がった。

「喜んでもらえて光栄です。ところで、この如来様は何時運び込むのですか」

乙次郎も笑いながら言った。

「祠もでき上がっているし、夏の終わりにでも運び上げ、刈り入れが済んだところで秋祭りをやろうと思っているじゃ」

名主が村人にも聞こえるように、辺りを見回しながら言った。

「その時には私も一緒に連れていってください」

仏像と祠を運び上げる日が決まると、名主は黒部奥山廻り役の詰め所に出向き、薬師の森への入山を願い出た。

数日後に、奥山廻り役から入山許可の書状が届いた。入山の許可が得られたのは、名主をはじめとする十名の男たちで、その中には仏像を彫った乙次郎の名もあった。そしてその折には、廻り役の藤田小太郎を同行させるとの添え状もあった。

十二

乙次郎はこれまで持ち歩いてきた道具箱の底から、長脇差しの刀身を取り出した。乙次郎の道具箱は、他の職人が持つ箱より長めに作られており、その底には、油紙で包んだ刀身が納められていた。

渡世人から足を洗い、山源の小頭を務め様々な工事現場で働いている時でも、この長脇差しの刀身は手放す気にはならなかった。乙次郎は、時折、何故に自分は刀を捨てる気持ちになれないのかを考えていた。加賀の住人小松次郎兼良の作による銘刀ではあったが、手放すことが惜しいわけでもなかった。何か、漠然とした不安感が手放すことを躊躇させていたのである。

乙次郎の刀には、数々の出入りで手に掛けた渡世人の怨念や、乙次郎を倒し名を挙げようとして彼に戦いを挑み、返り討ちにあった者の無念さが塗り込められていた。乙次郎は、これまでの戦いで切った相手に対する憐憫の念を持つことはなかったが、時折、その男たちの断末魔の形相を夢見ることはあった。それは、切られた相手が大きく目を剥きつつ、乙次郎を恨めしげに見据えながら倒れていく場面であった。

若き日の残像として浮かび上がるこれらの顔や目は、乙次郎が木片に向かい鑿を振るう直前に現れたり、刻むべき像を心に描くときなどに浮かんでは消えていくこともあった。そのようなときには、刻む像の表情にも影響が及び、納得のできる作品には仕上がることはなかった。心身を統一するため乙次郎は水垢離や黙想を試みたが納得のできる解消方法は思い浮かばなかった。

立山に居を構えた冬のある日、乙次郎は何気なく大工箱から取り出した長脇差しを手にして木片に正対した時があった。静かに中段に構えその先にある木片を見据えたとき、心に浮かぶ迷いごとが消え、腹の底から湧いてくる充実感を感じることができた。それを契機に乙次郎はその長脇差しを構えて木片に正対するようになっていた。刀身を中段に構え木片に向かって黙想すれば、過去からの雑念が消えることに気がついたからである。乙次郎は大工箱から取り出した長脇差に、白樫の柄を取り付け、刀身は朴の木で包むようにした白鞘を作り、乱れる心情の統一に利用していた。

乙次郎は心身の統一も修業の一つであると考え、刀を構えることによる統一法を継続していたが、次第に刀を手にしない黙想だけでも、心の平安を保つことができるようになってきた。この長脇差しは、渡世人として諸国を渡り歩いた頃は、身を守る道具として乙次郎を支え、彫物師となった今は己の心身の成長を支えてくれたのである。乙次郎はそのような心境に導いてくれた長脇差しを己の宝と定め、白鞘の刀を袱紗に包み大切に仕舞っておいた。そして、何時の日か、自身で納得のできる場所があれば、宝といえる刀身を奉納しこれまでの恩に感謝するとともに、この刀にかかって命を落とした渡世人たちの霊も慰めることができれば良いと考えるようになっていた。

「乙次郎さん、その袱紗に包んだものは刀ですか」

薬師の森への奉納登山出発の日、乙次郎が背にする背負い子に結ばれている長脇差しを目にした小太郎が聞いてきた。

「若い頃、極道の世界に足を突っ込んだことがありました。その折に手にしていた長脇差しです。何故か始末する気になれず、これまで手元に置いておきましたが、これを機会に山に奉納しようと思っております」

小太郎の問いかけに乙次郎は笑って答え、背負い子から袱紗に包んだ白鞘刀を外して小太郎に示した。

「それは良いことを思いつきましたね。また、この刀も刃こぼれ一つない見事な作ですね。そしてまた、この白柄と白鞘も見事ですね。乙次郎さんの手に掛かれば、木も刀も蘇りますね」

「ありがとうございます。これで昔の自分から決別できる気がしております。私自身も蘇らなければなりません」

小太郎が薬師の森への経路として選択したのは、立山温泉から折立峠に至り、太郎山への稜線を登り、薬師の森へ至る道であった。

薬師の森に続く空には、巻くような絹雲が高く浮かんでいた。

常願寺川は、芦峅寺にほど近い千寿が原で称名川を合流させ、激流となって流下していく。この川が常願寺川と名を変えるのは、その上流にある立山温泉付近からである。ここでは佐良佐良峠を源とする湯川谷と、太郎山を源とする真川が合流している。

太郎山へは、真川を遡行することになるが、一部の滑滝を除けば河床勾配は緩やかで川幅もそれほど狭くない。そして、有峰集落からの経路のある和田川流域との境界に折立峠がある。

折立峠を右に見ながら真川を遡上し、太郎山から伸びる尾根筋に取り付き、この急坂を登り詰めたところに、高地が広がっている。

「ここまで来れば、薬師の森も大きく見えますね」

乙次郎の発した言葉に皆が頷いた。

高い空を背景に、立山の雄峰である雄山の岩峰が続き、その麓から弥陀ヶ原の広大な台地が連なっていた。そして、その南面は爆裂噴火に吹き飛ばされた懸崖が連なり、その底部に湯川谷の流れが光っていた。

「立山温泉が箱庭のように見えますね。山の大きさに比べれば人間の生き様などは小さいものですね」

「それだからこそ、人々は山を敬い山に感謝するのでしょう」

小太郎と乙次郎は、大地に腰を下ろしながら、天を突く山並みに見入っていた。その前面には緩やかな台地が続き、その奥に薬師の森がどっしりと聳えていた。

薬師の森を正面に見ながら、一行は広々としたゆるやかな台地を登っていった。暫くして、平坦な草地に辿り着いた一行は、その夜のねぐらをその地と定め、夜露をしのぐ小屋掛けを行った。

名も知れぬ高山植物に囲まれながら、男たちは酒宴を張り、陽が落ちるまで山々の景観を楽しんだ。

西の空に広がる雲海のなかに、加賀白山の稜線が黒い陰となって浮かんでいた。その稜線を舐めるように照らしながら、一日の終わりを告げる太陽が落ちていった。沈む太陽と入れ替わるように、切れるような三日月が天空高く姿を現した。そして、その三日月と対話をするような位置に、宵の明星が浮かんでくると、酒宴の席は一気に盛り上がった。

「この景色をおっ母にも一度見せてやりたいもんだじゃ」

義助が小鼻をすすり上げながら声を出した。

「んだじゃ。俺たちだけじゃあ申し訳ない気もするの」

「んでもよ。これからの寒さを考えたら、おいそれと連れてくるわけにはいかんだじゃ」

陽が落ちて夜の帳がおりると、周囲は冷気に包まれてきた。

男たちは、負ってきた蓑や道中合羽などを体に巻き付け、粗末な小屋掛けの下に横になった。それは、山歩きに慣れた屈強な男だけがむさぼれる眠りであった。

夜明けとともに歩き出した一行は、広くゆるやかな坂を登り、次々と続く平地を越えていった。平地には諸所に池塘が発達し、溜まった池の周りには美しい草花が咲きみだれていた。

「皆も気がついていると思うが、草地が段々畑のように続いているだろう。この段々の草地を、五郎兵衛平とか三郎兵衛平などと勝手に呼んでいる者もおる。この段々を行き着いたところが太郎兵衛平といって、太郎山の頂上になっているんだじゃ」

同行した猟師の勘助からの説明を背に受けながら、男たちは黙々と歩を進め、太郎山の頂に到着した。後を振り返れば、丸く続く尾根の正面に鍬崎山が聳えており、正面には蜘蛛ノ平（現雲ノ平）の台地が広がっていた。蜘蛛ノ平にはハイマツの群れが海のように広がり、その奥に黒岳（水晶岳）の尖塔が黒々とそびえ立っていた。黒岳の右には割物岳、そして黒部川の源流を持つ鷲羽岳が連なり、蓮華岳や黒部五郎岳が蜘蛛ノ平を取り囲むように聳えていた。そして、蓮華岳頂部に冠をかぶせるように、槍ヶ岳の穂先が尖って見えていた。

荷を降ろし一休みした一行は、祠の木組みや大工道具などを手に広々とした尾根を登っていった。

登るに連れて、足下には岩屑が広がりはじめたが、男たちにとっては苦もない行程であった。黒部川へ落ち込む残雪を踏み越え、薬師の森南陵に取り付き、暫くして薬師の森の山頂にたどり着いた。

祠は、山頂から西に続く尾根の上に設置することになった。点在する岩を動かし平坦な場所を確保し、風防の岩を配置した内に祠を組み立て、その中央に乙次郎が彫った薬師如来像を安置した。

一通りの祭事を終え、持参した白鞘の刀を奉納しようと立ち上がった乙次郎は、蜘蛛ノ平の正面にそびえ立つ槍ヶ岳の雄姿に見入っていた。

乙次郎は、衝撃を受けたようにその場に立ちつくしていた。

その名の通り、槍の穂先のような岩峰が天を突くように聳え、それを支える根のように北鎌尾根や東鎌尾根の岩峰が荒々しく広がっていた。そして、穂先のような岩峰の後方には白い雲が浮いていた。

乙次郎の目には、その姿が、仏の姿のように見えた。鋭く切れ落ちる尾根筋が台座で、白く浮かぶ雲が光背である。

「藤田様。あの槍ヶ岳へ登る経路はございますか」

乙次郎は、槍ヶ岳を見つめたまま小太郎に問うた。

「改まって何ですか。私も槍ヶ岳へは行ったことはありません。奥山廻り役の中にも登ったことのある人はいないでしょう。但し、道案内に頼んである猟師の中には、あの山に至る経路を知っている者はいるかもしれません」

小太郎は笑顔で応えた。

「槍ヶ岳へ登るには何か許可が必要なのでしょうか」

乙次郎の声が震えていた。

「乙次郎さんどうしたのですか。槍ヶ岳へ登ろうというのですか。何でも岩場が続く危険な場所らしいですよ。山に入るとなると、土地の代官所に届け出を出す必要があります。そして、我々のところからの許可も必要です」

乙次郎は槍ヶ岳を見つめたまま頷いた。そして、薬師の森に奉納するために持参した刀を袱紗で包み直し、再び背負子に結びつけた。

十三

薬師の森へ奉納した如来像が功を奏したのか、この年も天候に恵まれた。村人は大いに喜び、次の年への祈りも込めて、薬師の森へ登拝する話が持ち上がった。田植えが終わった時期に、村の若者も含めた二十数名が薬師の森を訪れた。乙次郎も同行を許され、三日がかりの山行に加わっていた。

乙次郎はこの山行の他にも、山の木を見るなどの口実で山に入り、沢筋や尾根筋の歩き方を研究し、山歩きにかけては土地の猟師をも凌ぐ技を身につけていた。

暑かった夏も終わりを迎えようとするある時、黒部奥山廻り役の詰め所に、三名ほどの旅がらすが立山村方面へ向かったとの知らせが入った。

それによれば、三人は北国街道を糸魚川方面より南下してきた模様で、旅の先々では立山詣でを口実にしているが、土地の人々には、立山村在住の彫物師の存在を聞き出しているとのことであった。

この話を聞いた小太郎は、直ちに馬場に繋いである馬の手綱をとると、乙次郎の小屋のある山彦平へ馬首を向け、その背にピシリと鞭を当てた。

乙次郎の庵に足を運び、仏像彫りの手ほどきを受けながら親交を深める小太郎に対し、乙次郎も次第に心を許すようになり、これまでの身の上話なども話すようになっていた。その中で、飛騨の乙次郎を討ち取り、名を挙げようとする者がいるとの話を聞いたときから、何時かは山彦平に住む乙次郎の存在が知られ、刺客が訪れてくるであろうという推測はできていた。

「いよいよお出でなすったか」

小太郎は馬上で呟いた。そして、このことを早く乙次郎に知らせ、用心するように忠告するとともに、この村からの一時避難を促そうと考えていた。

乙次郎は、早朝からの沢歩きを終え、汗にまみれた体を谷の水で濯ぎ、仕事場の板敷きの上に座っていた。そして、これから仏像を彫りだそうとする丸太を回しながら、はじめの鑿を打ち込む木目を探っていた。

周囲を覆っていたコオロギの音が止み、庵の側を流れるせせらぎの音だけが残った。

扉口を振り向いた乙次郎の目が、三つの三度笠を捉えた。

乙次郎はゆっくりと振り向いた。

「突然の訪問で恐れ入ります」

ゆっくりと三度笠を外しながら、中央の男が声をかけた。

「人違いでしたらご勘弁ください。ひょっとして、あなた様のお名前は飛騨の乙次郎さんではございませんでしょうか」

乙次郎は黙して語らなかった。

「今一度お伺いいたします。飛騨の乙次郎さんではございませんか」

男の声が荒立ってきた。

「昔は、そのように呼ばれていたこともありましたが、今では渡世人の足を洗って、ご覧のような堅気の商売をやっております」

乙次郎の言葉が終わらないうちに、男たちは三方に散り、長脇差に手を掛けた。一人は縁側まで走り込み、乙次郎の退路を断つ位置に身を屈めた。

「やはり飛騨の乙次郎さんでしたか。儂等は、あなた様には縁も恨みも持つ者ではございません。ただ、あなた様のお命を頂戴し、そのことで儂等の名を挙げさせて頂くということでございます。これも渡世の縁と割り切って、ご勘弁ください」

男は上がり框に足を乗せ、低く身を屈めた。

「俺は、渡世人から足を洗って随分と年月も経ている。今更、飛騨の乙次郎でもなかろう。無駄な殺生はしたくないいから出ていってくれ」

乙次郎は正坐したまま凛として言った。

「乙次郎さんには乙次郎さんの理屈がおありでしょうが、渡世人の世界では未だ貴方のお名前は響き渡っております。ご勘弁ください」

男の足が土間に踏み込んだ。

乙次郎は、手に持った鑿を縁側に回った男に投げつけ、背面に立て掛けてあった白鞘の長脇差を手にして立ち上がった。

鑿を投げつけられた男は、後に身を反らせてその軌跡から逃れたが、足場を崩しその場に倒れ込んだ。その勢いで、立て掛けてあった材木の束が音を立てて崩れ落ち、男の体を打ち付けた。

「野郎」という声とともに、正面の男が板場に飛び上がり刀を振り下ろしてきた。

ガスッ、長脇差を抜く間もなく、乙次郎は白鞘で最初の一撃を受け止め、思い切り後方に白鞘を引いた。

刃を白鞘に食い込ませたまま、男はたたらを踏むように前につんのめり床の上に倒れ込んだ。それを見たもう一人の男が乙次郎目掛けて刀を繰り出してきた。

乙次郎は横に飛んでその切っ先をいなし、振り向いた男の顔面に長脇差を振り下ろした。

昔の乙次郎であれば、この一撃で相手の顔面を唐竹割りのように切り落とすところであるが、瞬間的に「切ってはならない」という思いが頭をよぎり、振り下ろす剣先にも、踏み込む右足にも往時の鋭さは影を潜めていた。

踏み込みが浅かったこともあり、乙次郎の切っ先は男の額を浅くかすめたが、驚くような鮮血が飛び散った。

血を見た男は一瞬、怯えたような表情となったが、恐怖心を払うかのように闇雲に刀を突き立ててきた。そこへ、先に床に倒れ込んだ男も加わり、乙次郎は二本の切っ先を受ける形で、中段に刀を構えなおした。

二人の男は血走った目で乙次郎を睨み、刀を小刻みに上下させながら剣を繰り出してくるが、中段に構える乙次郎の隙をつくことはできなかった。

乙次郎は、中段の構えのまま、すっと前へ足を運んだ。男たちは間合いを保つかのように一歩後に引いた。

男たちの顔に恐怖の表情が過ぎった。小刻みに刀を動かしながら、相棒が打ち込むのを待つような素振りが伺えた。自らが先に打ち込めば、乙次郎に一刀のもとに切られる危険性があるが、その隙をついて刀を繰り出せば、乙次郎を討ち取ることができると踏んでいるようであった。

首謀格の男が、しきりに若い男に打ち込むように促してはいたが、若い男も額を切られた恐怖心で体が動かない様子であった。

乙次郎は、男たちに向けていた刀身をすっと引き、右下方に刀身を据えた脇構えに改めた。その動きを見ていた若い男が、掛け声とともに刀を突き立ててきた。乙次郎はその刀身を上に擦りあげ、空いた胴に軽く刀を当てて引いた。

男の腰帯が切れ、腹部に血が滲んだ。男は刀を投げ捨て、血の滲む腹部を押さえて座り込んだ。乙次郎を見つめる顔は、恐怖心に歪み何かを懇願するようであった。

倒れた男に目を向ける乙次郎目掛けて、首謀格の男が刀を振って斬りかかってきた。切っ先を正面に向け、体当たりをするように飛び込んできた。

乙次郎はその刀身を横に払い、左に体を交わし、長く伸ばした男の右腕に刀を当てて引いた。ガッシャン、男は握っていた刀を落とし、左手で切り口を押さえた。その指の間から鮮血が滴り落ちた。

乙次郎は、床に転がる二本の刀を土間のほうに蹴り落とし、二人に刀を向けた。

遠くから蹄の音が響き、庵の前で下馬する音と馬の嘶きが聞こえた。

慌ただしく駆け込む足音が届き、小太郎が飛び込んできた。

「乙次郎さん。切ってはいけません」

二人の男に刃を突きつけている乙次郎に向かって、小太郎が叫んだ。

乙次郎は、安堵の表情を浮かべ肩の力を抜いた。

倒れた材木の下敷きになり、気を失っていた男も床板の上に引きずり出された。その男の眉間には、大きな瘤ができており薄く血が滲んでいた。

男たちは上州無宿浅太郎と遠州無宿の遠造と貫太郎と名乗った。浅太郎は、五寸釘の浅と呼ばれる暴れ者であることも白状した。上州の賭場で知り合った男たちは、遠州で今なお残る乙次郎の行状を見聞きし、乙次郎が上州から越中方面へ姿を眩ましたことを嗅ぎつけ、その痕跡を辿りながら追ってきたとのことであった。目的は、飛騨の乙次郎と伝説的に呼ばれている男の首級を上げることで名を挙げ、その勢いで一家を立ち上げるつもりであった。

小太郎は、自分は加賀藩からの命を受け、黒部一帯を取り締まる廻り役の一員であることを告げた。そして、男たちに今の乙次郎の暮らしぶりを伝え、二度とこのような行状に及ぶことは諦め、早々にこの地を離れるようにと説いた。

男たちは、床板の上に正坐をした姿で話を聞いていたが、この地を離れるとの言葉に、はっとしたように顔を見合わせた。

浅太郎の目に涙が浮かんだ。

「儂等の世界では、このような行状に及んだ場合、上手くいけばそれに越したことはないが、しくじった時には、自分の命はないものと覚悟して参りました。これも渡世の義理であり、渡世人としての意地でもございました。しかしご覧の通り、儂等には歯の立つお方ではございませんでした。儂等は、ここで討たれても仕方がないと覚悟を決めていたところです。お言葉のように、本当に見逃して頂けるのでしょうか」

乙次郎は、笑みを浮かべながら男たちに向かって頷いた。

「私も渡世人の世界に長く身を置いたことがありますので、その辺りのことは承知しております。ここであなた方を切ったところでことが済むものではありません」

乙次郎は、ゆっくりと呟くように言葉を続けた。

「ここであなた方を切れば、せっかく足を洗って苦労してきたことが、無駄になってしまいます。あなた方へ刀を向けながら苦慮していたところです。廻り役の藤田様がこの場に来られなかったら、ひょっとして切ってしまっていたかもしれません。そのようなことをすれば、渡世人の世界に逆戻りすることになってしまいます。私は二度とあのような世界には戻りたくありません」

男たちは頭を項垂れて聞いていた。

「俺も本当はまともな暮らしがしてみたいんだよ」

遠州無宿の貫太郎が小さく呟いた。

「本当にそのような気持ちがあるのなら、口を利いてあげても良いですよ」

小太郎の言葉に男たちは顔をあげた。

男たちの顔に輝きが戻った。

十四

翌年の春、乙次郎は土地の代官所と奥山廻り役のもとを訪れ、黒部への入山許可の願いを提出した。届けによれば、太郎山から黒部へ入り、尾根筋に沿って槍ヶ岳を目指し、槍ヶ岳へ至った時点で、刀剣と仏像を奉納するとなっていた。

代官所から奥山廻り役のもとへ入山経路の問い合わせがあった。仏像などの奉納のための入山には問題はないが、太郎山から槍ヶ岳への登攀経路は確保できるのかということと、槍ヶ岳は加賀藩の領地に含まれていないため、取り扱いはどのようにすれば良いかとの二点であった。

太郎山から上ノ岳（現北ノ俣岳）へ登り、黒部五郎岳を経て三ツ又（現三俣蓮華岳）に至る経路は、廻り役の中にも何人かの経験者がいるが、そこから先の双六岳から西釜尾根と呼ばれる岩尾根についての情報を持つ者はいなかった。

「乙次郎とか申す者の届け出ている経路は、カモシカでもないかぎり歩いて到達するのは無理なのではないか」

廻り役の一人が言った。

「そうよのう、儂は、薬師の森からしか槍ヶ岳を望んだことはないが、四方に切れ落ちる谷筋を見ていると辿り着くのは無理かもしれないな」

などと、廻り役の中には、鋭く切れ落ちる西鎌尾根の岩場に、登攀経路を捜すことは不可能であろうと言う者が多かった。

「猟師の義助を通じて情報を集めてみました。それに依りますと、飛騨側から入山している猟師からの話ということでしたが、三ツ又から槍ヶ岳への経路は、かまの穂先のように鋭く切れ落ちている模様です。槍ヶ岳から西に伸びる鎌のような尾根筋のため、西釜尾根と呼ばれているとのことです」

小太郎は、猟師の義助を通じて集めた情報を話した。

「かまの穂先のような尾根か。踏破するのも難しそうだのう」

目付の栗田が腕を組みながら呟くように言った。

「確かに尾根の両側は切り立っている様子ですが、この尾根は起伏の少ない岩尾根が続いており、踏破できない尾根筋ではなさそうです」

小太郎がすかさず反論した。

「それでは、安全のため案内人を同伴させるということで認めることにしよう」

目付の栗田が締めくくった言葉が代官所に届き、入山経路は困難を伴う場所ではあるが案内人を同行させるということで許可の裁定が下された。

更に、奥山廻り役の意見を取り入れた代官所では、乙次郎が加賀藩の領地を越え、飛騨の地まで足跡を伸ばすことについては、山伏などの修行に準じることとした。全国を股に掛け山岳地などで修行を積む山伏は、入山禁止の触れの出ている地域以外は、自由に往来できる慣わしがあった。代官所はこの習慣を準用した。

黒部奥山廻り役の活動範囲も、北の方面は朝日岳から信州側との境にある白馬岳までの経路を確保するなど、その範囲を次第に広げていた。しかし、南の方面への経路は十分とは言えない状況にあった。そこで、今回の乙次郎の槍ヶ岳登攀を機会に、飛騨方面への山容を調査するとの口実で、乙次郎への同行者の選任に入った。

隣国の高山藩主金森氏へは人を遣わし、国境地域の探索ではなく、あくまでも参拝登山への支援であることを強調して理解を得ていた。この時代は、いかに山峡の地とはいえ、無断で国境の地を越えることは許されず、事前の了解が必要とされていた。

同行者として選任されたのは、乙次郎の奉納登山を強く支持した小太郎の他に、小太郎と苦労をともにすることの多かった黒田であった。案内人として猟師の義助が選ばれ、小屋掛けなどの雑事を担当する農夫二名の五名であった。これに乙次郎を含め、総勢六名の者が槍ヶ岳を目指すことになった。

越中平野に訪れた春は、薬師の森に連なる山々の雪を解かし、山麓に茂る木々の芽を呼び覚まし、全山を淡い黄緑に萌えさせた。

乙次郎は、この季節に見られる息吹の色が好きであった。秋の紅葉も見事だが、紅葉ほど自己主張しないこの時期の彩りは、ひっそりと生きる自分の姿を見るようであり、更なる躍進を秘めた色のようにも感じていた。

麓の農家では、田の代づくりを終え、田植えの準備に入っていた。

しかし、里では春を迎える気候でも山はまだまだ冬の様相を残していた。その証として、麓から見上げる山の頂には多くの残雪があり、その上にうっすらと冠雪を見ることもあった。この時期、麓では雨であっても一万尺に届かんとする山頂付近では、その雨は雪に変わっているのである。

乙次郎は、登攀に要する荷物を積んだ背負子に、奉納すべき仏像一体をしまい込み、一度は薬師の森に奉納しようとした白鞘の刀身を結んだ。それに併せて、乙次郎を襲った三人の無宿人が「渡世人の世界から足を洗う」と言って、残していった長脇差三本を括り付けた。そして、今なお残る雪面を走破するためのかんじきを準備した。

かんじきとは輪かんとも呼ばれ、雪面を歩く時に草鞋の下に履くもので、踏み出した足が、雪下に沈むのを防ぐための円形の枠である。「くろもじ」や「とねりこ」などの弾力に富む灌木を材料とし、枝を落とした小枝を、楕円形に曲げて木枠を組み、縄で結んだものである。

草鞋への結び方にも工夫がしてあり、平地では紐を後へ回して前で縛るようにするが、山歩きの場合は足の甲の部分に結び目をおいた。このようにすることにより雪崩などへの対応が早まるとの経験からのものであった。また、斜面を歩くために作られた輪かんには、枠の下に角のような突起物を設け、雪面をその爪で捉えることにより、滑落を防止する工夫が施されていた。

十五

村を発った一行は、折立峠を越えた地点で太郎山へ続く稜線に取り付いた。樹林帯の下に残る雪面は、ある部分は硬く締まっており歩行も楽であったが、日中でも樹木の陰になる雪面は、真冬のままの柔らかな雪が残っていた。

輪かんは小気味よく雪面を噛んでその役目を果たしたが、そのような場所では、突然、台地を踏み抜いたように草鞋が沈み、男たちの負っている荷物を揺らした。

突然、視界が開け、目の前に薬師の森の広大な山容が姿を現した。

「折立峠からの登りはきついが、この尾根筋からの景色を見ると疲れも吹っ飛ぶよ」

そう言いながら、先頭を行く猟師の義助が笑顔で振り向いた。

「薬師の森も真っ白だが、弥陀ヶ原の景色は雪の布団をかぶっているようだじゃ」

「見ろよ。佐良佐良峠に続く湯川谷には、未だべったりと雪が付いているよ。谷底には雪崩の跡も生々しく残っているよ」

「あそこは、雪崩の巣だからな。この時期はあそこには近づかないほうが良さそうだな。雪崩にあって、雪塊の中で凍え死ぬのはまっぴらだじゃ」

雪崩落ちた雪が、谷底などに盛り上がって固まった部分をでぶりという。この中に巻き込まれれば、雪塊の圧力で窒息死してしまうほど危険なものであり、雪崩に出会ったときは、でぶりに至る前に泳ぐように雪の流れから逃れなければならないといわれている。しかし、雪崩に遭遇してしまえば、流れ落ちる雪の勢いに押されて転倒してしまい、雪崩に押し流されて、でぶりの中に巻き込まれてしまうことのほうが多かった。

太郎山に続く稜線は、諸所に雪溶けた大地が顔を出し、春の様相を呈していた。およそ半年に及ぶ積雪の下でも、その生命力は確実に息づき、土の中からは植物の新芽が芽生えはじめていた。

太郎山の稜線で一夜を明かした一行は、上ノ俣へ連なる尾根を登っていった。上ノ俣から黒部五郎岳へ続く稜線には、黒部側へ大きな雪庇《せっぴ》が張り出していた。

厳冬期、強い西風に煽られた雪は、尾根を挟んだ東側の断崖に屋根のような庇を形作る。これが雪庇と呼ばれるもので、そこを行く人にはあたかもその上が尾根筋のような錯覚を与える。誤って雪庇を踏み抜くようなことがあれば、千尋の谷底へ滑落してしまう。そのようなときは、同時に崩落する雪の塊に巻き込まれ、生還することは難しい。

先頭を行く猟師の義助は、長い竹竿を雪面に刺し、雪庇の位置を確認しながら進んでいった。

「義助さん、気を付けてくださいよ」

小太郎の声に、義助は笑顔で応えた。

「なあに、大丈夫ですよ。こうやって、竹竿を雪に刺してみる。竿の先が大地に届くようであればそこを歩けば良いんです。ほれ、このようにすっと突き抜けるようであれば、そこは雪庇の上ということとです」

義助は、雪庇の張り出していると思われるほうへ竹竿を繰り出し、その違いを説明した。

「地面から伝わる手の感覚で分かるのですか」

乙次郎が感心したように尋ねた。

「その通りです。じゃけんど、雪庇の下には凍てついた氷の塊があり、それを大地と間違えてしまうこともあります」

「手に伝わる感覚でその判断はできるものなのですか」

「これだけは長年の勘に頼るしか手はありません。理屈っぽく言えば、氷の上に竿が届いた場合は、微妙にその先が滑るような感触が伝わってくるんですよ」

「何となく分かるような気がします。仏像を彫るときでも、最後はやはり手のひらや指から伝わる感覚を大事にしますからね」

「命を守るのも、ものをつくるのも最後は人の持っている感覚ということだね」

「その通りですよ。山には入ればこのような感覚は研ぎ澄まされる。だから人々は自然の中では謙虚になれるんだと思います」

「じゃっけんど、儂っしゃ山の神のほうが恐ろしいじゃや。山の神には頭が上がらないし、その前では謙虚にしているじゃ」

同行する農夫の作次の言葉に一同は腹を抱えて笑った。

上ノ俣からの岩尾根を降り、雪に覆われた中ノ俣乗越に至り、再び稜線を登り詰めて黒部五郎岳の山頂に到着する。一行の行く手には、お椀を伏せたような緩やかな山容の双六岳が堂々と聳えていた。その先には、槍ヶ岳の穂先が浮かぶように黒く輝いていた。後方を振り返れば、薬師の森が周囲を圧するようにその裾を広げ、その先に立山の峰々が遠望できた。そして、歩を進める左手下方には、黒部川源流部の穏やかな流路が、糸を引いたように連なり、黒部川と奥ノタル沢に削られて残った台地である奥の平（現在の雲の平）が、雪の布団をまとった炬燵のように広がっていた。

小さな鞍部を越え、黒部五郎岳の東陵を降れば小さな窪地にたどり着く。黒部乗越と呼ばれる鞍部である。ここを源として、五郎沢が北流し黒部川源流へと流れ込み、南側へ続く小さな流れは、神通川支流の金木戸川へ流れ込んでいる。

五郎沢越しに見る黒部五郎岳の北東斜面には、巨大な花崗岩が露出したすり鉢状の圏谷（カール）が形作られていた。その圏谷には真っ白な雪が残り、その底部は黒部川源流域へと続いていた。

そこでつかの間の休憩をとった一行は、東に続く三つ俣への登りに取り付き、その途中から三つ俣北面の雪上に歩を向けた。そして程なくして、広い尾根の中に平地を見つけ、そこをその日の宿と決めた。

黒部川の源流のある鷲羽岳と三つ俣の鞍部に当たるこの地は、後に鷲羽乗越と呼ばれる登山道の要所となるが、当時は名もない平地であった。

「この切れ落ちている谷は、どのような名で呼ばれているのですか」

小太郎は、足下から広がる谷を指さしながら、猟師の義助に問うた。

「上流部は湯俣川と呼ばれております。そして、槍ヶ岳から流れてくる沢と合流した地点から、高瀬川と名を変えて信州側へ流れております」

今でも、「槍の穂先で小便すれば、梓と高瀬に泣き別れ」などという戯れ歌が歌われることがある。槍ヶ岳を境にして、北側に落ち込む沢が高瀬谷で南側には槍沢が続いている。槍沢は穂高連峰からの流れと合流した地点から、梓川とその名を変え、上高地などの名勝を経て安曇野方面へと流下している。そして、安曇野の穂高町付近で高瀬川と合流し、犀川と名を変えて北流している。槍ヶ岳で別れた小便も、ここで再び相まみえることができるのである。この犀川も、長野県北部の川中島付近で千曲川と合流し大河となり、千曲川という名に飲み込まれる。その千曲川も新潟県に入った地点からは、更に信濃川と名を改め日本海に注いでいる。

「それにしても、恐ろしいほど切り立った沢ですね。あの沢沿いに続いている岩尾根が北鎌尾根ですか」

小太郎は、岩壁が重なるように続く岩尾根を指さしながら言った。

「そのように呼ばれています。あそこには、これまで誰も行ったことがないと思います。もっとも、あの辺りは鳥も通わぬ場所として、誰も近づかなかったし、また、行く必要もない土地でしたからね」

一同は義助の言葉に頷いた。

乙次郎は、黒部五郎から三つ俣への行程の折々に、大きな谷をはさんで対岸に聳える笠ヶ岳の雄姿に目を奪われていた。周りの山々を従えるように孤高に聳えるその姿は、彼が生まれ育った高山の村からも遠望できる山ではあったが、はじめて目にするような美しさを持って聳えていた。

「藤田様。あの山の向こう側に、私の故郷の高山村があるんですよ」

「そうでしたね。乙次郎さんも雪深い土地で育ったと言っておりましたね。ところで、ご両親は健在なのですか」

何気ない小太郎の一言に、乙次郎は顔を曇らせた。

「これまでは、自分のことだけを考え、心配を掛けていた親兄弟のことまで考える余裕はありませんでした。情けないことです」

乙次郎は、頭をうなだれてそっと呟いた。

「いえいえ、そんなつもりで言ったのではありません」

小太郎は手を振って笑顔をつくったが、乙次郎はうなだれたままであった。

「槍ヶ岳へ仏像を奉納したら、一度飛騨の故郷へ帰ってみたらどうだちゃ」

作次が間を取り持つように声を掛けた。

「飛騨の猟師は、向こう側の蒲田川の沢を登ってこの辺りまで来るそうですよ。山歩きの修行を積んだ乙次郎さんなら大丈夫ですよ」

猟師の義助が決意を促すように声を掛けた。

「山登りの修行を積んだと言われても、私の経験なんぞはまだまだ未熟ですからね」

乙次郎は、心配そうに成り行きを見つめる一行に笑顔を向けて言った。しかし、その瞳は槍ヶ岳から南に落ち込む沢筋に向けられていた。

十六

翌日の早朝、宿泊地を発った一行は、三つ俣への広い尾根を登りはじめた。

ここから先は、飛騨高山藩金森氏の領地となり、地形的にも黒部川の流域から信濃川の流域へと変わる地点でもあった。

一行は、三つ俣山頂へは向かわず、その途中から進路を南に変え、三つ俣山腹に続くハイマツ地帯へ足を踏み入れた。

遠望する槍ヶ岳へ続く稜線は、諸所に岩肌を露出した小さな尾根が続き、その登りは槍ヶ岳の肩まで届いているように見えた。

「槍ヶ岳へ至るには、途中にある山頂を越えなければなりません。山頂に登ってからまたそこを降るのでは体力を消耗します。できるだけ起伏の少ない行程を取るためには、確実に続いている雪の上を行くしかありません。但し、このような場所は雪崩の危険を伴います。私が先を行きますので、ゆっくり付いてきてください」

ここは、猟師義助の言葉に従うしか術がなく、一行は一列になって、稜線の北面に続く雪の上を歩んだ。

暫くして、ハイマツ帯が途切れ、草地が顔を出している地点にたどり着いた。そこからは、西に向かって、ハイマツと崩れそうな岩肌の露出した尾根が、馬の背中のように続き、その先は槍ヶ岳まで到達しているのが確認できた。そして、南へ続く稜線の先には、笠ヶ岳の岩峰が黒く輝いていた。

「ここから見る槍ヶ岳は神々しいね。それにしても、槍ヶ岳から北に続く岩尾根は見事だね」

「連なる岩が、鋸の歯のようですね」

「北鎌尾根とはよく名付けたものだ」

「ところで、儂らの向かっている尾根も一筋縄ではいきそうもないな」

一行は、口々にその景観を褒め称えた。しかし、乙次郎だけは、そこから続く笠ヶ岳への稜線を、探るように見つめていた。

「ここから先は、尾根に沿っていくしか方法がありませんね」

周囲を歩き回って経路を探索してきた義助が小太郎に告げた。

「ここまで来たら、義助さんに任せますよ」

「岩場やガレ場が続いたり、ハイマツ地帯を抜けたりと、苦労をかけますが頑張ってください」

ガレ場とは、崩れた岩が幾重にも重なっている場所のことである。

一行が取り付いた西鎌尾根には、小さな名もない山群が幾つも連なっていた。その南面は雪が溶けて岩肌が露出し、反対側の北面にはべったりと雪を付けた断崖が、遙か下方の沢に向かって鋭く切れ落ちていた。

陽が西に傾きはじめた頃、一行は小さな鞍部にたどり着いた。高所ではあるが、手の届きそうな位置に槍ヶ岳が拝め、槍ヶ岳の肩まではいまひと登りの場所であった。

そこに荷を降ろした一行は、岩陰などを巧みに利用した雪室をつくり、宿泊地とするとともに、明日に予定した槍ヶ岳への奉納のための登攀の基地とした。

槍ヶ岳から南に続く連峰は、槍ヶ岳の偉容に勝るとも劣らない山群が連なり、夕日を受けた岩峰が朱に染まっていた。

「槍ヶ岳や笠ヶ岳も見事ですが、あの岩山もすごいですね」

乙次郎が、小太郎に向かって声を掛けた。

「義助さん。あの山の名前は分かりますか」

「儂も、はじめてのことで詳しくは分かりません。たしか、飛騨側の猟師たちはホタケとかいう名で呼んでいたと思います」

「ホタケか。それにしても恐ろしいほどの岩山ですね」

彼らが目にしていた山並みは、今の穂高連峰のことである。槍ヶ岳から大喰岳、中岳、南岳へとほぼ平坦な尾根が続き、そこから大きく落ち込む大キレットでその山群を割り、その先に北穂高岳や奥穂高岳そしてジャンダルムが続いている。それらの山群の西側に切れ落ちているのが滝谷である。今でも本邦屈指の絶壁を有し、その荒々しさは見る者を驚嘆させる。

「あの山と笠ヶ岳の間の沢が蒲田川につながっています。飛騨の猟師は、その沢を登ってくるようですよ」

義助の言葉に、乙次郎の目が輝いた。

泊地と決めた鞍部から、小さな尾根が伸び、その先から広い沢が続いていたが、そこには、硬く締まった雪面が果てなく伸びていた。

「先ほど、義助さんが言っていた沢というのは、この沢のことですか」

そう言いながら乙次郎は、長く続く雪面を眺めていた。

暫くすると、その谷に雲が湧き、笠ヶ岳と穂高連峰を飲み込んでいった。南から湧いた雲は程なくして、小太郎たち一行の姿をも包んでいった。

十七

周囲を包む霧が次第に明るさを増し、山々へ朝の到来を告げた。

目の前の谷から吹き上げる風に乗って、次々と雲が運ばれてきたが、それは体を濡らすほどの湿り気は持っていなかった。

「義助さん。この霧では槍ヶ岳への往復は難しいでしょうね」

吹き上げる霧を手に受けながら、小太郎が義助に声を掛けた。

「なあに、心配には及びませんよ。十間ほどの見通しが効けば間違いなく歩けますから。そして、昨日のうちにこの辺の下見は済ませてありますから」

霧の中から現れた義助は、既に菅笠をかぶり蓑を身にまとっていた。

義助の言葉に促されるように、男たちは次々と雪室から姿を現した。

男たちは一様に、大きな荷物は雪室に残し、強飯などを包んだ風呂敷を背に括り付けていた。

「それではご一同、気を引き締めて参ろうではござらぬか」

黒田の芝居がかった掛け声にも一行は、「おうしゃ」と真顔で応えて歩を踏み出した。

ハイマツの間を縫い、ガレ場や岩尾根を幾つか越えたところで、左手の霧の中に槍ヶ岳の岩壁が見えはじめた。

黒々とした岩肌は、その頂部を雲に隠し、何者をも寄せ付けない威厳を持って天に突き上げていた。

「何とも登りにくそうな岩場ですね」

乙次郎が小太郎の背後から声を掛けてきた。

「隣り合う岩と岩の塊が、左や右に流れるように重なっています。あのような岩の正面を攻めては登れないでしょう。しかし、ご覧なさい。岩と岩の間には溝が切れています。あの溝を頼りによじ登るしか方法はないでしょう」

小太郎は足を止めて、槍ヶ岳の岩面に目を流しながら応えた。

程なくして一行は、槍ヶ岳の肩から南へ延びる尾根に到着した。その足下には、崩れ落ちた岩片が敷き詰められたように広がる、大きな谷が果てしなく続いていた。その谷も、途中からは、べったりとした硬雪に覆われ、その白さが、霧の中へとけ込んでいた。

「何とまあ。凄まじい沢だね。ここから転げ落ちたら命が幾つあっても助からねえだろうな。ああっ、恐ろしや恐ろしや」

作次が足を交互に踏み飛びながら、戯け声を発した。

「儂もはじめてのことで、この沢の名前は知りませんが、おそらく名のある沢なのでしょうね。それにしても、ご覧なせぇ。槍ヶ岳の東のほうにも、切り立った岩尾根が続いています。この山は、四方からの岩山に支えられるように立っているんですね」

義助も、興奮を抑えきれない面持ちで一同を振り返った。

義助の言うとおり、槍ヶ岳は四方からの岩尾根の頂部に位置し、突き上げる尾根と尾根の間には、これまた、目が眩みそうな沢が形成されている。

槍ヶ岳を頂点として、東側から東鎌尾根、西側から西鎌尾根が突き上げ、南へは穂高連峰へ続く尾根が連なり、北側へは北鎌尾根が荒々しく落ち込んでいる。そして、北鎌尾根と西鎌尾根の間には千丈沢が口を開けたように広がり、北鎌尾根と東鎌尾根との間には天井沢が落ち込んでいる。穂高連峰へ続く尾根と東鎌尾根との間にあるのが、小太郎たちのいる槍沢と呼ばれる谷の頂部で、反対側で西鎌尾根との間で飛騨側へ切れ落ちているのが蒲田川の上流である。

短い休息をとった一行は、草鞋の紐を締め直し、槍ヶ岳の登攀に取りかかった。その頃になると、沢から吹き上げていた霧も収まり、五月の太陽が霧を割って陽を注いできた。

一行の目の前には、霧が払われた槍の穂先が天を突くように聳えていた。

左手に突き出た小さな岩峰を巻くように進み、一行は槍ヶ岳正面の岩場に出た。

義助が左右に歩き回り、登攀の足がかりになりそうな地点を捜した。

「あの岩を越えると、登りやすそうな溝が続いています。じゃっけんど、取り付いた足場の下は、千尋の谷底だじゃ。岩に取り付いて浮かぶようにして登ればやれんこともないが、恐ろしゅうて、足が竦んじまうじゃ」

義助が戻り興奮気味の報告が行われた。しかし、切れ落ちる千丈沢や天井沢のほうにも、岩溝の続いている場所のあることは確認できたが、そこまで回り込むことができたとしても、それから先の危険度は高く、回り込んでの登攀は断念せざるを得なかった。

義助たちが登攀の経路を捜している間、小太郎は正面に続く岩壁を凝視し、そこに続く岩の溝を目で追っていた。

正面には、大きく垂直な岩が釣り鐘を割ったように張り出し、その左右の岸壁に沿って上部への岩溝が続いていた。右側の岩溝のほうが深さも大きく、張り出した岩の上部へ続いているように見えた。

「義助さん。まず、正面の岩場に取り付いて、向かって右側の溝を登ります。登り切ったところで、左に在る岩棚へ取り付きます。あそこを左に回り込んだら、上から伸びているあの溝に取り付いてみては如何ですか」

小太郎は、槍ヶ岳の岩面を指さしながら説明した。

「まず、私が空身で登ってみましょう。左に回り込む岩棚の向きが、ここからは分かりませんが気になります」

義助は、そう言うと荷物を解き、岩溝の中に身を滑らせた。

義助は溝の中を泳ぐように、釣り鐘状の岩の上部にたどり着いたが、右側へ回り込む地点で手を大きく振り、声を飛ばしてきた。

「藤田様。ここから先は回り込めません」

戻ってきた義助は、今登ってきた経路を指さしながら言った。

「下から見れば岩棚に溝があるように見えますが、あそこには下向きに流れるような岩棚が続いています。瓦屋根を横に移動するようなもので、渡るのは危険すぎます」

小太郎はがっかりした。

「ですが、藤田様。左側の溝は浅いですが、登るのはそれほど難しそうではありません。あの溝と、上から落ち込んでいる溝はつながっています。上からの溝に沿って右へ巻くように登れば、衝立のような垂直な岩の下に出ます。あそこを左に回り込めば、あの衝立状の岩も通り抜けられそうです」

「ようし。それでは全員で挑戦してみましょう」

小太郎は皆を振り返って号令を掛けた。

「藤田様。儂しゃあ、山は怖くありませんが、このような垂直な壁は苦手です。どうぞご勘弁ください」

作次が拝むようにして顔を伏せた。

「せっかくだから声を掛けましたが、無理にとは申しません。どうぞ、無理をなさらずにここで待っていてください」

槍ヶ岳の岩場に取り付いたのは、小太郎と乙次郎に猟師の義助の三名であった。

「良いですか。岩場での登りには、両手両足を使います。両手両足の四つで岩に立ってください。右足を移動させるときには、両手と左足はしっかりと岩を掴んでいてください。右手を動かすときには、両足と左手は動かしてはいけません。動かすのは必ず一つだけです。そして、岩にへばりついてはいけません。岩を抱きしめるのではなく、岩肌に挨拶するような間が大切です」

義助に岩登りのこつを教えてもらい二人は浅い岩溝を軽快に登っていった。

義助の言うとおり、左側の溝は途中から大きな溝に合流し、槍ヶ岳を右に巻くように続いていたが、天井沢が足下に見える地点で突然途切れ、切れ落ちた岩と岩の間に、千尋の谷底への空間が口を開けていた。

「ひええっ。恐ろしや、恐ろしや。ここは地獄への入り口かいな」

義助が戯けた表情で二人を振り返ったが、小太郎にも乙次郎にも笑顔は浮かばず、硬い表情しか返ってこなかった。

その地点の上部には、衝立のような岩が続いていた。その底部に残る岩棚の上を、蟹が横に這うように左に回り込み、僅かに切れている溝に沿ってよじ登り、衝立状の岩の上に立った。

そこからは、心配そうに見上げる黒田たち三人の姿が、小さな人形のように見えていた。

「おーおい。おおーおい」

岩棚の上から、小太郎は声を出し、手を振った。

山頂から続く岩溝を頼りに、左右に回り込みながら岸壁をよじ登り、三人は槍ヶ岳の頂上に立った。

山頂には、扁平な岩が積みあげられたように重なり、大きな円弧を描くような台地状となり、北側からの尾根につながっていた。

槍ヶ岳を取り巻く四つの沢には、厚い雲海が張り付いていた。その雲海の上に、海に浮かぶ島々のように、周囲の高峰が黒く顔を出していた。

「藤田様。ちょっと来てください」

周囲を歩き回っていた義助が声を掛けた。

「如何いたしました」

二人は、重なり合う岩を乗り越えて義助のもとへ近づいた。

「藤田様、ご覧ください。錫杖ですよ」

「あっ、本当だ。錫杖だ。それも、一本や二本ではありませんね」

「と言うことは、これまで何人かの山伏が、この山頂を極めていたということか」

「そうだと思います。これだけの山ですから、修行のためこの山を目指した方も多いのでしょう」

錫杖は、山伏たちが思い思いに場所を選び、岩の間に突き立てたと見え、その数は数カ所に渡っていた。永い風雪に晒された錫杖は、その多くが根元から折れて倒れていたが、中には、斜めに突き刺したままの形で、その頂部を現しているものもあった。

「藤田様、これらを一カ所に集めてお祈りしましょうか」

義助が小太郎に向かって言った。

「いや、そのままにしておきましょう。命を懸けてこの山に登り、ここぞという場所に錫杖を立てたのでしょうから」

三人は、それぞれの錫杖の前に立ち、手を合わせた。

三本目の錫杖に跪いたとき、重なり合う岩の奥に、一つの髑髏が見えた。風雪に晒され真っ白になっているが、それは紛れもなく人の頭蓋骨であった。

「ここで亡くなった人のものでしょう。南無阿弥陀仏、南無阿弥陀仏……」

「せっかく、ここまで登りながら命を落としてしまったのでしょうか」

「入定《にゅうじょう》かもしれませんね」

乙次郎がぽつりと言った。

「入定って何ですか」

「生き仏になることだといわれています」

「生き仏といわれても……」

義助が戸惑うようにつぶやいた。

「良くは分かりませんが、願い事が叶ったときなど、念仏を唱えながら食を断って、あの世に行くことだといわれています」

「この方にとって、槍ヶ岳開山が念願だったのでしょうか」

「それは分かりません。槍ヶ岳開山ともなれば、大先達としての名声や地位も得られるのに、何故自ら命を断ったのでしょう。私には分かりません」

乙次郎は呟くように答えると、悲しそうに目を伏せた。

三人は、その髑髏の上に岩片を建て墓標とし、祈りを捧げた。

古来より、未踏峰の山に登り、その証を持って届け出れば、開山者として大先達の称号が与えられ、寺院などを建てることもできた。しかし、その道のりは平坦ではなく、途中で命を落とす修験者の数のほうが多かった。

「我らは、そのような地位を求めてここに来たわけではない。純粋な奉納のために力を合わせてきた。奉納ができればそれでよい」

小太郎が力強く言った。

三人は、山頂の一角に石を集め、持参した仏像と刀を納める石室を築いた。それは、石でつくられた祠のように見事なものであった。

「この奥に仏像を安置しましょう。そして、天下の五穀豊穣を願い、子々孫々までの繁栄を願いましょう」

小太郎の言葉に促されるように、乙次郎は小さな石室の中に仏像を安置した。そして、その両脇に持参した刀剣を置いた。

乙次郎は、その前に跪き、目を閉じて長い祈りを捧げた。

「藤田様、義助さん。ありがとうございました。おかげさまで、身も心も洗われました。これからは、仏像彫りに専念できそうです」

顔をあげた乙次郎の頬を、一筋の涙が滑り落ちた。

「乙次郎さん。お礼を言いたいのはむしろ私どものほうです。このような機会が与えられたのは、乙次郎さんの執念と信心から発したものであり、幾人もの命を飲み込んだこの山に登れたのも、義助さんをはじめとする皆の協力があったからこそです。心からお礼を言います。本当にありがとう」

三人は手を取り合って石室の前に跪いた。

十八

槍ヶ岳からの下降は、登りより困難を極めた。途中にある衝立状の岩場の下降には、持参した科縄《しのなわ》を身に巻き付け、一人ずつ岩場を這った。

科縄とは、シノの木の皮を縄に編み込んだもので、強い強度を持った縄である。越中の地では、材木の切り出しや重量物の運搬などにも使われていた。

衝立状の岩場を最後に下降しようとした小太郎の足下の岩が揺れた。

平衡を失った小太郎の体が後方に傾き、そのままの姿で岩の斜面を滑り落ちた。乙次郎と義助の握る縄が小さな衝動とともに強く張った。

小太郎の滑落と同時に、緩んだ岩の破片が千丈沢へ飛んでいった。

ガラガラという音が響き、ヒューンという風切り音を残し、大小の岩片が千丈沢へ落下していった。

「危ない」

乙次郎は、握りしめた縄に力を込めた。

握りしめた手のひらの中を、科縄が滑り、乙次郎の手から血が滴り落ちた。痛みを堪える乙次郎の手の中で、科縄の滑りが止まった。

「おおーい、大丈夫か」

「怪我はないか」

乙次郎と義助が同時に声を発した。

「大丈夫、大丈夫」

下から元気そうな声が届いた。

岩棚から顔を出した二人の下方に、小太郎の元気な笑顔が見えていた。

「岩場に慣れたつもりで油断をしてしまいました。膝をすりむいた程度で大きな怪我はありません」

小太郎からの声を聞いた乙次郎と義助は、笑顔で顔を見合わせた。

「この命綱がなかったら、あの谷底へ転落していたかもしれません。心配を掛けて申し訳ありません」

科縄を頼りに岩棚まで引き上げられた小太郎は、二人に頭を下げた。

「この山は、単独で登り降りするには危険すぎます。我らは互いに命綱を付けていたから大きな事故に遭うことはなかったのだと思います」

「おそらく、この山に登り錫杖を奉納した人の中にも、降りで命を落とした人もいるでしょうね」

「いましばらくは、このような岩場が続きます。気を引き締めて参りましょう」

三人は、腰に巻いた科縄を確かめて、更に連なる岩場の下降に入った。

やがて三人は、槍ヶ岳の取り付き地点に到着した。

登攀を見上げていた黒田たちが走り寄ってきた。

「藤田様が宙に浮いたときは、もう駄目だと思ったじゃ」

そう言いながら、心配そうに走り寄った作次に、小太郎は頭を下げた。

「それにしても、怪我一つなかったということはなによりでした。藤田殿は強運の持ち主とお見受けした」

黒田も、小太郎の手を握りしめながら、喜びを表していた。

奉納を終えた一行は、帰路についた。

昨晩泊まった雪室へ戻る途中で、男たちは度々槍ヶ岳を振り返った。そこには荒々しい北鎌尾根が眼前に連なり、その頂部に槍ヶ岳の穂先が天を突いていた。

「登ってくるときに見た槍ヶ岳は、えらく恐ろしげに見えたものでしたが、登り終えてから見る山は、なにか懐かしささえ感じますね」

乙次郎の声に小太郎が続けた。

「山に登ってやろうとか、山を征服してやろうなどと考えて山を見れば、その山は恐ろしい強敵に見えます。しかし、山を含めた木々に感謝する気持ちや、自然を敬い畏敬する心を持って山を見れば、優しく慈悲深い姿に見えるのでしょうね」

「畑作も、しょせんは自然の意のままですじゃ。自然の大きな流れの中では、儂ら農民の力なんぞは小さいものですじゃ」

「それは、猟師の世界も同じことだじゃ。むしろ、儂ら猟師のほうが自然には支配されやすい立場にあるっちゃ」

「言われるとおりです。その意味からも、この度の仏像奉納の山行は意味があったと言えます。そして、何よりも嬉しいことは、我ら全員が、自然の恵みや偉大さについて、改めて認識できたことだと思います」

小太郎がこのように言って結んだ。

一行は、登ってきた時の足跡を辿りながら、西鎌尾根を降っていった。

「藤田様」

乙次郎が後方から声を掛けてきた。

「どうかしましたか」

小太郎は、歩を止めて乙次郎を振り返った。

それに併せて、全員の足が止まった。そこからは、正面に広がる雲海の上に、笠ヶ岳が天を突くように聳えていた。

「私を、ここから飛騨のほうへ行かせてもらうわけにはいきませんか」

「……」

「もちろん、里にたどり着いたら代官所へ行ってわけを話します」

「もう、越中には戻ってこないつもりですか」

小太郎は、乙次郎の目を見ながら寂しそうに聞いた。

「そこまでは考えておりません。飛騨の高山に行き、両親や兄にこれまでの無沙汰を詫びたいと思っております」

「あなたの気持ちはよく分かります。問題は、高山藩への届け出の文書です。我ら六名が槍ヶ岳へ奉納登山を行い、戻ってくることを約束してあります。あなたの生まれ故郷へ帰るのですから問題はないと思いますが、念のため、私と黒田の連名で代官所への書き付けを準備しましょう」

「えっ、お許し願えるのですか。ありがとうございます」

乙次郎は、小太郎の手を取って握りしめた。

「乙さん。良かったな。ご両親も安心なさることでしょう。それにしても、同じ人間なのに、藩と藩の間を自由に行き来できないのは寂しいことだっちゃ。でもよ。藤田様と黒田様が請け負ってくれるというのはありがたいことだっちゃ」

作次は鼻水をすすり上げながら、乙次郎の肩を抱いて言った。

「乙次郎殿。高山藩での吟味の折、何か必要なことがあれば遠慮なく知らせてくれ。藤田殿と儂とで何とかするから。心配はいらん。但し、それは里までたどり着けたらの話じゃ。儂は、この沢を降りていく道中のほうが心配じゃ」

黒田が、足下に広がる谷を指さしながら言った。

「雪崩と落石に気を付けてくだせえ。雪庇の張り出してある下は歩かないことです。雪庇を見たら、反対側の沢をお歩きなさい。それにこの時期は、雪庇が崩れ落ちて雪崩を誘発することが多いので注意してください。それと、岩が突き出ているようなところでは落石があるかもしれません。雪の上を転がる石は、音を立てませんから、そのような場所では上のほうも見ながら歩いてください」

義助が、身振り手振りを交えながら説明した。

「それではご一同。雪室に戻りましょう。今夜は、槍ヶ岳への奉納登山の成功と、乙次郎さんの門出を祝って祝杯をあげましょう」

　小太郎の声に一同は笑顔で応えた。

　夜の帳がおりた星空の中に、槍ヶ岳の黒い稜線が、月明かりに映し出されるように浮かびあがっていた。そして、黒々とした槍ヶ岳山頂の稜線に、明るく大きな星が一つ、槍ヶ岳に寄り添うように輝いていた。

その二　「越道峠」

一

刀を横に払ったような赤い線が宙に浮き、漆黒の闇が真っ赤な線とともに縦に裂けた。朝の陽光が斜めに走り、周囲を覆っていた闇の帳が消えていった。

小太郎は膝を抱えたまま、一日の生まれる様子を身じろぎもせず見入っていたが、これからの行程を考えれば見事な朝焼けに感動してばかりもいられなかった。

今日は仲間の子供たちを八人も引き連れて、入山が禁止されている黒部川の谷筋へ降っていく計画を立てていた。

緊張感をほぐすため両手を伸ばして大きく欠伸をしたとき、背後から近づく足音を耳にして振り返った。

「おう、年蔵か。おはよう。夜はよく寝れたか」

「よくは分からんが、焚き火が消えるのに気が付かなかったということは、よく寝ていたんだろうな」

年蔵と呼ばれた少年がボソッと呟くように答えた。年蔵は小太郎と同い年の十四歳である。藩の刀や槍などの兵器庫を管理する御槍組で、倉庫の番人を勤める足軽の長男である。動作がいつもゆったりとしており、口数も少なく、子供たちの輪の中で、いつもにこにこ笑いながら話を聞いている少年である。そのため「総領の甚六」などとからかわれることもあるが、怒ることもなく「はい、はい」と笑いながら対応していた。しかし、ひとたび竹刀を握ればその剣先は鋭く、町の道場では小太郎の好敵手でもあった。

「朝焼けが見事だね」

「うん、俺も見ていたよ。朝日を見ていると元気が沸いてくるね。今日はいいことがありそうだね」

今朝は何時になく口数の多い年蔵だが、火をおこす手順は心得ている模様で、話しながら焚き火に残る丸太を引き上げた。

「灰の中にはまだ熾き火が残っている。小枝をくべて火をおこし、炎があがったら他の子供たちを起こそう」

「俺は小枝を集めてくるよ。年蔵は子供たちの様子を見ておいてくれ」

そう言いながら小太郎は藪の中へ分け入り、木々の切れ間から周囲の山の姿と、未だ朝の陽が届かず、暗くそして深く切れ込んでいる黒部側の谷間に目をやった。

越道峠を分水嶺とするかのごとく峠の北側には明るい流域を持つ小川の傾斜が続き、はるか遠く越中の海に向けて流下していた。しかし峠の南面に切れ落ちている黒部川の流域は、点在する巨木の足元を覆う笹と草の斜面が続き、その中をわずかな踏み跡が暗い谷間に続いていた。

昨日登ってきた小川沿いの小道は、多くの人に踏み固められ、はっきりとした形でその道筋は確認できるが、入山が禁止されている黒部側の道は、けもの道程度の踏み跡しか残っておらず、この心細い踏み跡を見失うことなく、道筋を辿ることができるのかと小太郎は不安に駆られた。

この入山禁止の黒部川への踏み跡は、「黒部奥山見廻り役」が往還に利用する通路として切り開かれたもので、見廻り役の人々が梅雨の終わり頃から初雪が降りはじめる頃まで、この道を通って黒部川流域へ入域し、盗伐などの取り締まりや警備に利用する道であった。

戦国の世、天正九年（一五八一）以来この地は時の武将「佐々成政」の支配下にあった。佐々成政は富山城を居城とし、この地を含む越中を支配下に納め、領民のために常願寺川や黒部川の治水事業に力を注ぎ、両河川の氾濫を防ぐと同時に、新田開発にも意欲を燃やしていた。

天正十年（一五八二）に起きた織田信長暗殺事件いわゆる「本能寺の変」以降は、羽柴秀吉（後の豊臣秀吉）との確執もあり、天正十三年（一五八五）にその領地を没収され、代わって加賀藩主前田利家がこの地を治めるようになっていた。

二

小太郎は、心許ない踏み跡を目で追いながら、叔父の八兵ヱとの会話を思い出していた。

「そうか、小太郎は魚釣りが得意なのか。それでいつもはどのあたりで釣りをするのじゃ」

「黒部へ入っては為りませんので、小川へ出かけております」

領地の北東にある越道峠を源とする小川は、黒部川の北を西流し、日本海へ注ぐ小さな河川である。

名前のように小さな川ではあるが、鱒や鮠《はや》そして岩魚などの川魚が多く住む川として知られていた。

当時、黒部川流域へは、漁労や狩猟などに携わる限られた者以外の一般人の立ち入りが禁じられていた。そのため、近隣の人々にとって小川は釣りを楽しむ数少ない場の一つであった。

「ここから越道峠までは一日の行程じゃの。往復には二日は必要じゃの。で、小川をさかのぼって越道峠まで行ったことはあるのか」

「行ったことはございません。でも子供の私でも、峠で野宿をすれば帰ってこられまする」

「まあ、無理はせんことじゃ。おまえが大人になったら、驚くほどの大きさの魚が住んでいる場所を教えてやるでな」

「ありがとうございます。それで、その魚はどのような種類なのですか。驚くほど大きいとはどれほどでございますか」

「そうよ、のう」

八兵ヱは伸びかけたひげを左手の拳で掴みながら、遠くを見るように押し黙った。

「教えてくださりませ。黒部川がその場所ですか」

八兵ヱは考え事をするように、腕を組んだまま左の拳で髭をこすりながら、囲炉裏の火を見つめながらぽつりと声を発した。

「わしも、最初は信じられんかった」

小太郎は膝を乗り出し、八兵ヱの口元に目をやった。

「あれは、三年前の秋口じゃった。わしは吉右衛門と二人で小川へ釣りに出かけたのじゃ」

八兵ヱはゆっくりと話しはじめた。

「その日はからっきし駄目でな、越道峠へは昼過ぎに到着してしもうた」

話の途中から、右手の人差し指を口に当てて、

「よいか。ここからは内緒の話じゃぞ」

と、声を潜めた。

トクンと小太郎の胸は高鳴った。

「吉右衛門もからっきし駄目でな、二人で顔を見合わせているうち、わしは思い出したのじゃ」

「何を、でございますか」

小太郎は逸る心を抑えきれずに八兵ヱに詰め寄った。

「まあ、待て待て、そう急かせるなよ。ここまで言ったからにはすべてを話すゆえ」

八兵ヱは小太郎の目を見つめながら話を続けた。

「奥山廻りに、小屋掛けなどの雑用でついていった農民の話によれば、黒薙川と黒部川との合流近くに大きな淵があり、そこには岩魚が手づかみにもできそうに群れている場所があったということじゃ」

そう言いながら、八兵ヱは火箸を取り上げ、囲炉裏に二本の線を引き、二つの川の合流点を丸い輪で囲んだ。

「わしはそれを思い出して、吉右衛門を誘ったのじゃ。奴は黒部への入山は御法度だからと反対しておったが、わしの話を聞いて一緒に行くことにしたのじゃ」

「その道は難しい道なのですか」

「越道峠からは黒薙川の支流の北又川を降っていくことになるが、その途中には滝や淵がたくさんあってのう、山歩きや川歩きに慣れたわしらにとっても、それは難儀な道じゃった」

当時を思い出すかのように眉をひそめながら、

「夕方近くになって、ようやく合流地点に辿り着いたよ」

「大きな淵はあったのですか」

「ああ、本当にあったよ。それはそれは大きな淵で、田圃が何枚も入るくらいに広かったよ」

「直ぐに釣りをはじめたのですか」

「わしらも疲れておったし、魚が逃げるわけでもなし、まずは野宿の小屋掛けからはじめたのよ。もっとも小屋掛けといっても、夜露に濡れないよう木の枝で屋根を葺き、笹や草を敷き並べて寝床を造るだけじゃがの」

八兵ヱはまた火箸で小屋掛けの絵を灰に描いた。

「わしは焚き火のための薪を取りに、淵の際まで降りていったのじゃ。そして淵の端に突き出た岩場の上で全体が見渡せる所へ辿り着いたのじゃ。淵の岩場の向こう側には大きな黒部川の流れがあってのの」

八兵ヱは当時を思い出すように目を細めた。

「秋の陽はつるべ落としとか。水面には斜め上からのお天道様の光が射していたよ。秋口とはいえお天道様の日差しは強いものでな、日差しに暖められた水面からは、ところどころ湯気が上がっておったよ。多分、昼に暖められた水面と、陽が陰り急に冷えてきた空気との間に温度の差ができて、湯気が立ちはじめたのじゃろう。しばらくすると水面が一面に湯気で覆われるのじゃ」

そう言いながら八兵ヱは多少照れくさそうに目を落とした。

「水面から湧き上がる湯気に、斜めから秋の夕日が射し、紅色に光るのじゃよ。そのあまりの美しさに、わしは、しばらく見とれておった。その時じゃ」

伏せていた目を見開き、小太郎を見つめる八兵ヱの姿に、小太郎は思わず引き寄せられた。

「淵の遠くで、きらきら光るものが目に入ったのじゃ。これまでの湯気は一瞬でその姿を消したものだが、それだけは光の柱のようにきらきら光ったままで消えないのじゃ。そして、あろうことか静かに水面を動いているようじゃった」

ここで一息ついて、

「わしは、目を凝らしていたが、やはりその光の柱は動いていたのじゃ。そして、わしが立っている岩場のほうへと近づいてきたのじゃ」

「光っていたのは何だったのですか」

八兵ヱは「信じてもらえんじゃろが」とつぶやきながら、

「その光の正体は小魚の群れだったよ。無数の小魚が跳ね上がるところへ、お天とう様の光が当たって輝き、光の柱のようになって動いていたんじゃよ」

「どうして小魚が跳ね上がっていたの」

「そこじゃ。わしもそのわけが分からなかった。でもな、しばらくすると、その光の柱はわしの側まで近づいてきたんじゃよ。その時じゃ。その小魚の跳ね回る後ろに、大きな、そうよ、のう、大きさにして六尺はあろうかという大魚の影が見えたのじゃ」

「えっ、六尺ですか」

小太郎は自分の身の丈よりも大きいのかと頭の上に手を伸ばした。

「はっきりしたことは分からんが。小魚たちはその大魚から逃れるため、先を争って水面を飛びながら逃げていたのであろう。それにしてもあのような大きな魚を見たのは、はじめてじゃ」

「そのような大きな魚の話は聞いたことがございません」

「わしの足下から二間ほどのところで、その魚は方向を変え、淵の奥のほうへ去っていったよ。わしは幻を見たのではないかと思ったが、ゆったりと去ってゆく魚の影は……そうよのう。優に六尺はあったのう」

「人に話したことはないのですか」

「御法度の場へ出入りしたことが露見してはまずいからな」

「吉右衛門さんも見たのですか」

「直ぐにとって返して、小屋掛け中の奴に話したが、全く信用してもらえなかった。無理もないがの。これまでの噂でも、三尺ものの話は聞いたことがあるが、六尺となると誰も信じまいて」

「私は信じます。是非そこへ行ってみたいです」

「やめておけ。子供には無理な場所だし、黒部に入山することは御法度じゃ」

三

町はずれに北川平三郎が住み着いて、二十年ほどの時が経つ。しばらくは寺の用心棒のように振舞っていたが、世間が安定し、関ヶ原や大阪夏の陣くずれの残党と称する盗賊団の噂も聞こえなくなった頃から、彼は寺の境内のはずれに道場を構えた。ある時一人の道場破りが現れ、平三郎に勝負を挑んだが、一太刀も打ち込めないまま道場を去ったことが評判となり、入門者が増えていった。

当時の武士やその子弟はこのような町道場へ通う者は少なかったが、禄高の低い家の子弟や足軽の子はそのような道場へ入門する者が多かった。また、平三郎は町人や農家の子弟も迎え入れ、身分や仕事で子供たちをを差別することなく指導するため、評判が上がっていった。

そして何時の頃からか読み書きの手ほどきもするようになると、午前中は読み書きの指導で、午後からは道場での剣術の指導という学習形態ができあがり、道場の名前もこれまでの浄蓮寺の道場という通称から、住職の肝いりで「浄心塾」と命名されるようになった。

小太郎がこの浄心塾に通いはじめて六年が経つ。はじめは読み書きを習うために入門したが、併せて剣術の稽古をはじめ、今では元服前の子弟の中では一、二を競う腕前を持つようになっていた。

その稽古も当初は袋竹刀で大人たちが打ち合う道場の片隅で、来る日も来る日も木刀の素振りや摺り足の繰り返しで、不満を持ったこともあったが、今ではあの時の基礎稽古が役にたっていると密かに思っている。

年蔵も同じ頃入門し、今ではともに稽古に励む仲になったが、入門当初は動きが鈍く、周囲から嘲笑されることも多かった。小太郎たちが、早く袋竹刀で打ち合う稽古をしたいと平三郎に願い出たときも、年蔵は黙々と木刀を振り続け、稽古方法の変更を願う一員に加わることはなかった。結局袋竹刀で打ち合う稽古が開始されるまで二年近くを要したが、これを境に年蔵はめきめきと腕を上げていった。

年蔵には十歳になる八重という妹がいた。八重は何事にも積極的で動きも活発で、男児に伍して活動できる体力も有していた。物事への観察や論理的な言動にも優れ、論議ともなれば小太郎もやりこめられることが多かった。八重は年蔵の行くところは何処へでも付いて回るため、自然と男児遊びを覚えるようになっていた。それは、両軍に分かれての戦遊びや木剣を持っての立ち回り、そして山登りや川遊びなどもそうであった。

四

間もなく刈り入れを迎える稲穂の先に淡い陽光が射し、折からの微風にその穂先がさざ波のように揺れていた。そのような田圃に挟まれた畦道に、肩を並べる小太郎と年蔵の高下駄の音がカラコロと響いていた。

浄心塾での稽古が終わった後は、帰る方向の同じ子供たちが列を成していた。木刀を肩に負い、その先に風呂敷に包んだ教本や矢立てを結びつけ、それを揺らしながらの帰路であった。小太郎と年蔵を先頭に、ほぼ年齢順に十三歳の又八と十二歳の勇作と助蔵の集団が続き、少し遅れて十歳の忠司と仙太郎が話しながら付いていた。

小太郎は、付近の農家の普請のため積み重ねられた材木の中央に腰を下ろし、子供たちを集結させると、黒部川の名前は挙げずに八兵ヱから聞いた怪魚の話をした。子供たちは顔を見合わせながら「本当かなー」とか「魚の妖怪じゃないの。怖いよ」などと話し合っていたが、「一度見てみたいものだな」と強く興味を示したのは年蔵であった。

子供たちそれぞれが空想を働かせ、釣りをしながら見知らぬ川を遡上し、大きな淵の畔で釣り糸を垂れている自分を想像していた。

「今度皆で遠出をしてみようではないか。黒部川の北にある小川沿いに、魚釣りをしながら上流まで行き、一泊して帰ってこよう」

小太郎の提案に子供たちは歓声を上げた。

「今度の浄心塾の休みは明後日だ。明日、平三郎先生には私のほうから、我々七名は遠出をするので二日間休むことを伝えておこう。ところで、皆の父上や母上からのお許しはもらえるかな」

「小太郎兄者と年蔵兄者が一緒だと言えば許してもらえるよ」

日頃は控えめな勇作の声に子供たちは笑って頷いた。

勇作の言葉通り、小太郎の家にはその日の内に、それぞれの家から「お世話になります。よろしく

お願いします」などと母親や姑が挨拶の口上を述べに訪れた。暫くして、年蔵が八重を伴って現れ、

「八重がどうしても一緒に行きたいと言って聞かないんだよ。どうしたもんかね」

と心配顔で相談に来た。

「私は何時も皆と一緒に遊んでおる。これまで足手まといになったことなぞない。大丈夫じゃから連れていってくれ」

八重は今にも泣き出しそうな顔をして小太郎を睨み付けた。

「父上はどのように仰せなのか」

「父上はまだお帰りではありませんが、母上は兄じゃと一緒に行ってもよいと言うておる」

八重の力強い声が飛んできた。

「年蔵、連れていってやろうよ。八重だったら大丈夫だよ」

「実は俺も連れていきたいと思っていたんだが、小太郎に反対されるのではないかと思って、こうして連れてきたんだよ」

「反対なんかするものか。八重がいると賑やかで楽しいのはいつものことじゃないか」

二人の話を聞いていた八重は飛び上がって喜び、それじゃ握り飯をたんと作ってあげるからね、と年蔵を笑顔で見上げた。

五

天にかかる三日月の輪郭が未だ明かな早朝、小太郎の家に集結した子供たちは、それぞれの家族からの、「気を付けてね」「無理をするんじゃないよ」などの声を背に受け、朝靄の立ちこもりはじめた道を歩き出した。

子供たちはそれぞれに縫ってもらった山袴を履き、足袋で足を覆い草鞋の紐をしっかりと結んでいた。風呂敷に包んだ荷物を肩から斜めに結び、雨具としての蓑を掛け、その先に菅笠をぶら下げていた。大柄な又八は、藤弦で編んだハケゴを背に負い、腰には鉈を下げていた。八重は赤い小袖の裾を、男物の山袴で覆い、両の手には手甲をはめ、一際りりしく装っていた。

暫くして、小川の流れに辿り着いた子供たちは、荷物を一カ所にまとめると、流れに向かって釣り竿を繰り出した。餌は川虫やイタドリなどに巣くう虫である。川に降り、少し大きめの石をゆっくりと持ち上げると、そこにへばりついているのが彼らの言う川虫である。イタドリの茎は早春はスカンポと呼ばれ、柔らかな茎を口に含み、その端を噛めば甘酸っぱい茎汁が楽しめる草である。その成長し硬化した茎を折ると、筒状の茎の中に隠れている虫がイタドリの虫である。

小太郎は勇作と八重を連れ、流れの淵に餌を流した。途端にブルブルという手応えとともに、一尺近い岩魚が水中を走った。小太郎は釣り竿を持つ手を左に返し、水面に平行に釣り竿を構え、ゆっくりと岸辺に引き寄せた。

「やったー」と勇作は水中へ走り込み、岩魚を掴みあげ頭上に大きく掲げ「小太郎兄者が一番乗り」と叫んだ。暫くすると又八の班や年蔵の班からも収穫の声が届いてきた。

八重に釣り竿を任せたり、勇作の釣りを助けたりしながら小半時ほどで、釣り上げた岩魚は十尾にも及んだ。又八が器用に魚の腹を割き、塩をまぶすと岩の上に並べ、水分を切った後竹の皮に包みハケゴへ収納した。

「今夜のおかずができたね。夕飯が楽しみだな」との仙太郎の声に皆の笑顔が返ってきた。

上流に入り流れ込む沢を詰めるに従い、魚影は濃くなり収穫数も増えていった。岩魚は成長するに連れて沢を遡上する習性があり、小さな沢に驚くほど大きな姿を見せることもある。普段は自己の縄張りを持つ魚であるが、季節によっては複数で生息することもあり、今回の成果に繋がっているのであろう。

昼食は峠にほど近い河原で摂ることになったが、竹串で焼いた魚の味は格別であった。河原に転がる、白く乾燥した小石の上に銘々が腰を下ろし、これまでの成果を自慢し合う声が黒部の山裾へ届いていった。

峠から少し黒部川流域に寄った平地に小屋掛けをした一行は、その夜は遅くまで焚き火を囲んで談笑した。この日の収穫や今回の遠出の話から、山や村に伝わる「雪女」の話や「河童」の伝説話が出ると、それを面白おかしく話す小太郎や年蔵の口元に、子供たちの目は釘付けになった。

「先日話をした大きな魚が住むところを見てみたいと思わないか」

小太郎は頃合いを見て切り出した。

「本来であれば、明日は峠を降って家に帰ることになっているが、少し遠回りをして峠の反対側に降りてみようではないか。適当なところで引き返し、遅くならないように帰れば怒られることもないと思うがどうじゃ」

「行きたい。行ってみたい」

忠司と仙太郎が同時に声を発し手を挙げた。他の子供たちも目を輝かせて頷き合っていた。

子供の好奇心や冒険心は押さえきれるものではなく、その目や心は常に新しいことへ挑戦し続けている。それだからこそ子供であり、そのような挑戦により、大人へと育っていくものである。ましてや今回は、兄者と慕う小太郎と年蔵が一緒となれば尚更である。

「それでは、明日はこの沢を降って、大きな流れと落ち合っている辺りで引き返してこよう」

年蔵が小太郎の心を見透かしているかのように、黒部川流域に続く踏み跡を指さして言った。

六

朝の簡単な食事を済ませた後、小太郎と年蔵は子供たちを集め、今日の山行計画の概要を告げた。子供たちの目が輝いた。

「山歩きには釣竿があれば不自由である。釣竿はまとめてここにおいていく。又八、釣竿をまとめて束ねてくれ。それと、山道を登ったり降ったりするとき、杖があれば便利だが、あそこに生えている竹を切って杖にしよう」

そう言いながら年蔵は鉈を手に藪に分け入り、適当な太さの竹を切り出してきた。小太郎、又八を加えた三名で、それぞれの子供たちの大きさに合わせて竹の長さを整え、その先端を斜めに切り落とし尖らせると、そこを石突部分として銘々に手渡した。

小太郎を先頭に、続いて八重を配し、集団中央は又八そしてしんがりは年蔵の順で黒部川への踏み跡に足を踏み入れた。しばらくは緩やかな下りが続き、熊笹の中に続く踏み跡を辿った。

暫くして、谷筋を流れる水の音が聞こえはじめ、小さな滝が目に入ってきた。踏み跡は小さな滝を高巻きする形でそれを避け、廻りきったところで滝つぼのほうへ下降していた。小さな滝の割には大きな滝壷とそれに続く淵が目に入った。一行は河原に降り立つと、流れる水を口に含み「冷たくて美味しい水だね」と言いながら、流れる汗を洗い流す者もいた。滝つぼに続く淵に目をやりながら、又八が言った。

「あそこには、大きな魚が棲んでいそうだな。それでも小太郎兄者が言っていた魚は棲めそうもないな」

「もっと、もっと大きな滝つぼでなければ棲めないと思うよ。早く、もっと大きな滝つぼを見てみたいな」

日頃は心配性の勇作が、期待に震えるような声で言葉を続けた。

比較的広い河原が続き、一行は河原の石伝いに沢を降っていった。小太郎は河原を歩きながら、沢筋から両側の斜面へ登行する踏み跡を見過ごさないよう、注意を払いながら下降を続けたが、暫くすると一定の決まりのようなことに気がついた。それは、滝の音が近づくと、踏み跡はそこを高巻く形で斜面を登り、滝を過ぎれば比較的歩きやすい河原へと道は続いていた。

子供たちの歩みは次第にその速さを増し、斜面で滑っても持っている竹杖で体を保持し、滑って尻餅を付くような仕草は少なくなった。子供たちは大人が考える以上の早さで山に適応していったのだ。

小太郎は谷筋を降りながら、両側を覆う樹林帯の木の枝に、流木が引っかかったように残っているのが気がかりだった。両岸を覆うように頭上に這い出している大きな枝の上部に、投げ上げたように大きな流木が引っかかっているのだ。

「おい、年蔵。あの枝を見てくれ。あそこに流木が引っかかっているということは、川が増水するとあそこまで水が届くということだな」

「まさか、天狗がいたずらをして流木を投げ上げたわけではあるまい。クワバラ、クワバラ。雨が降らなければ良いがな」

年蔵は天を仰ぎ首をすくめて言った。

暫くして、一行は大きな谷が合流した地点に到着した。そこは、今の谷筋よりも大きな谷が南側から流入し、二本の谷が合流して一本の川となり、下流へ流れている地点であった。合流地点は平坦に広がっており、子供たちの体の数十倍はある大石が転在するその下は、柔らかな砂地に覆われていた。

子供たちは思い思いに場所を見つけると、持ってきた最後の握り飯にかぶりついた。小太郎は、ここが八兵エの言っていた黒部川の合流地点ではないことはひと目で判断できた。そして、心の中でここから引き返そうと決断していた。

年蔵が対岸に突き出ている平地に子供たちを集め、流入してきた大きな沢筋を、おそるおそる首を伸ばして観察していた。その先は両岸が岩で覆われ、流れは絶壁に囲まれた廊下状になって続いていた。

「おーい、皆。こっちへ来て見ろよ。凄い谷が続いているぞ」

その声にはじかれるように、子供たちは駆け出し、伏流水となって流下しているのであろうか、水量の少ない川を渡り対岸の平地に集合した。

遠くから雷鳴の音が届いてきた。その音に鼓舞されるかのごとく天には黒雲が湧き上がってきた。小太郎の頭の中に岩を噛んで流れる濁流と、それに翻弄される流木の姿が重なった。しかし、小太郎はその思いをふり切るように集結した子供たちに向かって、

「今回の遠出はここまでだ。これから引き返すが準備は良いか」と怒鳴った。

これまで子供たちが歩いてきた岸辺を、一匹のはぐれ猿が、子供たちに顔を向けて、恐れる様子もなく悠然と上流に向かって去っていった。それが合図でもあったかの如く、大粒の雨が落ちてきた。転がる白い石の表面が灰色に濡れ、石をも叩き壊す勢いで雨脚は強くなっていった。

子供たちは急いで蓑を肩に負い、菅笠をかぶり身支度を整えた。その間にも、これまでは流れが見えない程小さかった流水が、見る間に上昇し、波が打ち寄せるように、グイッグイッとその水位を増していった。

その流水は子供たちが集結している広場の足下まで迫ってきた。

「いかん。このままでは危ない。荷物を持って斜面を登れ」

小太郎はそう言いながら、けもの道と思われる踏み跡へ突進した。子供たちが大きな針葉樹の下に集結したとたん、これまで彼らが居た広場が強い流れに洗われているのが見えた。

天空には雷鳴が轟き、大粒の雨は布の幕を重ねたように降り続いていた。大きな枝を持つ針葉樹の下でも、菅笠をたたく音はすさまじく、蓑を負っているとはいえ、肩に当たる粒は痛みすら感じさせるものがあった。

「危なかったな。早く撤収してよかったな」

年蔵ともどもも小太郎は胸をなでおろした。

昼過ぎであるにも関わらず、周囲は夜のように暗く、木々の間から見える、天空を走る稲妻の光が子供たちの恐怖感を煽った。

子供たちは一塊になり震えながら肩を寄せ合って流れを見ていた。雷鳴と雨音に混じり「ドーン、ドーン」という音が届いてきた。それは、流水の勢いで流された転石が、周囲の石や岩にぶつかる音であった。

石と石がぶつかると、水の中に火花が散り、その火花がバシッ、バシッと音を立てているようであった。ドーン、バシッ、バシッ、ドーンとその音が響くたびに、濁流の中に火花が飛び散り、その光は濁流の渦を浮き立たせ、その数の多さは周囲を明るくするほどの勢いであった。

子供たちは、その光景に驚き、声も出せずにたたずんでいた。

「うわー、きれい。花火みたい」

八重の言葉に皆が我に帰った。

「驚いたなあ、あのような火花は乾燥した処でしか起きないと思っていたが、水の中でも火花は出るのだ」

小太郎の一言に一同は同感だという眼差しで頷いた。

「それにしても、八重は肝っ玉が据わっているね。俺たちはあの音に驚き、恐ろしさに打ち震えていたが、言われてみれば花火のようできれいだね」

「山って怖いね。何が起きるか分からないね」

「だって、先ほど川を降っているとき、俺たちのはるか頭上に張り出した木の枝に、大きな流木が引っかかっているのが目に入ったが、彼処まで水かさが上がるということだ。今の流れを見ていると、納得できるね」

「雨の日に川筋を歩くのは危険だね。良い勉強になったよ」

子供たちは銘々に素直な感情を口に出し、自然への畏怖の念を新たにしていた。

カモシカや熊など、山に棲む動物たちが、水場としての川筋へ昇降する道なのであろうか、一行が逃げ込んだけもの道は、張り出す尾根の上部へと続いていた。この道筋を目で追いながら、小太郎は年蔵と話し合っていた。

「この水量では、今渡ってきたばかりの川へ引き返すことはできない。このけもの道を登っていくしかない」

「ウーム、けもの道を辿れば、獣たちの棲むところへ近づくわけだから、かえって山の奥へ入り込む恐れがある」

「雨も小降りになったことだし、しばらくはこのけもの道をたどり、適当なところで尾根のほうへ回り込もう。それから先のことはそれからにしよう」

一行はけもの道を登りはじめた。その道は、山に棲む獣たちが登降に利用する道だけあって、直線に近い軌跡を描いていた。直登に近いけもの道を、子供たちは杖を地面に突き刺したり、周囲の枝を掴んだりしながら登っていった。至る所に倒木が横たわり、上をまたいだり、下をくぐり抜けたりしながら歩を進めたが、皆は目の前の坂を克服するのに懸命で、話し声を発する者はいなかった。

先頭を行く小太郎は、迂回路を確保するため、けもの道の軌跡の外へ足を踏み込んでみた。しかしそこはかえって歩きにくく、けもの道を忠実に辿るしか方法がなかった。人跡未踏の山の斜面には、太古からの灌木が積み重なっては埋もれ、踏み込んだ足は膝の辺まで沈み込み、新たな道を開拓するのは難しかった。

たどるけもの道の先に、雨上がりの明るい日差しが注いでいる場所が見えてきた。そこでは天を覆っていた木々の枝が疎になっていた。

「年蔵。ようやく樹林帯を抜け出せそうだぞ。この先に、尾根筋か広場のような場所がありそうだ。皆、もう一息だぞ」

最後尾の年蔵へ伝える形を取りながら、小太郎は全員に声をかけた。林立する岳樺の木を回り込むと、その先には広い原野が広がっていた。その地は北側へ緩やかに傾いてはいるが、一面に背の低い笹と草に覆われた場所であった。

「ここはどの辺になるのかな」

小太郎は周囲を見渡した。

たった今、登ってきた斜面の遙か下のほうからは、沢の流れる音が届いてきた。草地をはさんだ反対側には楢や樺の原生林が続き、遙か遠くの山稜へ続いていた。山腹に漂う雲に遮られ周囲への展望は望めず、現在地の確認はおろか、帰るべき方向すら掴めなかった。

「うわー……広い草地だなあ」

「山の中にもこのような平地があるんだ」

藪を抜けてきた子供たちはそれぞれに歓声を上げ、中にはああ疲れたと言いながら大地に身を投げ出す者もいた。

「きれいな花も咲いているよ」

八重は黄色く色づいた花を一本手にかざして言った。その一言はこれまでの苦労と不安感を和らげる声となり、子供たちの顔に笑顔が戻った。

七

「よし、今夜はここで野宿だ。小屋掛けをするから木の枝を切ってきてくれ」

小太郎は子供たちを一カ所に集め、顔を見回しながら大きな声で指示を出した。

「えっ、もう一つ泊まるの。やったー」

忠司と仙太郎が顔を見合わせ手をたたきあった。

「でも、よう、明日はどうするの」

心配性の勇作がぽつりと声を発した。その声に触発されたように子供たちの目は小太郎に注がれた。

「よいか。今は雲がかかっておって見えないが、あの先が峠じゃ。明日は体力をつけて今日歩いてきた道を戻るのじゃ」

野宿は楽しいが本心は不安で一杯だったのである。

年蔵が大声を上げて北の方向を指さして言った。子供たちは、またあの道を辿るのかという不安感もあったが、その気迫と自信に満ちた年蔵の声に大きくうなずいた。小太郎も、峠はおおよそ年蔵が指し示した方向ではなかろうかと判断していたが、年蔵の声でそれは確信に変わっていった。子供たちとて同様で、年蔵の声に小太郎が大きくうなずく姿を見て、不安感が払拭されたのである。

「又八。皆の竹筒を集めてくれ。これから沢に降りて水を汲んでくる」

子供たちは腰に吊した竹筒を又八に手渡した。小太郎はその数本を受け取って腰に差し、又八とともに北側の藪斜面を降りはじめた。水場を探すと同時に明日の岐路の手がかりを見つけるためである。

草地を降りた直ぐの所に窪地があり、清涼な水が地下から染み出し、小さな流れになって下流へと続いていた。

「又八。ここで水を満たしておいてくれ。俺はこのあたりを探ってくる」

そう言って小太郎は藪の中を降りはじめた。程なく藪の切れ間があり、その下には目が眩みそうな絶壁が谷底へ落ち込んでいた。先ほどの流れは絶壁の頂部から流れ落ちていたが、途中で霧となって消散していた。左側には先ほど登ってきた斜面が目に入ったが、ここから見るとよく登れたと驚くほどの急斜面であった。

「来るときは必死だったから何ともなかったが、降りは心配だな」

そう呟きながら右側に目を転じた。草地から続く尾根が連なっており、その尾根は北側へそして峠のほうへと続ているように思えた。

「あの山腹を巻けば峠へは出られそうだ。しかし、藪をこぐのが大変そうだな。年蔵に相談してみよう」

小太郎は一人では判断できない危険な場所に居ることだけを認識し、広場へ戻った。

草地のほぼ中央では、年蔵の指揮の下で小屋掛けの最中であった。少し太めの枝を切りそろえ四本の柱とし、その上部が二股になるよう枝を打ち、二股に横木を渡し、横木の上に針葉樹の枝を葺いていた。そして丁寧にも風よけとして針葉樹の枝で周囲を囲みはじめた。

「四〜五日は泊まれそうな造りだね。皆大したモンだよ」

その声に子供たちは嬉しそうに笑顔を返してきた。そして「俺たちの隠し砦だ」と大きな声も返ってきた。八重は鎌で草や笹を切り取って、葺いた屋根の下に敷いていた。今夜の寝床となる場所に鎌を入れれば、笹などの切り残しが背中に刺さる危険性を教えられたと見えて、刈り取ってくる場所は少し離れたところだった。これで身を包み、蓑をかぶれば今夜の寝床は確保できる。

八

又八が打ち金を火打ち石に擦りつけるように打ち、火口《ほぐち》として用意した油を染みこませた綿に火をおこし、薄く切った檜の木片に火をともした。

「上手いもんだね。一発だね」

「家では何時もやらされているからね。家では俺が火付け役さ」

又八は少し照れくさそうに呟きながら、側にあった小枝を炎の上に掲げ、次第にその火を大きくしていった。

大きくなった焚き火の炎に手をかざしながら、今夜の夕食に話が及んだ。火に照らされた子供たちの顔に、夕日の光も重なり、それぞれの顔が赤く輝いた。昼の雨に打たれた着物の裾からは湯気が立ちはじめ、湿った着物や蓑が目に見えるように乾いていった。中には山袴の帯を解き、着物の裏を火にかざし汗と雨に濡れた箇所を干す者まで出てきた。

「おい、八重が居るんだぞ。八重は女の子だからな。少しは遠慮しろよ」

小太郎は目のやり場にこまっている八重に気遣い周囲をたしなめた。

「平気よ。兄者は家では何時も裸なんだから」

頭をかきながら「よけいなことを言うなよ」と照れる年蔵の姿に、火を囲んだ子供たちの笑い声がはじけた。

手つかずの森は子供たちに多くの恵みを与えてくれた。子供たちが森から集めてきた収穫物は、山葡萄や栗そしてアケビの実などの秋口の果実の他に、太く大きく育った山芋などであった。

山葡萄の実で口元を紫色に染めながら、今度はアケビの種を口にほおばり、その甘い肉片を口の中でかき混ぜ、その甘汁を飲み込んだ後は、口をとがらせ小さな種を飛ばしはじめた。

「俺は三間は飛ばしたぞ」

「なんだよう。俺なんかもっととばせるぞ」

忠司と仙太郎は頬をふくらませながら、種飛ばしを競っていた。

「アケビの実を食べたら、その外側は残しておけよ。その中に味噌を入れて焼いて食べると美味しいし、元気も出るからな」

年蔵は二人の掛け合いを笑いながら聞き、油紙に包んだ味噌を取り出すため、火の側から離れた。

荷物を解く年蔵の視界の中に、草原の端を素早く横切る影が通り過ぎた。

「狼だ。狼が出るのか」

年蔵は味噌の包みを八重に預け、勇作と介蔵に栗のイガを剥き、実を熾き火の中に入れて焼くように指示しながら、小太郎のもとへゆっくりと歩み寄った。

「狼が居るぞ」

「俺も気が付いた。又八はともかく他の子供らには知らせないほうがよいだろう」

「それでは、又八を呼んで対策を考えよう」

小太郎はそう言って子供たちの輪に近づいていった。

「よいか。これから明日の打ち合わせをするから、又八はこちらに来てくれ。残った者は手分けして夕食の準備にあたってくれ」

三人が額を寄せ合って話し合いをすれば、子供たちに不安感を与える恐れがあるため、何気ない風をよそおって言った。

「八重はアケビに味噌を詰めて、竹串で刺して焼いてくれ。勇作と介蔵は栗を火に放り込んだら、昨日釣った岩魚を焼いてくれ。忠司と仙太郎は山芋を焼いてくれ。薪は一晩燃やしても大丈夫なほど準備してある。心配しないでどんどんくべて構わないから」

子供たちそれぞれに役目を与え、それに集中することで外部への注意を反らせ、三人は少し離れたところでこれからの対策を話し合った。

「又八、この辺には狼の群れが居るらしい。夜中になったら襲ってくるかもしれない」

小太郎の言葉に又八は驚いたように顔を上げ、

「ええ、それは大変だ。皆に知らせなくてもいいの」

「後ほどそれとなく警告はしておく。しかし、やたらに不安感をあおるのは得策ではない。できる限り俺たち三人で切り抜けたい」

又八は、狼からの襲撃に対する防衛隊に選ばれたことを誇りに思いつつ、ことの重大さに身震いしながら、

「それで、どのようにして撃退するの」

と二人の顔を見渡した。

「狼は火の側には近寄らないという話を聞いたことがあるが、本当かな」と年蔵が言う。

「獣の類は、火を恐れるというのは本当らしい。まずは火を絶やさないことが大切だ」

「それだけで大丈夫なの」又八は不安そうだった。

「武器になるものはどれ程あるのかな」

「調べてみたが、鎌が二本と鉈が一丁。それに小太郎の刀と俺の刀の二本だけだ」

言われて小太郎は思わず腰に差した刀を左手で握った。道場での稽古を垣間見た叔父の正右衛門が「元服の折に与えようと思っていたものだが、あれほどの太刀筋を使えるのであれば本物の刀を扱ってもよかろう。大切に使うのじゃぞ」と一年ほど前に与えた脇差しであった。これまで家の庭などで振り回したことはあったが、何かを切るために使ったことはなかった。

年蔵の刀は、倉庫番を勤める父親が、不要になった刀身を譲り受けてきたもので、刀身の長さは一尺ほどであった。年蔵の父親が、譲り受けた古い刀の錆を丁寧に落とし、自慢の腕で研いでくれた。握りに刀身を固定する柄や刀身を納める鞘などは、年蔵が自分で細工を施し大切にしているもので、今回の山行にも負ってきていた。

小太郎たちは道場で小太刀の稽古も積んでおり、その折には何時も言われていることがあった。

「小太刀といえども、刀身を右手に持ち半身になって剣を前に出せば、大刀と遜色ない大きさになる。むしろ小太刀のほうが扱いやすい場合もある。戦とは刀の長さや大きさで決まるものではない。戦いとは体全体を使ってやるものだ」

というものである。小太刀を手に持って腕を伸ばせば、腕が刀身の役割を担い、太刀と同じ長さになるということであった。このように平三郎の教えは、時として実戦を想定した稽古に及ぶことがあった。

「小屋掛けした点を頂部として、三つの角になるように焚き火をもう一カ所増やそう。そして、俺たちが交代で火の番をしよう」

小太郎の提案に二人は大きくうなずいた。焚き火の炎を絶やさないために、交代で起きていなければならないということは覚悟していたが、焚き火が増えるということは二人一組での張り番となり、寂しさが紛れる以上に漆黒の闇の中での、恐怖心を和らげる効果があった。

「次に、実際に襲われた時だが……三人で防ぎきれるか」

小太郎の問いに年蔵が答えた。

「小屋に子供たちを残すのはまずい。奴らはあのような小屋など体当たり一発で崩してしまう。やはり、全員で円陣を組んで防ぐしかあるまい。円陣を組んだら、今朝から杖にしてきた竹の先をもう一度鋭く切って竹槍として、それを突き立てながら防ぐしかあるまい」

年蔵は地面に小屋と焚き火の位置を描き、その中央に丸い輪を書き込み、円陣の位置を示した。

「それしか方法はないな。食事の後で円陣と竹槍の突きの訓練も必要だな。奴らは女子供など弱そうなところを狙って襲ってくる。円陣の位置と、誰を何処の方角へ配置するかも考えなければならない」

小太郎の話を受けて年蔵が地上の輪の一点を指さした。

「八重をまずこの位置に配置する」

そこは、今の焚き火を正面に見る位置になり、狼は焚き火を飛び越えない限り、八重に近づくことは難しく、八重は焚き火を正面にして竹槍を繰り出すようになる。

「八重の背面が暗闇を正面にする位置になる。一番危険な場所だが、ここでは又八に頑張ってもらう」

又八は目を剥いてうなずいた。

「又八の右に仙太郎、左に忠司、そして八重の右に介蔵、左に勇作。介蔵も勇作もともに十二歳だし大丈夫であろう」

年蔵は、六人の子供たちの円陣の位置を地面に示しながら言った。

「年蔵は仙太郎と勇作の前、俺は忠司と介蔵の前に立って、奴らが近づくのを防げばいいんだな」

「そうだ。俺たちに飛びかかってくる恐れがある。絶対に、奴らに後ろを見せるような形にならないことだ」

三人はゆっくりと何事もなかったかのように、食事の準備をしている子供たちの輪の中に入っていった。

九

焚き火の周りには岩魚の塩焼きの匂いが立ちこめ、アケビと味噌の焼ける香ばしい匂いは食欲を駆り立て、全員が熾き火で蒸し焼きにした山芋を、ふうふう言いながらほおばった。

食後に栗や葡萄を食べながら、今日一日のことをあれこれ話し合ったが、皆が気にかけていることは同じであった。

「家の人に嘘を言ってここまで来てしまった。今頃家では大騒ぎになっているかもしれない。この計画を思い立ったのは私だ。皆の父上や母上には私が謝ろう。そのことは心配しないでほしい。そして、何よりも大事なことは無事に家に帰ることじゃ」

小太郎は子供たちに向かって静かに話しはじめた。

「この岩魚を焼いた臭いや料理の美味しい匂いに誘われて、狼や狐などの獣たちがやってくるかもしれない。狐などは問題ないが、狼が出ればちょっと厄介なことになる」

「ええっ。狼が出るの」と仙太郎が素っ頓狂な声を出した。何時もであればこの声に対するからかいの言葉や笑いが出るのが普通であったが、皆は顔を見合わせ不安そうに目を細めた。

「狼が出ると決まったわけではない。しかし、出た時には身を守らなければならない」

年蔵は周囲を見渡しながら言葉を継いだ。

「皆が今朝方作ってきた竹の杖があるだろう。それをここに持ってきてくれ」

子供たちは地面に突き立てたり放り出してあった竹の棒を、銘々で拾い集めてきた。又八がそれを束にして焚き火の側に集めた。急坂の登りや下降に使われた竹棒は、先端がつぶれていたり丸くなっていた。小太郎と年蔵は鎌と鉈で、その先端を再び尖らせ、火にかざして焦げ目を入れ、竹槍のように仕上げた。

「それでは皆、稽古の要領で中段に構えてみろ」

小太郎の声と同時に、子供たちは自然に横一列に整列し、竹棒を中段に構えた。

「そうだ。しかしその形のままでは後ろから襲われる恐れがある。どうすればよいか考えてみてくれ」

「丸く、円陣を組めばよいと思います」

介蔵の声に皆がうなずいた。

「それはよい考えだ。それでは円陣を組んでみよう」

小太郎は感心したように頷きながら、手はず通り考えていた陣形に子供たちを配した。

「このように、皆が一団となって立ち向かえば、狼などは怖くない。狼が向かってきたら今の構えを解くことなく、狼に切っ先を向け続けてくれ。その間に小太郎と俺が周囲にいる狼を切り捨てる」

年蔵の声に子供たちは目を見開きながら大きく頷いた。

「狼が近づいても、決して怯んではならない。狼は怯んだ場所あるいは弱いところを目掛けて襲ってくる。そんな時は大きな掛け声を出し、その声で逆に狼を驚かせてやれ」

小太郎は刀を中段に構え、「やあー」と大きな掛け声を出して見本を示した。

「構えで大事なことは、狼を打とうとしないことだ。狼を打とうとして棒を振り上げれば、足元や胴に隙が出る。そこを狙われればおヘソに噛み付かれるぞ」

と年蔵は自分のヘソのあたりをなでながら子供たちに歯をむいて見せた。子供たちは恐怖を払い去るように大声で笑いながら、正面打ちの動作をやめて中段に構えなおした。

「よいか、今、年蔵が言ったとおり、決して狼を打とうとせずに、声を出しながら突きまくってくれ。突いていれば狼は近づくことができなくなる。その間に俺たちがこの刀で狼を退治するから」

小太郎は脇差しを抜いて斜めに振って見せた。その刀身に斜めの陽光が鋭く光り、残像が暮色の空に残った。

十

年蔵と八重の両者を遠出に出した母親のタネは、昼過ぎから落ち着かなかった。家事の合間に手をかざしては家に続く道に目をやり、子供たちの帰る姿を探していた。間もなく元服を迎える年蔵だけならともかく、気が強いとはいえ八重はまだまだ子供なのである。夫の勘兵ヱ衛が帰宅すると、年蔵と八重が未だ帰宅していないことを告げ、小太郎の家へ急いで駆けつけた。

小太郎の家ではすでに、当主の宗右衛門を囲んで又八、介蔵、忠司、仙太郎の親が輪になっていた。

「おお、タネさんかね。今も皆で心配しておったのじゃが、ここは儂らで迎えに出向いてみるしかあるまい。途中で会えれば幸いだが、道に迷ったことも考えられる。その時には山に分け入ることも考えねばなるまい」

宗右衛門が皆を諭すように話しているところへ、勇作の父親が飛び込んできた。

「おお、皆の衆もお集まりでござったか。さあ、早う準備して探しに参ろうではないか」

見れば、勇作の父親の助左は山袴に身を包み、腰にはガンドウまで準備していた。ガンドウとは今で言えば携帯用の灯りのことである。ラッパ状に開いた筒の中に蝋燭を立てて照明とするもので、蝋燭が常に直立するように回転軸が工夫されたものである。

「助左殿は相変わらず支度が早い。我らも今、そのことを話し合っていたのじゃ。それでは皆の衆、家に帰って山入りの準備と子供たちの食料を持ってきてくれ。それと草鞋の準備も忘れないでくれ」

宗右衛門は指示を与えると助左を伴って、奥山廻り役の梶木勘九郎の家に急いだ。道を誤り黒部川流域へ迷い込んでいる場合、その対応や指示を受ける必要があった。子供の遭難という緊急事態ではあるが、然るべき手続きは必要と考えたからであった。その一方で、元服前の子供とはいえ、入山御法度の地へ侵入させてしまった責任は取ることになるであろうと覚悟はしていた。

事態を聞いた見廻り役の梶木勘九郎は、ことの顛末を奥山廻り役目付の立花賢二郎に知らせるよう使いの者を走らせ、自身は直ちに救助隊を編成すべく指示を出した。

「この時刻からの出立では、峠あるいは山へ分け入るのは、夜中から明け方になるのは必定である。廻り役の石黒殿にも同行をお願いしよう。道案内には猟師の義助を伴うよう手はずしてくれ」

そして山袴姿の助左と宗右衛門に向かい、

「親御としても心配であろう。儂等との同行は許すが如何ほどの人員になるのか」

「ここへ来る前に、全ての家族に迎えの準備をするように伝えてあります。七家族八人の子供たちですので、男衆七名は確実かと存じます」

宗右衛門が答えると、梶木勘九郎は、

「儂等を加えて十名程になるな。よかろう。それでは直ちに準備にかかってくれ」

そう指示を出した後、思案気な顔になり、

「宗右衛門殿はここに残って、目付の立花殿の一行を待って峠のほうへ向かってくれ」

と言い直した。

思わぬ申し出に宗右衛門は当惑した面影を浮かべた。

「儂とて小太郎のことは心配であるが、ご指示とあれば致し方ない。目付の立花殿へことの顛末を説明しお詫び申し上げる必要があることは理解いたしております。それでは助左殿、よろしくお願いもうします」

「一切承知つかまつった。ご心配には及ばぬ。子供は家族の宝であると同時に、儂等皆の宝ものでもあるゆえ」

「ところで、目付の立花殿たちは、峠への道は熟知しておるが、儂等が先に参っているので、急がせる必要はあるまい。多少遅くなっても構わぬぞ。そして峠でお待ちいただくのじゃぞ」

勘九郎はそう言ってニヤリと笑った。

宗右衛門宅では子供たちの母親も心配そうに額を寄せ合って、携帯した食料は底を突いているはずだし、おなかを空かしているのではないかなどと話し合っていた。

「それじゃ父ちゃん。気を付けて行っておくれ。握り飯もたんと用意してあるから、子供らに食べさせてやって」

このような声を背に受けながら宗右衛門宅へ集結した一行は、夜の帳が降りはじめた道を一列になって歩きはじめた。

「これから家に帰って、一人で待つ身のほうが、かえって辛いものです。男衆が子供たちを無事連れ戻るまで、話でもしながら、皆でここで待ちましょう」

宗右衛門の女房ハナの提案に母親たちは大きく頷いた。中には小さな兄弟を連れてきている母親もあり、子供たちは既に輪になって遊びはじめていた。子供たちの世話をハナに委ねて、母親たちは舅への連絡や、乳飲み子の世話をしてからまた来ると言って一旦自宅へ引き返したが、しばらくして自慢の漬け物などを手に戻ってきた。

十一

陽が落ち冷気が周囲を覆ったが、子供たちは焚き火を囲みながら、それぞれが山葡萄や栗の実を頬ばり、今日一日の冒険の話に花が咲いた。そして山の恵みで満腹になったお腹を抱え、彼らの言う「隠し砦」に横になった。焚き火で暖まり気持ちよく乾いた蓑を布団代わりにかぶると、一日の疲れもあり彼らは直ぐに眠りに入った。

小太郎と年蔵はともに言葉には出さなかったが、夜を徹して起きている覚悟を決めており、又八には先に寝るように言って彼を眠らせた。二つに増やした焚き火の炎は、生き物のように大きくなったり左右に揺れたりしながら闇を照らした。燃えさかる生木から滲み出る樹液が炎と交差し、しゅるしゅると音を立てて湯気となって消え去るのを眺めながら、二人はどちらからともなく刀を抜き、鏡のような刀身に炎の光を映してみた。

「俺はこの刀で未だ何も切ったことがないんだ。巻き藁か何かで切る感触を確かめておけばよかった。平三郎師匠は刀を引くように切れと仰っていたが、このようにするのかな」

小太郎は刀を上段に振りかぶり、その切っ先が円を描くようにゆっくりと振り下ろした。

「上段ではなく、右斜め上に構え、袈裟懸けに切り落とすようにしたほうが良いんじゃないかな。実は俺も刀を使ったことはないんだ」

年蔵も立ち上がり刀を振ってみた。

「鉈が一丁と鎌が二本ほどあったが、子供たちに持たせたほうがよかったかな」と年蔵が話題を変えた。

「実は俺もそのことを考えていたんだが、持たせるほうがかえって危ないのではないか。円陣の中で鎌などを振り回せば、他人を傷つけてしまう恐れがあるし、振り下ろした勢いで、自分の膝や脛を傷つける恐れもある」

「刃物を持たせれば安心感は持てるだろうが、やはり危険度のほうが高いな。子供らに持たせるのはやめておこう」

二人は話をしながら漆黒の闇に向かって油断なく目を凝らしていた。どれ程の時間が経過したのか定かではないが、月はおろか星さえも望めぬ闇の奥から、動き回る獣の音に混じり、低く威嚇するような唸り声が届いてきた。

突然、森の奥から玉を飲み込んだような、細く長い遠吠えの音が届き、それに呼応するかのように、周囲の闇からの遠吠えが聞こえてきた。その声は驚くほどの近さからも聞こえ、既に狼の集団が集結している様子が伺えた。

「いよいよおい出なすったか」

年蔵は立ち上がり、闇に向かって刀を構え「イヤー、チョチョチョチョ、イヤー」と掛け声をかけた。一瞬、静けさが周囲を包み獣の動き回る音も止み、微風に揺れる梢のさざめきだけが聞こえてきた。

「どうした、兄者。狼が出たのか」

八重が竹槍を持って、蓑を肩にかけたまま小屋から飛び出してきた。年蔵は八重の肩に手を置き、心配するなと言いながら、

「いよいよ来るかもしれないが心配は無用だ。おい、又八。皆を起こしてくれ」

と小屋に向かって声をかけた。

しばらくして子供たちは焚き火の周りに集結したが、大きな欠伸をしたり目をこすったりして、緊張感を漂わせている者は居なかった。しかし、わずかな睡眠であっても、子供たちの体力は回復し、疲れは吹き飛んでいる様子が見てとれた。

「先ほど、狼が近づいたので年蔵が気合いを入れたら逃げさった模様だ。これで分かる通り、狼も我々

を怖がっている。どちらの気力が勝るかが勝負の分かれ目だ。これからは二度、三度と我々を襲ってくるかもしれない。襲ってきたら先ほど稽古した要領で円陣を組み、竹槍を突き立てて狼を寄せ付けるな」

小太郎が皆の顔を見渡しながら話し、槍を突く仕草をしてみせた。

「おお、そうそう、竹槍、竹槍」と言いながら介蔵と仙太郎が小屋に駆け込み、竹槍を手に戻ってきた。

「素手で狼と渡り合おうとしてたのか。随分ゆとりがあるではないか」

又八にからかわれた二人は、相撲を取るような中腰になり、両手を交互に突きだし、焚き火の側に突き進んだ。この動作を見て子供たちは大声で笑い合い、格好悪いなどとからかい合った。

再び静寂が訪れ、足し増した薪の炎が大きくなった。その炎に反射した狼の目が赤い斑点のように暗闇に浮かび上がった。既に狼の群れは周囲を取り囲んでいる模様で、丸い輪をつくりながら、取り囲む輪を縮めつつあった。炎に照らされた狼の影が見え隠れするようになると、子供たちの顔にも緊張が走り、円陣で互いの肩を確かめ合いながら竹槍を構え直した。

狼の群れは、子供たちの円陣と焚き火を取り囲むように、周囲を走りながら回りはじめ、時折威嚇するかのごとく、牙をむいて唸り声を発してきた。その都度、子供たちの間に動揺が走り、中には顔を背ける者も出てきた。

「狼の顔は見るな。奴らの足元を見ろ。そうすれば動きが分かる」

小太郎は大きな声で指示し、一歩前へ出て刀を狼の群れに向かって突き立てた。狼の群れは次第に囲いの輪を狭め、走り回る速度を増していった。

「狼が近づいたら、大きな声を出し槍を突き出せ」

年蔵の声に、今まで忘れていたかのように一斉に掛け声が発せられた。その声に驚いたように狼の輪は広がり、後ずさりする狼の姿もあった。

「見たか。奴らも我々が怖いんだ。怯んではならぬぞ。声を出せ」

小太郎の声に子供たちも自信を取り戻し、周囲には狼の唸り声に負けない子供たちの掛け声が響き渡った。

突然、群れの中の一頭が天に向かって吼え声をあげ、牙をむきだし、頭を地面に擦りつけるように小太郎に近づいてきた。その声が合図でもあったのか、狼の群れは走り回るのを止め、先頭集団の狼が数頭、円陣の正面からジリジリと子供たちに近づいてきた。地面に顔が擦れるように低い体勢で、牙を剥きだし唸り声をあげながら近づく狼に、子供たちも必死で槍を繰り出し、掛け声を発しながら応戦した。

「いかん。前の群れは子供たちの注意を下に向けさせるものだ。子供たちの目線が低くなるようにして、頭を低くさせておいてから、後ろの群れの狼が飛びかかるつもりかもしれない」

小太郎がそう思った瞬間、群れの中の一頭が小太郎の頭目掛けて飛びかかってきた。

小太郎は瞬間身を低く構え、右肩上部に剣を引き右八双の構えを取り、飛びかかってきた狼に向かって左前方に刀を切り下ろした。

かすかな手応えとともに、刀に切られた狼の腹に一本の白い線が走り、次の瞬間そこから真っ赤な鮮血がほとばしり出るのが見えた。グワオーという断末魔の唸り声をあげ、狼は焚き火の中央へ落下していった。その衝撃で焚き火は大きな火の粉をあげ、火薬が爆発したような火柱が立った。

子供たちも一瞬驚いた様子であったが、狼の群れはその火柱に恐れをなしたのか、仲間が切られるのを見て怖じ気づいたのか、直ぐに囲みを解いて逃げ去った。逃げ去る狼の群れに向かって、子供たちは、二度と来るなとの願いを込めた大きな掛け声をかけ追い払った。狼の影が消え、吼え声が遠ざかると、辺りには焚き火の跳ねる音だけが残った。

誰からともなく円陣を解き、焚き火の周りに集まりはじめたが、八重だけは竹棒を握りしめたまま目を見開き、固まったように立ちつくしていた。

「八重、もう大丈夫だよ」

年蔵は八重の肩に手をやり笑顔で語りかけた。とたんに八重の目から大粒の涙がこぼれ落ち、年蔵に抱きついてきた。しゃくり上げる泣き声とともに、八重の襟元から甘い子供の香りが漂ってきた。

その側では「ヒエー、怖かったな。また来るのかな」「いや、もう来ないだろう」などと忠司と仙太郎が顔を見合わせ、互いの無事を称え合っていた。

十二

梶木勘九郎を頭とする捜索隊は夜道を急ぎ、鼠の刻には越道峠へ到達していた。遠眼鏡を使うまでもなく、遠く離れた山裾に点のように輝く焚き火の光が目に入った。

「子供らはおそらく、あの焚き火の見える場所に居るであろう。どのあたりになるか分かるか」

勘九郎は道案内の義助を振り返った。

「あの焚き火のあたりは、おそらく、わらび平でございましょう」

猟師の義助によれば、わらび平とは通称で、春になれば、わらびが鎌で刈り取れるほど多く育つところなので、仲間内ではそのように呼ばれている場所であった。

「あそこへ至るには、北又谷を少し降り、上の沢を詰めたほうが良うございます。あそこの北側の沢は大きな廊下状の岩場になっており、夜道は危険が多うございます」

一行がこれからの道のりを探索している途中に大きな火柱が目に入った。丁度小太郎が狼を切り落とした時刻であった。

「何だ今の火柱は。何かあったのかもしれぬ。急いで向かおうではないか。皆の者よろしいか」

勘九郎の言葉を待つまでもなく、一行はガンドウの蝋燭の火を換えると直ちに、北又谷の右岸に沿った踏み跡に足を踏み入れた。

　狼の襲撃を退けた子供たちは、再び小屋掛けの中に入り一旦は横になったが、歯をむき出した狼の形相や唸り声の凄まじさなどに話が及び、互いに興奮を抑え切れなくなり、何時とはなしに、焚き火の周りに集まってきた。

　小太郎が切った狼の死骸は、年蔵が焚き火の外に引きずり出し、少し離れた場所へ放置してあった。

「それにしても大きな狼だったな。重さは優に八貫目はあったよ。あんなので体当たりを食らったら、吹っ飛ばされてしまうね」

　それを見ながら又八が言うと、勇作と介蔵が竹槍を片手に持ちながら、狼の死骸をおそるおそる小突いてみた。突然、狼の体がブルンと震え、動かなくなったが、側に近寄ろうとしていた仙太郎は驚いて尻餅を付いた。その姿を見た一同は大きな声で笑い合った。

　いつの間にか天を覆っていた黒い雲が去り、天空にはまばゆいばかりの星がきらめいていた。その空も、昇り来る太陽の明かりで白く染まりはじめ、連なる山々の稜線がうっすらと浮かびあがってきた。

「おーい、おーい」

　遠くから声が届いてきた。子供たちは一斉に立ち上がり、声のほうに顔を向けた。切れ落ちる断崖の沢を挟んだ対岸の稜線に、二つ、三つとガンドウの灯が浮かび上がり、沢筋を高巻きしながら、この草原に近づいてくる一団を確認することができた。

「あっ、父ちゃんの声だ。俺たちを迎えにきてくれたんだ」

勇作はそう言うと、口に手を当て「おーい」と声を発した。続いて全員が声を合わせて「おーい、おーい」と手を振りながら叫び続けた。

隊列の動きが止まり、ガンドウを丸く回しその所在地を示しながら「大丈夫かー。そこを動くなよ」という声が届いてきた。続いて「おーい、八重っ、怪我はないか」という父勘兵ヱ衛の声を、八重は懐かしい声に出会ったような気持ちで、涙とともに聞いていた。

十三

子供たちの遭難を知らされた目付の立花賢二郎は、既に捜索隊が出立していることを聞き、その手際の良さを評価するとともに、「無事であれば良いがのう」と独り言を言いながら、暗く、稜線も定かでない山のほうに向かって目を細めた。そして廻り役の黒田柳太郎宅に使いの者を走らせ、明日、夜明け前に捜索隊を編成して出発することを伝えた。

宗右衛門は一旦家に戻り、集まっている女房たちにことの顛末を伝え、仮眠を取ると足回りを固め、目付の屋敷へ急いだ。

目付の立花、見廻り役の黒田そして宗右衛門の一行は、途中まで心配顔で見送りに出向いてきた女房たちに「案ずるでない」と言葉をかけ、稜線が白く浮き出てきた山へ向かって歩みはじめた。宗右衛門にとってこの「案ずるでない」という言葉の中には、「子供たちの無事は当然として、入山御法度の黒部川流域へ足を踏み入れたことに対し、咎めだてはしないぞ」という意味合いも含んでいるように聞こえ、歩む足にも力が入った。

目付の一行は、小川沿いの道に入ると度々川に降り、流れ込む沢筋を見回ったりで、急ぐ様子は見受けられなかった。

「立花様。もう少しお急ぎになったほうがよろしいのではありませんか」

宗右衛門は心配声で訪ねた。

「昨夜来、梶木をはじめ多くの手練れの者が山に分け入っておる。心配には及ばぬ」

と立花はゆったりと小川沿いの道を登り、峠にさしかかる手前で道端に腰を下ろし、

「さあ、ここで昼飯でも食いながら、ゆるりと待とうではないか」

そう言って、菅笠の紐を解いた。

十四

勘九郎を先頭にした一行は峠にさしかかった。子供たちはそれぞれの親と並ぶ形になり、これまでの冒険談を身振りを加えたり、仲間に相づちを求めたりしながら長い列となって歩んでいた。

梶木勘九朗は峠の上で一旦一同を集結させた後、目付の立花たちの一行を迎えるため、峠を降っていった。程なくして立花と梶木が肩を並べるようにして、峠へと登ってきた。

その姿が見えるやいなや、小太郎は駆け出し、立花の前にひれ伏して言った。

「ご心配をおかけいたしました。誠に申し訳ありません。家族の人たちや道場の先生にまで嘘を付き、ここまで皆を連れてきたのは私でございます。そのため、お役人様をはじめ見回り役の方々にまでご迷惑をおかけいたしました。すべて悪いのは私でございます。ご勘弁くださりませ」

途中から年蔵も膝を突き、

「山に入り、日程が長引くことを承知しながら、それを止めなかった私にも責任がございます。申し訳ございませんでした」

立花は二人の姿にじっと見入っていたが、

「そなたたちの言うとおり、今回の所行は多くの方々に心配をかけた点では許し難いことである。しかし、年端の満たない子供たちをまとめて、無事帰還したことは天晴れである。聞くところによれば、狼の襲撃も撃退したというではないか。子供たちでも力を合わせれば、どのような困難でも乗り越えられることを学んだという点では、大いに勉強になったのではないか。ところで、そのほかにも何か悪さでもしでかしたのかな」

立花は最後の言葉を口に出してしまい、困ったような表情になり、周囲の大人たちに救いを求めるように、瞬きをしながら一同を見渡した。

「お役人様。小太郎兄者は何も悪いことはしておりません」

八重が目付の立花賢二郎を睨むようにして声を発した。

「皆で川を降っているとき大雨に遭い、道を間違えてあそこへ行ってしまったのです。それでも皆で助け合いながら、狼からも身を守りました。小太郎兄者や年蔵兄者が居たから皆は頑張れたのです」

八重の声は途中から涙声に変わっていた。

「そうだよ。雨が降って川を渡ることができなかったから上に登ったんだよ。そこで狼と戦ったんだよ」

勇作と仙太郎が口を尖らせ、声を合わせて訴えた。

目付の立花賢二郎は、ほっと安心したような顔つきになり、八重の頭をなでながら、子供たちに目を配らせて言った。

「そうか。道に迷ったのであれば致し方ないな。それにしても無事で何よりであった。二度とこのような危険な所行はするでないぞ」

そう諭した後、独り言のように呟いた。

「儂が子供たちを見たのは、峠を挟んだこちら側じゃ。峠の向こう側の黒部川のほうであれば問題じゃが、こちら側であれば何ら問題はないじゃろう。それにしても、無事で何よりじゃった」

一同は大きく頷くとともに、目付の一行が峠の手前で待機していた理由や、梶木勘九郎が宗右衛門に向かって、目付の一行を急がせなくても良い旨の指示を出していたわけが理解できた。親たちは側にいる子供を抱きしめたり、抱きついてきた子供の頭を抱え込んだりして喜びを表していた。

八重はにっこり笑いながら目付の立花賢二郎を見上げた。八重の長い睫毛に、引っかかったように残る涙の滴に、淡い初秋の陽が光っていた。

その三　「針ノ木峠」

一

桜の花びらを透した淡い陽光にも、乳飲み子は眩しそうに瞬きし、紅葉のような手で顔を覆い、クッチョンと軽いくしゃみを繰り返した。八重は急いで、女中がしらの胸に抱かれた鶴丸の側に走り寄り、蛇の目傘を小さく開き、降りかかる陽光を遮ってやった。

その蛇の目の上にも桜の花びらが舞い落ち、傘の上で白い雪のように転がり、渋谷川の水面へと舞い落ちていった。その様子を奥方の奈須殿が、微笑みながら見つめていた。

ここ渋谷川の土手に連なる桜並木は近隣の屋敷町の憩いの場となっており、八重は奥方に抱かれる徳丸君と女中がしらのツメが抱く鶴丸君の供をして、桜見物をしたついでに近くの恵比寿神社へお参りに行く途中であった。

徳丸と鶴丸は高桑藩当主、高桑主膳と奥方奈須の子として半年前に生まれた双子の兄弟であった。

当時は双子が生まれると、けもの腹と称して忌み嫌う習慣があったが、当主の主膳は「一度に二人もの子宝に恵まれるとは、余は幸せ者じゃ。大事に育てるのじゃぞ」と言って、分け隔てすることなしに、その成長を喜んでいた。

高桑藩七万石の江戸屋敷は、江戸城南西の地にあり、遠く北東方面には外観五層六階建ての江戸城天守閣を望むことができた。この江戸城天守閣も、後の明暦三年（一六五七）に起きた明暦の大火（振袖火事）により消失して以降、徳川幕府が終焉を迎えるまで再建されることはなかった。

小太郎の友人年蔵の妹八重は、高桑藩からの要請を取り持つ人の縁があり、十四歳で高桑藩江戸屋敷での女中奉公に出ていた。以来、奥方付きの腰元として三年が経過していた。

若葉が萌え、つつじの花が紅色にその花を開き、一面の緑の絨毯に紅い花を浮かせるような季節になると、奥方の奈須殿は、八重と中間の矢七を伴い、様々な草花の咲く場所へ出かけるようになっていた。その時は奥方が徳丸君を抱き、八重が鶴丸君を抱いての遠出であった。

奈須殿の子育ては、草木や動物などに直接触れさせ自然観を大切にする育成方針であった。その自然な育て方は、八重の故郷である越中での子供時代を彷彿させるものがあり、八重は何時しか奥方の奈須殿の考え方が好きになり、尊敬の念へと心が傾いていくのを感じていた。そして、良いところへ奉公に来られて幸せであるとの思いがあり、この奥方のためなら、どのようなことでもお引き受けしようという気持ちになっていた。

つつじの花の季節も終わり、汗ばむ日々が続くようになったある日、当主の高桑主膳は領地内での決裁のため江戸屋敷を離れ、国許へと旅だっていった。

暫くして、当主の主膳が麻疹を患い、床に伏せっているとの便りがあった。奥方の奈須殿は、病状回復への見舞いの書状と、江戸市中で仕入れた南蛮渡来の薬種を持たせ、頻繁に使いの者を国許へ走らせた。

当時は、幕府への反乱を防止するため、江戸へ持ち込まれる鉄砲類を厳しく監視するとともに、大名の妻子が国許へ逃亡することにも目を光らせていた。俗に「入り鉄砲に出女」と呼ばれたものであるが、江戸表に住まう大名の妻子は、江戸幕府の人質としての立場にあり、大名が国許で謀反を働けば、江戸の妻子が罰せられる仕組みになっていた。このため、江戸を離れる女人には通行手形の他に、その人相や髪型そして体型までを細かく記した書状までが必要となっていた。

二

梅雨も明けなんとする蒸し暑い夜、八重は奥方の奈須殿の寝所へ呼び出された。ここ十日ほどは奈須殿の容態も勝れないとのことで、若君を連れての遠出もなく、心を痛めている時でもあった。女中がしらのツメに中間の矢七も呼び寄せ、三名を前にして奈須殿は語り出した。

「殿が、国許でお亡くなりになられた」

そう言った後、目元に袂を当て暫く無言であった。ツメと八重はエッと驚愕の声を発しただけで、奈須殿に掛ける言葉すら見あたらなかった。

「お亡くなりあそばされたのは、二十日ほど前とのこと。このことは城代家老など重臣の一部しか知らないことじゃ」

再び袖口を目元に当て、決意したように目を見開いて言った。

「知っての通り、お世継ぎが決まらなければ、我が藩はお取りつぶしとなろう」

江戸に幕府を開いた徳川家康はその幕藩体制を強固なものにするため、大名たちを厳しい統制の下に置いていた。江戸の守りについても、徳川家の親藩や譜代大名は江戸城近辺や戦略上の要地に配され、外様大名には江戸から離れた場所を領地として与えるなど、簡単には本丸への登行はできないようになっていた。さらに、武家諸法度に違反した場合は勿論、跡継ぎを輩出できないなどを理由に領地を没収する改易や、領地を削減する減封が厳しく行われていた。

「恐れながら申し上げます。わが藩には、鶴丸様と徳丸様がおわしますではございませぬか」

八重の言葉に奈須殿は微笑みながら頷いた。

「先ほどの使いの者に言わせれば、両名ともあまりに幼すぎるとのこと」

「藩の重臣たちが合議制を敷き、幼い殿を盛り立てていくことはできませぬか」

女中がしらのツメが眉をひそめながら言上した。

「今、重臣どもは、そのことで幕閣と折衝中じゃ。遠縁にあたる大目付の保科殿のご助言も得ているとのこと」

「保科様が動いてくださるのであれば安心でございますね」

ツメは安心したように呟いた。八重もその言葉を聞き、幼い二人の顔を思い浮かべながら頷いたが、何故このような夜更けに自分が呼ばれたのであろうか、という疑念は頭の隅に残っていた。

「それで一件落着となれば良いのじゃが」

と奈須殿は再び目元に手を当て、流れる涙をおさえきれずに言った。

「お世継ぎとなれば、長子の徳丸がその任にあたるというのが、重臣たちの考えとのこと。使いの者は、井出忠左ヱ衛門じゃ。あの者は、知っての通りの忠義者で、そのことをいち早く知らせてくれた」

本題に入るのを憚るように奈須殿は話をそらせた。沈黙が辺りを支配し、一同は言葉を発することができなかった。

「ところがじゃ。重臣の中には、お世継ぎの候補者が複数いる場合は、将来、お世継ぎを巡ってのお家騒動に発展する恐れがあるとのことで、一方を亡き者にする必要があると言う者があり、重臣どもも苦慮しているらしい」

ツメ殿と八重はその場にのけぞり、口に手を当て息を呑んだ。

「徳丸と鶴丸は双生児じゃ。どちらが当主になってもお家騒動になるようなことはないと信じておる。しかし、藩政には様々な思惑を持った者が携わっている。今回の不謹慎な発言もそのような処から発せられたものであろう」

奈須殿は既に決意を秘めていたように、一気に話を進めた。

「徳丸をお世継ぎとすれば、命を狙われるのは鶴丸じゃ。両名の命は絶対に守らなければならぬ。そこで八重に頼みたき儀がある」

そう言って奈須殿は八重の手を握った。

「鶴丸をそなたの子供として連れて逃げてほしいのじゃ」

八重は声も出なかった。ただ、奈須殿の手は、八重の手に食い込むほどの強さで握られていた。

「そなたは加賀藩、下新田郡の育ちとのこと。鶴丸を連れてそなたの郷里へ連れていっておくれでないか。そして、そなたの子供として育ててほしいのじゃ。己の権力を保つため年端もいかない子供まで手にかけようとする輩を許すわけにはいかぬ。いずれ、このような考えの者は成敗いたす。その時になれば、必ず迎えに行く。お願いじゃ。八重……」

奈須殿は握った手を胸に引き寄せ、八重を抱きしめながら声を出して泣いた。

八重はきっぱりと言った。

「奥方様。ご心配には及びませぬ。八重は命に代えて鶴丸様をお守りいたします。どうぞご安心ください」

奈須殿は顔を上げ、八重の目を見つめながら大きく頷いた。そして、矢七に向かって鶴丸と八重を守ってやってほしい、と言って深々と頭を下げた。これまでひれ伏しながら話を聞いていた矢七は、さらに頭を下げて言った。

「もったいないお言葉、恐れ入ります。私こそ、鶴丸殿と八重殿を命に代えてお守りいたします」

三

街道往来に必要な手形と書状を手に八重の一行は江戸を後にした。書状には高桑藩に奉公する八重という女中で、親族の不幸があり、子供を連れての里帰りとの文面が記載され、厳しい関所での取り調べにも耐えられるものとなっていた。

高桑藩江戸屋敷から越中へ至る街道は、内藤新宿から甲州街道を経て下諏訪に至り、松本の城下を北上し、信濃大町から針ノ木峠を越える道が最短であった。しかし、甲州街道には小仏峠や笹子峠そして塩尻峠などの大きな峠を越える必要があり、子供連れの女性にとっては困難の多い街道であった。別な街道としては中仙道があった。距離は長くなるが、板橋宿から戸田の渡しを渡り、熊谷そして高崎を通過し碓氷峠の関所を越えて信州に入り、信濃追分を経て塩尻へ至る街道であった。

鶴丸が江戸屋敷を出奔したことが鶴丸暗殺を企てる一味に発覚した場合、八重たちの一行を追いかける討手は、内藤新宿からの甲州街道へ目を向けるであろうとの矢七の提案を受け、一行は中仙道の旅を選択した。

八重にとって、この中仙道を旅するのは二度目であった。

三年前高桑家への奉公のため、兄の年蔵に付き添われてこの街道を歩んだことが思い出された。あの時は富山から飛騨街道を南下して飛騨高山に至り、そこから野麦峠越えの道を辿って信州に入っていた。信州側からは梓川沿いに街道を下り、島々の集落から松本の城下を経て塩尻に至っていた。

八重の故郷越中からは四季折々に美しい剣岳や立山の峰々を眺めることができたが、飛騨高山や野麦峠からの見事な山並みも忘れることはなかった。そしてあの時は、年蔵の親友の小太郎様も飛騨の国境まで見送りに来てくださったと、八重はそのことを嬉しく思い出していた。

梅雨が未だ明け切らぬ蒸し暑い日が続いたが、八重の一行は、何かに追いかけられるように街道を急いだ。

大きな振り分け荷物を負った矢七は、時折周囲へ鋭い目を注ぎ、討手への警戒は怠らなかった。矢七は今少しで還暦に手が届く年齢ではあるが、身体は頑健で忠義心の人一倍強い中間であった。腰に帯びた長脇差の柄には、目釘を打ち直した跡も生々しく、何かことがあれば刀にかけてもという気迫が満ちあふれていた。

中仙道は往来する旅人も多く、宿場には華やいだ雰囲気もあったが、それは塩尻宿の辺りまでで、塩尻から北に向かい松本の城下を過ぎた梓川沿いの街道に至れば、行き交う旅人の姿はまばらであった。

矢七は考えていた。敵方が討手を差し向けたとすれば、甲州街道を急ぎ旅で追いかけるはずである。街道の途中で自分たちの一行を発見できなかったとすれば、彼らは、自分たちが中仙道を選んだことに気が付くであろう。そうすれば、塩尻か松本の城下で自分たちの一行を待ち、後をつけ人気の絶えたところで凶行に及ぶであろう。二、三人なら切り死にしてでも二人を守る自信はあるが、それ以上になると守るのは難しい。矢七の心配は尽きなかったが、対処すべき手立ては思い浮かばなかった。

梓川沿いの広く見通しの良い街道を遠く眺めながら、矢七は街道を往来する旅人を注視していた。天秤棒やハケゴに行商品を負い行き来する旅人と、農夫や町人が往来する遙か後方に、二人連れの武士の姿が目に入った。この二人は、女人の足の自分たちを追い越すこともなく、遠い間隔を保ちながら歩いていることも見届けてあった。

さらに矢七は、先ほど通り過ぎてきた梓川の河原で、所在なげに川面に石を投げている浪人風の侍も目にしており、少なくとも刀を持つ者が三名ほどは街道に存在していることを確認していた。

四

八重の一行は、信濃大町の温泉宿で二泊し、これまでの疲れを癒した。

温泉には田の草取りを終えた農夫婦達が汗を流しに来ており、赤子を抱く八重が浴槽へ行くと「あら、めんごい子だこと」などと鶴丸を中心とした話の輪ができ、八重も母親になった気分で応対し、これまでの疲れが抜けるように消えていった。

そして、夏の日差しが強まる前の早朝、針ノ木沢の下流となる篭川沿いの登りへと足を踏み入れた。

篭川沿いの道は緩やかな登りが続き、時折吹く川風は肌に心地よいものであった。すれ違う旅人は、針ノ木沢直下の扇沢の宿を発ってきた人々らしく、「これから峠を超えなさるんかい。雪は締まっていて歩きやすいですよ。気を付けておいでなさい」などと声を掛けてすれ違っていった。

暫くして川沿いの道を降ってきた行商人が、あたふたと駆け寄り、

「今、そこで侍同士の斬り合いがあった。一人が切られて、もう一人が沢筋へ逃げたが、浪人風の男がその後を追っていった。危ないから引き返したほうが良うございますよ」

そう忠告すると、「山を下りてお役人に知らせせなければならない」と言って、走るように道を降っていった。

「矢七殿。如何いたしましょうか。盗賊でしょうか」

八重はうろたえて矢七のほうを振り返って尋ねた。

「よく分かりませんが話の内容からして、侍同士の遺恨による争いのような気がします。本日、ここを降って大町に泊まっても、いずれはこの山越えは必要です。本日はゆるりと登って、扇沢に宿を定め、様子を見ては如何でしょうか」

八重も決意を固め、万一の場合に備えて懐剣を包む袋を外し、懐剣を胸の帯に挟んだ。

篭川の流れが大きく左側に蛇行し、右側から小さな尾根が張り出し、川幅が狭まっている場所があった。そこには、天を覆う木々が両岸からさしかかり、昼なお暗い影で覆われていた。その大木の根元に切られた侍が横たわっていた。辺りには三、四人の旅人が死体を囲み、恐ろしいことだと口々に呟き、中には念仏を唱える者もいた。少し離れたところで、大きな荷を背にした行商人がわなわなと震えながら思案気に佇んでいた。

切られた侍は、肩口に一太刀浴びせられ、喉元に受けた突きの一太刀で絶命していた。八重は震える体を押さえながら、鶴丸をしっかりと胸に抱きしめ、顔を背けて死体の側を走り抜けた。

矢七は周囲を見渡し、ここは闇討ちを掛けるには格好の場所だ。もしかしたら自分たちを待ち伏せていた討手の一味ではなかろうか。それにしても、討手が切られているということは、それを阻止した者が居ることになる。この太刀筋から推測しても手練れの者の仕業であり、その者はどのような意図をもって、このような所行に出たのであろうかと考えていた。

「もし、奥様。これから峠を超えなさるのですか」

先ほど死体を見ながら震えていた行商人が、八重に声を掛けてきた。

「はい。今夜は扇沢で宿を取り、明朝峠越えをするつもりです」

八重がそう応えると、

「ご一緒させていただいても構いませんか。何せ、切られたばかりの死体を見るのは生まれてはじめてですので怖くって、怖くって。大勢で行くほうが安心できますから。よろしくお願いいたします」

そう言って行商人は八重と矢七に向かって深々と頭を下げた。

五

八重の一行は早朝に扇沢を発ち、峠に続く針ノ木沢を登りはじめた。同宿した旅人や行商人は、その日のうちに立山温泉へ辿り着くべく、夜明け前に宿を発っていたため、宿を出発したのは八重たちが最後になっていた。

同行する薬の行商人によれば、峠を越え黒部川に至る河原に、黒部奥山見廻りの役人が見回りの拠点とする丸太小屋があり、旅人の避難小屋としての使用も許されているとのことであった。

矢七はこの峠越えと立山温泉への行程が最大の難所と捉えていた。それは行程の険しさに加え、討手の襲撃が最も考えられる場所でもあった。そのため、かかる難所は可能な限り早く走り抜けたい気持ちもあったが、宿で聞き知った峠への登りの難儀さと、子供を抱いた八重への負担を考えれば、他の旅人のように一気に立山温泉への行程には無理があると考えていた。そこで、薬商人の言う丸太小屋に一泊し、翌日になって五色ヶ原まで登り、佐良佐良峠（現ザラ峠）を越えて立山温泉へ至る行程を視野に入れていた。

人の背丈より大きな転石の間を縫うように続く道を辿り、暫くすると万年雪が壁のように続く針ノ木峠への大雪渓が目に飛び込んできた。今でもこの雪渓は、北アルプス白馬の大雪渓、そして山形県の飯豊連峰カイラギ沢の雪渓と並び称される程規模が大きく、日本の三大雪渓として知られる程の大規模なものである。

朝の冷気に締め固められた雪面は固く締まっており、一行は一気に高度を稼いでいったが、夏の陽光が雪面に届けば雪が緩み、草鞋を通して冷たい水気が伝わってきた。薬の行商人は自分は慣れているから大丈夫だと、アケビの弦を編み込んだ雪道用の草鞋を八重に貸し与え、雪上の落石が心配だからと先頭に立って、注意深く上方を注視しながら八重たちを導いてくれた。

突然、バーンという轟音が響き、雪渓の右上方から多量の雪の塊が落ちてきた。太陽に暖められた岩肌に接する雪が溶け、その部分が空洞となった雪のブリッジが暖められて崩壊し、雪崩落ちてくるいわゆるブロック雪崩であった。行商人はその軌跡を瞬時に確認すると、

「雪崩だ。左の斜面に寄れ」

と大声で叫び、手を振って左側に退避するように指示を出し、自分も大急ぎで雪渓の中央から左側への斜面へと駆け上がった。

八重たちが左斜面に逃げ込んだ瞬間、上部から怒濤のように雪塊が崩れ落ちてきて、これまで歩いていた雪上の道を覆い尽くしながら流れていった。雪塊がサクッ、サクッと低い音を発しながら落下していく様を、八重は胸の動悸を高めながら見つめていた。これが石の場合は落石になるが、落石の場合もその音は雪面にかき消されることが多く、気が付かずに犠牲になる人もあるとのことで、旅慣れた行商人が先導してくれることに感謝をしていた。

雪渓頂部の急な登りを過ぎ、左へ続く高巻き道へ登り詰めた。この道を辿れば針ノ木峠に至り、その峠を越えて道を降れば黒部川に辿り着く。踏み跡の続く道の両側には、小さな花が群れを成して咲いており、こころなしか花の香りも漂ってくるようであった。八重は鶴丸をお花畑の側まで連れていき花を愛でさせ、鶴丸が手を伸ばした一輪の花を、そっと摘んで鶴丸に手渡した。

六

針ノ木峠の近くで昼食を済ませた一行は、黒部川への下降に入った。峠の左右には岩の連なる尾根が続き、正面には残雪に輝く山々が続いていた。

「あの正面の山が立山です。信仰登山でこれから賑わいますよ。そしてその右側に見える岩だらけの山が剣岳です。あの山は何時見ても迫力のある山ですね。左側の大きな山が薬師の森（現薬師岳）そしてそのずっと奥に、尖った山が見えますがあれが黒部五郎岳と呼ばれています。今日は少し霞んでいますが、ほれ、このずっと先に一際高い山がありますが、あれが槍ヶ岳ですよ」

行商人は指を指しながら、主だった峰の名称を教えてくれた。八重は越中側からの立山や剣岳の姿は常に目にしていたが、反対の信州側からの眺めははじめてであり、その雄大さにただ頷くだけであった。そして、正面にある、あの山を越えれば懐かしい故郷があり、親兄弟に会うことができると思い、胸が締め付けられる想いで天を仰いだ。そこには両親や年蔵の顔が浮かび思わず涙ぐんだが、その像と重なるように小太郎の笑顔が浮かび、思い出の中を通り過ぎていった。

黒部川に流れ込む谷は針ノ木谷と呼ばれているが、上部の急峻な部分を下降すれば、その後は比較的緩やかな斜面が続き、それほどの難所もなく黒部川の河原へたどり着くことができる。行商人の言っていた丸太小屋は、黒部川の左岸に突き出た尾根筋にできた高台に建っていた。扉を開けると広い土間があり、その奥に黒くくすんだ板敷きが続いていた。見廻り役が使うものと思しき寝具も残されており、土間には筵や藁束が立てかけてあった。

八重は土間の中央に切り込んである囲炉裏に灯をともし、鍋で湯を沸かしてお茶を入れた。そして、「周囲を見てくる」と言って丸太小屋を出た矢七を呼んだ。しかし、矢七からの返事はなく、川の流れとさざめく風の音だけが届いていた。

外に出た矢七は黒部川の広い河原を、上流に向かって歩いていった。流れ込む小さな沢を回ったところで、突然薪を燃やすような煙の臭いが漂ってきた。矢七は腰をかがめ油断なく煙の臭うほうへ歩み寄った。

そのとき、「ご老人。何かご用でござるか」と背後から声を掛けられた。

そこには薪を抱えた浪人者が悄然と立っており、鋭い目つきで矢七を見据えていた。

矢七はとっさに飛び下がり、「煙の臭いに誘われてここまで来てしまいましたが、このような処で何をなさっておられるのか」と油断なく構えながら聞いた。

矢七は瞬時に、この男は梓川の河原で所在なさそうに、川面に石を投げていた浪人者であることを見抜いていた。

「今夜はここで野宿を張ろうと思って薪を集めているところじゃ。背後から声を掛け驚かせてしまった。だとすればご容赦願いたい」

丁寧な返事が返ってきた。その目から鋭さは消えていた。

「まさか、このようなところに人がいるとは思いもよらず、かえって失礼しました。我々はこの先の丸太小屋へ一夜の宿を決めております。よろしかったら一緒にお泊まりになっては如何ですか」

「かたじけない、儂は大勢の人のいるところは苦手だから、今夜も一人気ままに野宿の予定じゃ。万一天候が変わるなどの事態となればおじゃましよう」

矢七は言葉を交わしながら浪人の風体と足腰の身のこなしを観察していた。そして、かなりの使い手であろうと推察していた。矢七にとって、彼が討手の一味かそれとも唯の旅の浪人かという、判断は最も憂慮すべきことであり、思い切って問いを投げかけてみた。

「ご浪人は数日前、梓川の河原におられましたね」

浪人は顔色を変えることもなく、

「存じておったか。実は早道だといわれてこの道を選んだのだが雪道が苦手なため、野麦峠を越えて飛騨高山への道に変更しようかと迷っておったところなのです。ところが、子供を連れた女人が行くのを見て、女人でも大丈夫ならと、この峠越えを決めました」

そう言って薪の束を焚き火の側に積み上げた。

矢七にとって、味方がいないことは覚悟していたが、この浪人が敵であるという確証も得られなかった。ただ、この浪人は自分たち一行の動きを目に留めていたことだけは確かであり、本人の言うとおりなのかそれとも別な目的があるのかについては判断できずにいた。矢七は、仮にこの浪人が討手の一味であれば、今こそ自分たちを討つ好機である。しかし、その行為に及ばないということは、少なくとも今は敵ではなかろうと考えた。矢七は野宿準備中の邪魔をしたことを詫び、小屋に戻った。

八重のいれてくれた茶に口を付けながら、周囲には怪しい者の気配はないことや、ここに宿を求める者も、自分たちの一行だけではなく、これから夕刻にかけて旅人が立ち寄るであろうことを告げた。

河原の石を踏む音が小屋の入り口で止まり、若い女の声が届いてきた。

「もし。何方かおいででしょうか」

矢七が表へ出てみると、深い鳥追い笠を付け、小さな荷物を胸に抱いた女が一人、不安そうな面持ちで佇んでいた。

「おう、おう、旅のお方。どうぞお入りくだされ。中には連れのお女中もおられるゆえ、心配はご無用ですぞ」

女は安心したように頷き、矢七の声に招き入れられた。

八重の差し出すお茶をすすりながら、側で寝ころびながら手足を伸ばしたり縮めたりしている鶴丸に目をやり、鋭い一瞥を放つ瞬間を矢七は見逃さなかった。

「あら、可愛いお子だこと」

女はそう言いながら鶴丸の側に寄っていった。矢七は脇差しを手に二人の間に割り込もうと立ち上がった。

その時、入り口の扉がバタンという大きな音とともに開かれ、一人の侍が傲然と入ってきた。その音に驚いた鶴丸が泣き声を出したため、八重は急いで鶴丸を抱き上げた。

「ここにいるのはそなたたちだけか」

侍は横柄な態度で一同を睥睨した。

「へい、左様でございます。おなご連れの身では一気の山越えは難しく、今夜はここにお世話になろうと思っております」

矢七は、八重と女の間に割って入るように体を異動させながら、入り口に向かって声をかけた。

侍は当然のように小屋の板敷きの奥に歩み寄った。八重は鶴丸を抱いたまま侍に押し出されるように脇へ移動した。侍は広くとった場所に負っていた荷をほどき、その上に道中合羽と道中羽織を重ねて置いた。そして八重のほうを向いて、「どちらの御家中のお女中かな」と聞いてきた。

八重が答えようとすると、矢七が「江戸へ奉公に上がって、御子ができましたので、初孫をお見せするための帰省でございます」と言った。

「ほう、それはめでたいことじゃ。そなたは供の者か」

「へい、左様でございます。よろしゅうお願い申し上げます」

八重は侍の横柄な態度に腹を立てていたが、矢七が穏便に場を取り持とうとしている姿を見て、鶴丸を抱きしめながら侍のほうへは顔を向けないようにせざるを得なかった。

薬の行商人からの挨拶を顎を上げながら受けていた侍は、鳥追い笠の女に向かって、挨拶を促すように顔を向けた。女が応えに逡巡しているのを見て、侍は女に顔を近づけていった。そして、

「おぬしを何処かで見たような気がするな。何処だったかな。そうじゃ、おぬしは洗馬宿で飯盛女をやっていた者であろう。どうじゃ違うか。名は何と申すのじゃ」

そう言って蔑むような表情で女を見下ろした。

飯盛女とは、宿場町などの旅籠で旅人の食事の世話や身の回りの世話をする女たちであったが、何時の頃からか客に請われるまま、三味線を弾いたり踊りを見せたりする遊女としての生業も兼ねるようになっていた。

女が唇を噛み、悲しそうに横を向いたとき、入り口の扉が開き、先ほどの浪人が悄然と入ってきた。

「人に名前を聞くときは、自分から名乗るのが礼儀でござろう。それと、旅先ではあまり詮索はせぬことじゃ」と侍に目を向けながら言った。

「何だ。おぬしは。無礼者め」

と侍が色を成して立ち上がろうとしたが、一歩踏み出した浪人の気迫に押されて黙り込んだ。

「無礼者呼ばわりは片腹痛い。礼儀をわきまえないのはおぬしのほうではないか。旅先では体力のない女や子供を大事にしなければならない。そこもとが座っている奥の板間は、お女中たちに譲るのが

礼儀でござろう」

　浪人者に一気に説かれた侍は、恥辱にわなわなと唇をふるわせていたが、浪人の気迫に押され「さあ、女どもはこちらに参れ」と言いながら、解いた荷物を重そうに両手で抱え、囲炉裏のほうへ異動した。

「ご浪人。夏とはいえ河原での野宿は体に応えるものです。ご一緒に夜露をしのいでは如何ですか」

矢七は浪人者に声をかけた。

「ご厚意かたじけない。先ほども話したとおり、儂は一人のほうが気が楽じゃ」

　そう言って浪人は外へ出ていった。矢七は、浪人が見せた振る舞いから、理由は分からないが、この小屋に出入りする者を注視している事に気がついていた。侍は悔しそうにしていたが、矢七と顔なじみの侍の存在は気になるものと見え、威張り散らすことはなくなった。

七

　黒部川の川面にできた薄い霧は、いつの間にか和紙を重ねたように横に広がり、広い河原いっぱいに漂ってきた。山頂に届いていた陽光も、張り付いたように残っている残雪を紅く染めながら沈んでいった。夜の帳に包まれた小屋の中では、囲炉裏にわかした湯を使い思い思い夕食を済ませ、眠りに入ろうとしていた。

矢七は女の動きに注意を怠らなかった。やがて八重との会話の中で、その女も過去に子供を産んだことがあったが一歳の時に流行病で子供を亡くしてしまった。そのため、同じ年頃の子供を見ると自分の子供を思いだし、可愛い動作を見ていると涙が出てしまうという身の上話を聞き、かえって同情するようになっていた。

積み上げた丸太の隙間から、小屋に当てられたガンドウの灯が届き、

「旅人が泊まっているようだ。この時期はやむを得ぬな」

という声とともに、入り口の扉が開かれた。

「我らは加賀藩『黒部奥山見廻り役』の者でござる。見廻り本隊に先駆けてここを見聞に参った。ここは我々山廻り役の出先小屋であるが、皆を追い立てるようなことはいたさぬ。今夜は我らも仲間に加えていただきたい」

その声を聞いて八重は飛び起きた。夢にまで見た小太郎の声だったからである。

「小太郎様、藤田小太郎様ではございませんか」

「八重、八重殿ではござらぬか。お久しゅうござる。如何なされた」

ガンドウの灯が奥まで届き、二人は暗い灯火の中で見つめ合っていた。

藤田小太郎政信と元服して名を改めた小太郎は、次男坊という身の軽さもあって、黒部奥山見廻り役に志願し三年目を迎えていた。志願したとき面接に当たった目付の立花賢二郎は、小太郎たちが起こした数年前の遭難騒ぎのことを覚えており面接の折の話題に取り上げた。小太郎は、若気の至りと

は言え見廻り役の方々に迷惑を掛けたことを詫びたが、立花は逆に「山ではあの時のような咄嗟の判断が必要であり、役目を忠実に努めるように」との励ましの言葉まで添えてくれた。

この年の黒部奥山見廻り隊も数日前から活動が開始され、越道峠を経て黒部川に入る班と、常願寺川沿いに続く道を遡上し上流の湯川に至り、そこから佐良佐良峠を越えて黒部に入る班との二班に分けられていた。小太郎は常願寺川沿いに黒部に入る班に配属され、その本隊を立山温泉に留め、前進基地となる丸太小屋などの見聞のために、山に詳しい猟師の義助を伴っての山行であった。

小太郎は小屋の中を見渡し人員を確認すると、鶴丸の側で半身を起こし、入り口に顔を向けている旅の女に向かって言った。

「おう、おう、子供づれのお方もおられたか。針ノ木峠越えは難儀だったでしょう。明日、佐良佐良峠を越えれば、越中まではいま少しでござる」

言われて旅の女は一瞬躊躇したように八重のほうに目をやった。

八重の心は乱れていた。ここで、この子は自分の子供であることを告げれば、小太郎は自分をふしだらな女だと思うであろう。せめて小太郎にだけは本当のことをうち明けたい。しかし、奥方の奈須殿とのあいだに自分の子として育てるという約束があり、真実をうち明けるわけにはいかない。

女の目線を受け止めながら、八重が口を開こうとした時、囲炉裏の側に陣取っていた旅の侍が、吐き捨てるように言った。

「その子供は、このような飯盛女の子ではないわ。そなたの知り合いのおなごの子じゃよ」

小太郎の胸に衝撃が走った。八重に向けた顔に心の動揺が表れ、目を見開き口を開けたままの沈黙が辺りを支配した。

「未だ、実家にも年蔵兄者にも告げてはおりませんでしたが、昨年末に授かった子供で、名は鶴丸と名付けました。申し訳ありません」

八重は意を決して、何時かは皆に言わなければならないと、心に決めていた口上を述べた。しかし、最後に口をついて出た「申し訳ありません」の一言は、自分を信頼してくれていた小太郎に対し、嘘をつかなければならない後ろめたさからの鎮悔の意味を込め、口から出てしまった言葉であった。

「左様でござったか。江戸で嫁いでおられたのでござるか。それはおめでとうござる。知らなかったこととはいえご無礼しました」

小太郎の硬い声を聞きながら、八重は目を伏せて頭を下げた。

八

清流のせせらぎの音をかき消すように、小鳥のさえずりの声が四方から響き渡り、黒部の夜が明けはじめた。道案内を勤める猟師の義助がほの白く明るんできた河原に降り立ち、手をかざして周囲の山並みを見つめて小屋に戻ってきた。

「今朝のような雲が出るとき、黒部は雨になる。雲の様子からすると、山は既に雨になっている可能性が高い。五色ヶ原までは何とか登れると思いますが、佐良佐良峠の向こう側の降りは難儀しそうだ。女ご衆の足では無理かもしれない。ここは一つ、本日はここに留まり、明日出発されたほうが良いと思います」

義助が小屋の中で皆にこれからの天候の様子を告げた時、件の侍が大声で怒鳴りつけた。

「何を申すか。儂は急いでおるのじゃ。女子供はここに残し、儂等だけで峠越えをするのじゃ。つべこべ言わず、さっさと案内せい」

すかさず小太郎が侍を睨み付けながら言った。

「何方の御家中の方かは存じ上げぬが、案内役の義助は、山廻り役の手の者でござる。勝手に命を下すことは許しません」

小太郎の言葉の途中で侍は居丈高に立ち上がり、周囲を睥睨するように見渡しながら言った。

「山廻り役には、旅人を安全に送り届ける役目があるはずじゃ」

「我々の役目は、黒部奥山並びにその周辺の取り締まりでござる。しかし、旅人の難儀を救うのは人の道として当然のことであり、旅のお方を危険に晒すわけにはまいらぬ。ここは、山を知り尽くしている義助の言に従い、出立は見送ることにする」

小太郎は、侍の目を見据えながら落ち着いて言った。

「なにお、小癪な若造め、このまま捨ておくわけにはいかぬぞ」

侍は側にある刀を掴みあげると、柄頭を小太郎に向けて怒鳴った。

「急いでおるのなら、おぬし一人で発ったがよかろう」

開け放たれたままの小屋の扉から、浪人が長身を屈めながら入ってきて言った。

「黙れ。浪人の分際で生意気なことを言うな」

侍は興奮して刀の柄に手を掛けた。それを見て、小太郎は一歩後ろに下がり身構えた。

「お侍様。およしなさいませ。外をご覧ください。この雨では遠出は無理でございましょう」

矢七の声に促されるように一同が扉の外を見ると、いつの間にか周囲の木々の葉を打ち付けるような大粒の雨が、横に流れるように降り続いていた。

侍は「チッ、忌々しい雨だ」と独り言を言うと、囲炉裏の中央に音を立てて胡座をかいた。

「昨夜はこの近くで野宿を張ったが、この雨ではいかんともしがたい。拙者も雨宿りの仲間に加えてくだされ」

浪人はそう言うと、八重に一礼をして土間の一角に陣取った。

八重からの告白は小太郎を困惑させていた。小太郎が描いていた八重の姿は、奉公に出かける三年前の顔であり、江戸で嫁ぎ子供まで授かっている姿は想像できなかった。

小太郎は自分の堅い表情を隠すように、鶴丸を抱き上げ「高い、高い」と言いながら鶴丸の体を揺すりながら上下させた。鶴丸の顔に笑顔が点り、「キャッ、キャッ」と嬉しそうに手足を伸ばしはしゃぎはじめた。八重は笑顔でその様子を見つめながら小太郎に言った。

「小太郎様は赤子をあやすのがお上手ですね。何方か身内の方にお子でも授かったのですか」

「はい。兄者の倫太郎に一昨年女の子が生まれました。間もなく一歳半になります。私も黒部の山廻りの時以外は、本家に厄介になっておりますので、こんな時は子守役を買って出るのです。その子も今では家中を立ち歩き目が離せません。でも、子供がからくり人形のようにぎこちなく歩く姿は、可愛くて仕方がありません」

「まあ、からくり人形だなんて、小太郎様は相変わらずですね。そうですか、倫太郎様のお家に女のお子が授かりましたか、おめでとうございます」

そう言いながら、八重は昔に戻ったように、小太郎へ笑顔を向けた。

「ところで、ご当主の宗右衛門様をはじめ、ご家族の方々はお元気ですか」

「父上は、家督を兄の倫太郎にゆずり、今では釣り三昧の毎日を送っております。そう言っても、収穫は微々たるものですけどね」

「それはそれはご健勝でなによりです。釣りといえば、むかし、皆で釣りに行った遠出を思い出しますね。私は何時も思い出しております。私にとっては最高の思い出ですもの。あの時の皆さんは、今何をなさっておいでなのでしょうか」

八重は周囲の人々に、七年前に小太郎や兄者の年蔵たちと出かけた遠出のことや遭難の話を語りはじめた。小太郎は、自分に相づちを求めながら当時のことを話す八重の口元を見つめていた。

「そうですか、奥様はここに居られる役人の方とは幼なじみでしたか。それにしても面白い体験をしましたね。うらやましいですよ。私なんぞは、子供の時から親父に連れられ、薬草取りに山に入ったり、行商の手伝いやらで、友達と遠出したことなぞは一度もありませんでしたよ」

行商の薬売りが感心したように言葉を発した。

「当時のお仲間は、今では立派な若者におなりでしょうな」

にこにこしながら話を聞いていた矢七が、話題を元に戻した。

「八重殿の兄者の年蔵は、御槍組で八重殿の父上様と一緒にお勤めをしております。近頃は、月に数回道場で会う程度ですが、腕をあげて、今では若い者に稽古をつけるようになっております」

「おや、まあ、年蔵兄者が若い人たちに稽古をつけているなんて信じられません。だって、入門したての頃は、俺が一番へたくそだと毎日言っておりましたからね。でも、よかった」

親しい人々の話題から、小太郎と八重の蟠りはなくなり、周囲にはほのぼのとした雰囲気が漂っていた。ただ、件の侍だけは苦虫を噛みつぶしたような顔つきで、自分の荷物を抱えたまま、そっぽを向いて座っていた。

「皆様は、これまでの旅でさぞお疲れのことでしょう。それでは我が家秘伝の、疲労回復のお茶を煎じて差し上げましょう」

薬の行商人がそう言いながら、囲炉裏で茶をたてはじめた。暫くして甘辛い匂いが周囲に立ちこめ、お茶を呑みながらの団欒の時間となった。その茶は、口に含んだ当初は苦みがあるが、少しすると甘味が口いっぱいに漂い、本当に疲れが取れそうな味であった。

「お侍さん。あなた様も如何ですか」

差し出された茶に目もくれずにいる侍に向かって、旅の女が声をかけた。侍はじろりと女を一瞥し、無言のまま竹筒を切って椀にした器を手にした。

「何じゃ。この茶は。儂を殺す気か」

侍はお茶をはき出し、器を囲炉裏の中に投げ捨てた。

「お口に合いませんでしたか。申し訳ございません」

薬売りは詫びながら投げ捨てられた器を、灰の中から拾い上げた。

侍の怒鳴り声に、鶴丸がビクンと反応し、大きな声を出して泣きはじめた。八重は鶴丸を抱き上げ戸口のほうへ歩み寄り、鶴丸をあやした。

「先ほどから黙って聞いておれば、昔話なんぞをしおって。面白くも何ともないわ。その餓鬼の泣き声も気に入らぬ」

侍が苛立ちながら怒鳴った。

「いい加減におしよ。こちらこそ黙って聞いていれば言いたい放題、やりたい放題。廻りにいる者の身にもなってごらんよ。あんたには人の情けというものが分からないのかい」

旅の女の甲高い声が響いた。

「何だと、このあばずれ女が。飯盛女の分際で大層な口を利きおって。もう勘弁ならん。そこへ直れ」

侍は側に立て掛けてあった刀を掴み、立ち上がった。

「おう、やれるモンならやってごらん。そんな脅しに乗るお蝶さんじゃないよ。甘く見るんじゃないよ」

女は啖呵を切るとその場に立ち上がり、懐に忍ばせていた匕首を抜いて構えた。侍は一瞬たじろいだ表情を見せたが、引っ込みがつかなくなったと見え、肩を怒らせ女のほうに向き直った。

「やい、いいかげんにしねいか。女子供ばかりをいたぶって何が面白いんでぃ。黙って聞いていれば図にのりやがって。もう勘弁ならねぃ。俺が相手になってやる。表へ出ろ」

矢七が怒りに震えながら叫んだ。忠義な矢七にとって、このような災難は極力避けるように心がけてきたが、この侍の態度だけは許せなかった。

侍は矢七を年寄りと見て侮ったのか、薄笑いを浮かべて刀を左手に持ち替え、刀の柄に右手をかけ、先ほどから黙って目を瞑っている浪人の前を通って、小屋の扉のほうへ向かおうとした。侍の足が浪人の前を抜けようとしたとき、浪人の足が素早く動き侍の足を絡めた。足を払われた侍は、もんどり打って俯せにその場に倒れた。その勢いで、肩に負っていた荷が解け、土間一面に小判が広がった。

侍は小判の上に蛙のように這いつくばり、土間に舞い上がる埃すら物ともせず、周囲に転がっている小判を両手でかき集めた。

「この金を盗ろうとしてもそうはいかぬぞ。これは儂の金じゃ」

そう言って、小判を懐に押し込んだ。侍はその場に座ったまま、解けた荷を肩から下ろし、小判についた塵を払いながら中に納めた。金の亡者のように金子を数えている姿からは、今おきたばかりの諍いのことなどは眼中になく、何かに取り付かれているような様子がうかがえた。

「おや、まあ、お金持ちだこと。それだけの大金を、供も連れずにこのような厳しい山越えをしてまで運ぶなんて怪しいお金なんじゃないの。盗んだ金じゃないの。だとしたらおまえのほうこそ泥棒じゃないか」

旅の女に揶揄されても、侍は黙ったまま血走った目で小判の数と、小判を二十五枚ずつ包んだ切り餅の数を数えていた。

「おまえの言うとおり、私は洗馬の宿で飯盛りをやっていた女だよ。それがどうだっていうのさ。子供の時人買いに売られ、それからこれまで貯めたお金が十両だよ。そんな、何百両という金はあたしらには貯められないのさ。あたしゃ、この金を持って生まれ故郷の村へ帰るつもりだったが、思い直したのさ。今更帰っても親を悲しませるばかりだからね。故郷とは別な国に行き、この金で小さくてもいいからお店を出すのさ。金沢の御城下で小さな店を持つのが夢なんだよ」

何時しか、女の目には涙が溢れていた。

「私の村は貧乏でね。子供が生まれると間引きとかいって、子供を殺すこともあったよ。子供が生まれると食い扶持が増えるからね。その食い扶持さえ満足に与えられないから子供を殺すのさ。それを生業にしている者もあって、村の人たちは子消し屋と呼んでたよ。親は、自分では生まれた子供を殺すことなどはとてもできないから、こけしやさんに頼むのさ。何故こけしやと呼ばれるかというと、子供を殺したあと、代わりに木彫りの人形を持ってきて置いていくのさ」

女は聞かれるともなく身の上話を続けた。

「私も年頃になったとき、一人前に好きな人ができて一緒になったよ。子供も生まれたけれど、流行病で亡くしてしまったのさ。丁度、この子と同じぐらいだったね。可愛い盛りだったので、毎日泣いて暮らしたよ。あんた。この子は大事に育てるんだよ」

そう言って、女は八重に笑顔を向けた。八重は涙をためたまま大きく頷いた。

降りしきる雨は夕刻にはあがり、真っ赤な夕焼けが明日の晴天を約束していた。

九

真っ赤な空を背景に、山頂付近には今なお残る残雪の山々が、浮き彫りのように浮かび上がった。その背景も赤から青に変わり、黒部の緑も量感豊かにその形を表しはじめた。

昨日の雨で水量を増した黒部川の流れが、薄い川霧を巻き込むように、その右岸を渦巻きながら流れ、再び小鳥のさえずりの声が周りを支配しはじめた。

川面に漂う朝霧を割るように黒い影が一人、二人と浮かび上がってきた。彼らは道中合羽に菅笠をつけた武士の集団で、次第に小屋を囲むように円陣をつくりはじめた。周囲を覆っていた小鳥の鳴き声が止んだ。

小屋の外の異様な気配に気がついた小太郎が扉を開けると、そこには三人の武士が立っていた。

「私は加賀藩、黒部奥山見廻り役の藤田政信でござる。ここは、我らの前進基地となる山小屋でござるが、何かご用の向きでもおありか」

武士たちはそれには答えず、

「その中に子供を連れた女人がござろう。おとなしくこちらへ引き渡して頂こう」

中の一人が鋭い眼光を扉の奥に注ぎながら重い口調で言った。

小屋の周囲を点検し、裏口のないことを確かめた武士たちは、扉口を囲むように立ちはだかり、威嚇するように肩を怒らせた。

「女人と赤子を引き渡せとは、まことに乱暴な話でござる。どのような事情かは存じませんが、我らには旅の方々を守る役目も帯びている。また、本人の同意を得ずに引き渡すわけにはまいりません」

小太郎は小屋の周囲にいる者を含め武士の集団が六名であることを確認しながら言った。

武士たちは菅笠と合羽をはずしながら、

「我らは、内にいる子供を始末すればそれでよいのだ。邪魔だてするとお主等も只では済まぬぞ」

中の一人が脅すように言葉を発し、合羽と菅笠を投げ捨て刀に手を掛けた。武士の集団の身なりは貧しく、長髪を後ろに束ねている様子から、刺客を依頼された浪人の集団のようであった。

外でのやりとりは小屋の中まで届いてきた。矢七は、怯えた面持ちで鶴丸を抱きしめている八重に声をかけた。

「八重様、ご心配には及びません。ここは、儂等がくい止めて鶴丸様をお守りいたします。決して外へ出てはなりませんぞ」

そして、草鞋の紐をきつく結び直し、扉の外へ飛び出した。

「お主らは、鶴丸様を亡き者にするために差し向けられた刺客か、誰に頼まれたのじゃ」

浪人たちはそれには答えず、目で合図を送りながら刀を抜き、扉を中心に扇形に囲みを組んだ。そして、小屋に向かって、

「我らは赤子を始末すればそれで用が済むのじゃ。手向かいをしなければ、ここを逃がしてやる」

と、大声で怒鳴った。

「ふん、そんな言葉が信用できるかい。人殺しの現場を見た人間は、皆殺しにするのが侍じゃないか。おまえたちなんか信用できないよ」

旅の女が扉の外に向かって啖呵を切った。

「ほう、元気のよい女も居ったのか。用が済んだらたっぷりと慰んでやるから楽しみにしておれ」

浪人たちは、卑猥な笑いを浮かべながら顔を見合わせていた。

薬売りの行商人はこんな子供を殺そうなんて許せないと呟きながら、小屋の奥へとにじり寄り、鶴丸の側に寄ると「おじちゃんも、守ってやるからな」と言って、立て掛けてあった棒を握り立ち上がった。

小屋の隅で、立て掛けた刀を抱くように座っていた長身の浪人は、我関せずという表情で、目を瞑ったまま外でのやりとりを聞いていた。

外では、矢七の抜いた脇差しが、朝日をあびてキラリと光り、浪人たちに向けられていた。その側で「旅の方々をお守りいたす」と浪人者に告げ、刀の柄に手を掛けた小太郎が、堅い面持ちで対峙していた。

「儂は中の餓鬼とは関係がない。手向かいをしなければ通してもらえる約束だ。儂は、手向かいはしないから、ここを通してもらおう。そのお礼といっては失礼だが、多少の金子を用意した」

件の武士が両手に包んだ小判を差し出しながら、浪人たちの頭領と思しき者に近づいたとき、浪人者の刀がきらめき、武士は声を上げる間もなく、その場に袈裟懸けに切り捨てられた。武士の手からこぼれ落ちた小判の音がからからと川原に響き、切られた風呂敷からも小判が転がり出た。

「馬鹿め、殺しの現場を見た者は生かしておけん。女の言うとおりじゃ」

浪人たちは小判の山を眺めながら、薄笑いを浮かべたが、「許さん」と言いながら小太郎が刀の鞘を払うと、数歩下がって囲みを広げた。

「今の様子では、拙者も見逃してはもらえそうもないようだな」

首をすくめ、刀を腰にさしながら小屋から出てきた浪人を見て、浪人たちは一瞬驚いた様子であったが、囲みの輪を少し広げると、「気の毒だが死んでもらう」と一人の浪人が間合いを詰めてきた。

小太郎と矢七も左右に走り、小屋を背にして入り口を守るような体形を組んだ。打ち合わせていたわけではないが、旅の浪人を中心として、右に小太郎そして左に矢七が並び対峙すると、匕首を口にくわえた旅の女が、小屋の扉を閉めて中に立てこもった。

中央から間合いを詰めてきた浪人が、旅の浪人の前で構えを変えようとした瞬間、旅の浪人は鋭く踏み込み、抜き打ちで浪人の胴を捉えていた。切られた浪人は、「ウグッ」とくぐもった声を発し、その場に倒れ込んだ。

「こいつは俺が始末する。残りはじじいと若造を殺れ」

修羅場を経ていると見え、浪人たちの動きも鋭く、頭領の声が飛ぶと小太郎の前に二人、矢七の前に二人と浪人が散った。

小太郎は刀を青眼に構えたまま斜めに走り、川の流れを背にして向き直った。二、三合ほどの打ち合いの後、浪人の一人が流れの中に入り、小太郎の背面に回ったのを目で追いながら、正面の敵の動きを待った。

小太郎は焦っていた。三人の内、誰かが切られれば、浪人たちは小屋に入り八重たちを襲うであろう。その前に、早くこの二人を始末して、矢七と旅の浪人への助太刀に回るか、小屋の入り口を固めない限り活路は開けない。

せせらぎの音に混じり、背後に回った浪人の水をかき分ける音が近づいてきた。小太郎は斜め後方に下がり、水中に足を送ると川中に立つ浪人に正対し、瞬時に間合いを詰め、上段に構えた浪人の裾を払った。

浪人は一瞬背後に退り体勢を立て直そうとしたが、足下の流れに足を取られ、その場に倒れ込んだ。小太郎は直ぐに向き直り、上段から打ち下ろしてきたもう一方の浪人の刀を刷り上げて外すと、大きく刀を振り下ろした。かすかな手応えとともに、袈裟懸けに切られた浪人は、首筋から血を吹き出しながら、その場に倒れた。

小太郎は向き直ると川の中の浪人に刀を向けた。浪人は「おのれ」と言いながら、足でも痛めたのか、水中でもがいていた。

小太郎は小屋のほうに向き直り、小屋を目掛けて駆け出そうとしたした瞬間、小屋の入り口に近づく侍の姿が目に入った。これまでの浪人たちとは異なり、道中羽織をなびかせた家中の侍のようであった。侍は刀を下げたまま扉に足をかけ、体当たりで扉を開こうとしていた。

「しまった。もう一人敵が居たのか」と思った瞬間、ヒョンという空気を引き裂く音が聞こえ、侍の背に一本の矢が突き刺さるのが見えた。そして小屋の脇の木立の影から、猟師の義助が飛び出してくるのが見えた。

小太郎は小屋に駆けつけると、もがいている侍を押さえ込み、刀を取り上げると後ろ手に縛り上げ、大声で怒鳴った。

「おまえたちの雇い主は捕まえたぞ。これ以上無益な殺生はやめろ。雇い主が居なければ金ももらえないぞ」

旅の浪人と死闘を繰り広げていた浪人たちの頭領は、腕や頭から血を流していたが、周囲の状況を瞬時に判断はできたと見え、後ずさりしながら旅の浪人との間合いを広げると、

「さがれ、さがれ」

そう言って、黒部川の右岸へと走り込んでいった。

その後に、矢七と斬り合っていた二人の浪人者が続き、最後に川に倒れ込んだ浪人が、ずぶぬれのまま、片足を引きずりながら追いすがっていった。

十

小太郎は小屋の中で手傷の手当をしてもらっていた。戦いの最中には気がつかなかったが、二の腕と肩に刀傷を負い、小袖にも数カ所の刃跡が残っていた。旅の浪人も小手に数カ所の傷を負い、矢七

は歩行が難儀な程の手傷を負っていた。薬の行商人は、敵が去った後は安心したのか、途端に明るく振る舞うようになり、薬の効能を解説しながら傷の手当てに精を出していた。

捕らえられた侍は、浪人たちが逃げ去るのを見ると、舌を咬んで自害した。八重が連れている赤子に何らかの事情があり、それを巡る諍いであることは皆が感じていることであったが、小太郎も含め誰もそのことに言及することを憚っていた。

八重は手傷を負った矢七の治療を手伝いながら、矢七の目を伺った。

「八重様。皆様のおかげで鶴丸様には何事もありませんでした。本当にようございました。討手も、これ以上の犠牲者を出すことは本意ではないでしょうからもう大丈夫でございましょう。ご安心ください」

矢七は、そう言いながら、八重の目を見て言葉を続けた。

「命をかけて我らを守ってくださった方々に、私のほうから事情をお話しいたします。それが礼儀というものでありましょうし、この方々なら心配はご無用です」

八重も大きく頷いて同意の面持ちを表した。

「皆様のご推察の通り、件の刺客は我ら三名を殺害するために差し向けられた者たちであります。というよりも、ここに居られる鶴丸様を殺害することが目的だったのでございます。詳しい事情は申し上げられませんが、我が藩の江戸屋敷にて、ここの鶴丸様を亡き者にしようという陰謀がありました。それを察した奥方様が、屋敷の腰元だった八重様に、八重様の子供として連れて逃げてほしいと懇願され、八重様のご実家まで逃げて帰る途中だったのでございます」

一同は治療の手を休めて聞いていたが、旅の女がすかさず言った。

「赤子を抱く手つきが、どうもぎこちないと思って見ていたが、やはり他人様のお子だったんだね。それにしても、どんな事情がおありなのかは知らないが、結局は上役どもの権力争いというのが通り相場さ。そのあげく、子供の命を狙うなんて、なんてこったい。こんな時、いつも泣きを見るのが女子供なのさ」

八重と矢七は、一同に向かって深々と頭を下げた。

「何を神妙にしていんのさ。あんた方を責めているんじゃないよ。あんた方は、命がけでお子を守ったんだから。それにしても、こんな綺麗なお姉さんと、強い小父さんに守られて、あんたは幸せモンだよ」

女はそう言いながら、鶴丸を抱き上げると頬ずりをした。鶴丸のキャッキャッと笑う仕草に、一同にも笑顔が戻ってきた。


小太郎は深手を負った矢七に肩を貸しながら、佐良佐良峠への登り道を歩んだ。樹林帯の急な登りを過ぎると刈安峠に至り、ここからは登りやすい緩やかな坂道が、五色ヶ原へと続いていた。間もなく、天を覆っていた樹林帯が消え、紺碧の空の下を歩くようになると、安堵の笑みが自然に溢れ、何故か歩む足にも力が付いてくるようであった。後ろから旅の女と行商人の話し声が届いてきた。

「お姐さんは、加賀でお店を持つとのことですが、知らない土地は難儀ですよ。どうです、越中の町でお店を持っては如何ですか」

「そうねぇ、加賀も越中も知らない土地だからね」

「それなら越中になさっては如何ですか。私の知り合いの家を紹介しますよ。お姐さんのような気っぷの良い人が切り盛りする店は、繁盛間違いなしですよ」

八重の声も届いてきた。

「お蝶さん。そうなさいませよ。越中ですと、わたしたちも行くことができますから。ねえ、小太郎さん」

突然話の輪の中に引きずり込まれた小太郎は、「エッ、何のことですか」と戸惑いをみせたが、皆の暖かい視線を感じると「そうだね」と言って、顔を赤らめた。

五色ヶ原には所々に残雪が残り、その残雪をカンバスにしたように、可憐な草花がそよ風に揺れていた。この日の展望は良く、遠く富士山の頂も目にすることができた。一同は行商人から山の名前を聞き出しながら、残雪に覆われた山々を楽しんだ。

グエッ、グエッという鳴き声が届き、雷鳥の親子がハイマツの下から顔を出した。親鳥に先導されるように、まだ足元のおぼつかないひな鳥が六羽、一列になって続いていた。ひな鳥は、母鳥のするように草花の花びらをついばんだり、地面に嘴を擦りつけたりしながら、鶴丸が這い遊んでいる側まで近づいてきた。鶴丸はその姿を珍しいものでも見るように眺めていたが、急にその場に立ち上がると、八重と小太郎のほうに向かって歩きはじめた。一同から歓声が上がり、「おお、歩いた、歩いた」と拍手がわき起こった。真っ青な空を背景に、手を伸ばして八重と小太郎のほうへ歩みはじめた鶴丸の姿は、小太郎の言うからくり人形の歩みのようにぎこちないものであったが、目を大きく見開いて歩むその顔は、自慢げに輝いていた。

その四　「愛本橋」

一

　黒々とした海岸線が続く越中富山湾の海面には、白く長い雲の帯が連なっていた。それは、加賀藩の領地となる能登半島と糸魚川藩との国境を結ぶ帯のように続いていた。連なる雲の高さは二十間ほど、そして、天端の高さも一様で、それはあたかも湾を囲む壁のようにも見えた。

　湾から吹き寄せる微風にあおられ、天端の雲が僅かに崩れ、粉雪のようにサラサラと舞い落ち、そのまま海面を伝って湾岸まで運ばれていた。

　吹き寄せる雲は霧のように広がりを見せていたが、人の肌を湿らすほどの水分を含んだものではなかった。

　その霧を顔に受けながら、数人の男たちが湾を見つめていた。

　男たちの目の先には、小さな白帆が一つ二つと浮かび、小さな波間を異動しながら何やら作業を続けていた。

　目を凝らせば、帆を積んだ小舟の上では、二、三人の男たちが鳶口を器用に扱いながら、洋上に浮かぶ流木を集めている姿を確認することができた。

「なかなか上手いものじゃの。ああして、集めた流木は海の上で結束して筏に組んで、寄木場まで運ぶのじゃな」

岸辺に立つ男の一人が、隣で腕組みをしながら作業を見つめている大柄な男に声をかけ、更に言葉を続けた。

「今度の出水では、多くの流木が出たようだの」

「噂によれば、上流の愛本に架かる橋も被害に遭ったとのことだ」

「ここに至る街道沿いも、至るところで氾濫の痕が見えたから、今回の出水はかなり大規模なものだったらしい。と、なると、黒部の川筋もかなり荒れているとみなければなるまい」

二人は周囲の男たちにも聞こえるように声を発した。

江戸幕府は、幕藩体制の確立を図るとともに、交通網の整備にも力を注いだ。江戸日本橋を起点とする東海道、中仙道、甲州街道、日光街道、奥州街道のいわゆる五街道の他に、脇街道と呼ばれる五街道をつないだり、五街道の先へ続く街道の整備も行った。越後から日本海沿いに南下し、京都に至る北陸道もその一つである。

北陸道の要所を占める加賀藩にとって、黒部川の反乱は大きな課題であり、往来する旅人にとっても難所の一つであった。昨日までは渡ることができた瀬でも、今日は奔流となって渡ることができなくなり、代わりに多くの瀬を渡河しなければならないことも多かった。さらに、洪水ともなれば、幾日間も足止めとなることも日常的に発生していた。

「黒部四十八ヶ瀬とかや、数知らぬ川をわたりて那古と言ふ浦に出ず。……」このように奥の細道の一節にも記載されているとおり、黒部川は洪水のたびにその流路を変え、多くの派川を発生させていた。この紀行文からも黒部川による扇状地を勝手気ままに流れる大小の瀬があるため、そこを行き来する旅人は難儀を強いられていた様子が伺える。

しかし、土地の人々は、洪水のたびに流路を変えるこの川をいろは川と称し、その四十八ヶ瀬を楽しんでいた様子も伺える。当時の北陸道は、黒部川が氾濫し上流から運んできた砂礫が堆積した高まり（自然堤防）を縫うようにたどり、僅かに高くなっている地点を巧みに利用していたが、雨期や洪水の時期にはこれらの高地も水につかるため難渋を強いられていた。

この現状を知った加賀藩五代当主前田綱紀は、黒部川扇状地の要にあたる愛本村に橋を架けさせた。以来、魚津村、三日市、浦山村、愛本村、舟見村、泊村に至る山寄りの街道を上街道（または夏街道）そして、魚津村、三日市、入善村、泊村に至る海寄りの街道を下街道（冬街道）と称して利用していた。下街道は冬季の渇水期の往来は比較的容易なため利用者も多かったが、雨期や洪水時には上街道が多用されていた。

愛本村は、黒部川が峡谷をなして流下する最終地点に位置し、黒部川扇状地を形成する要の位置に当たっていた。架橋地点は、黒部の川幅も狭まっており、両岸には断崖をなした岩盤が露出していた。

両岸の岩盤を斜めに掘削し、くり抜いた岩盤に九本の斜材を差し込み、両側から川の中央へ向けて突き出した形で橋は架けられていた。さらに、両端と中央部の三カ所の斜材は、下段の斜材が上段の斜材を支えるように、六層に重ね合わせた重ね刎木とし、川の中央部へ向かって突き出していた。そして、両岸から突き出された斜材の上部に三本の桁を載せ、歩行部分を木張りとした構造となっていた。橋の長さは二百六尺、幅員は橋の両端で二十四尺、中央部で十二尺の、当時としては世界にも類を見ないほど巨大な橋であった。

　このような形式の橋梁は、刎《はね》橋と呼ばれ、同じ形式で架けられた甲斐の猿橋とともに知られた橋であった。日本の三奇橋として知られる岩国の錦帯橋、甲斐の猿橋は今日もその面影を残しているが、愛本村の名橋は明治時代中期の洪水で流失してしまった。

　洋上を行き交う白帆から大きな声が届き、離れていた小舟が一カ所に集まるのが見えた。そして、小舟の上に何かを引きずり上げていたが、しばらくしてそれを海面にうち捨て、白帆は再び離れていった。海上には一度は引き上げられた男の死骸が漂っていた。

「土左衛門でも見つけた様子じゃの」

「おおかた、水難に遭った者の死骸だろう。引き上げずに放置したということは、大分痛んでいたのかな。それにしても薄情な奴らだぜ」

「この辺の農民は、洪水ともなると流木を拾いに川へ出るのさ。川原に打ち上げられたものだけにしておけば怪我もないが、中には鳶口を持って、流れている流木を引き寄せようとする奴も居る。上手く引き上げることができれば万々歳だが、中には流木の勢いに負けて、川の中へ引きずり込まれる奴もいるのさ」

「欲に目がくらめば命取りてえことだな」

「まあ、そう言うこった」

　男たちは声を出して笑った。

「何てったって黒部の流れは半端じゃねえからな。俺も一度洪水の黒部を見たことがあるが、濁流で泡立つ波のしぶきで、向こう岸が見えなくなるほどだったよ」

「それだけの流れなら、愛本橋が被害に遭ったてえのも満更、根も葉もない噂ではないかもしれないな」

男たちの言う愛本橋の被害とは、橋の横揺れを防ぐため、斜めに組み付けた振り留め材に流木が激突し、その一部が破損したというものであった。

「愛本の橋を普請したり、洪水で倒壊した家を修復するため、山には多くの木こりどもが入るのは間違いない。この機に乗じてネズコを手に入れよう」

ネズコとは黒檜のことで、常緑針葉樹で樹皮は赤褐色を帯びた樹木で、建築資材として以前より知られた銘木であった。

二

男たちが見立てたとおり、黒部川の流域には多くの木こりたちが入っていった。それは、木こりを生業とする本格的な集団から、被害を受けた村や集落単位の集団まで様々であった。

愛本橋の修理には普請組の役人が当たっていたが、荒廃した街道の修復にも人を配する必要があり、一人の役人が幾つもの現場を掛け持ちせざるを得ない状況になっていた。その為、橋梁工事を管轄する勘定方の役人も投入され、工事の管理に当たっていた。

当時の各藩の体制は、藩独自の組織運営を行うところもあったが、まずは幕藩体制の形を取り入れ、それに藩の実情に応じた組織を加味するなどして組み立てる場合が多かった。当時の体制の多くは、様々な土木工事に関わる奉行をおき、工事の種類や規模に応じてその役割が分かれていた。勘定奉行は河川橋梁の普請を担当し、その配下の郡代や代官が幕府直轄地の土木工事を担当していたし、普請奉行は地形縄張りや石垣の改修や上水の管理を担当していた。

普請という言葉は、仏教の「あまねく大衆に請うて労役に従事してもらう」の意味を持ち、幕府は、諸大名に江戸や幕府直轄地などの土木工事を担当させていた。同様に加賀藩でも普請組の指揮の下、地域住民に夫役を命じ土木工事を行い、地域の振興と防災に当てていた。

黒部川流域への入山は厳しい制限が加えられていたが、この基となったのが元和二年（一六一六）七月に、加賀藩が領民に下した森林保護に関する定め書きである。これは「七本の制」と呼ばれるもので、藩内に生育する松、杉、檜、栂、槻、栗、漆類の伐採に制限を加えるものであった。この定めは、河川保護や水源涵養を目的としたもので、藩が有する林野はもとより民有の林野にまで適用された。これらの伐採が必要なときは、郡奉行や代官の屋敷に赴き、係官からの許しを受ける必要があった。許しを受けた者は、その許可証である極印を受けた後に伐採を行うことができたが、伐採の後には、新たな苗を植林する定めとなっていた。

今回、黒部川に発生した洪水は、多くの村々に被害を与えた模様で、極印を受けに来る集団も多かった。その為、極印を与える場所が、愛本橋へ出向いてきた勘定方と普請組に同行してきた作事組の二手に分かれてしまった。

男たちは、藩から派遣されてきた勘定方の役人と対峙していた。

「小摺戸村の木こり源造他五名、農夫の次介、次右ェ門、介右ェ門、善助そして木こりの作二郎でございます。作事組のお役人から、愛本橋の改修を助けるようにとの命を受け参上いたしました」

役人は台帳を捲っていたが、

「作事組からの連絡は入っておらんぞ。何かの間違いではないのか」

不審そうに目を上げて源造の顔を見つめた。

源造は臆することなく言葉を続けた。

「此度の出水で普請組は街道の整備に忙しく、村々の建物の被害を調べているのが作事組でございます。儂らの村も壊れた家を改修のための、材木切り出しのお許しを願い出ましたところ、愛本橋へ出向いている勘定方の手助けもやって欲しい。極印は勘定方のほうから受け取るようにとのお達しでございました」

役人は一瞬笑みを浮かべた。

「儂らがこの土地に不案内なことを知って、作事組が手を回してくれたのか。ありがたいことじゃ。しかし、ここ愛本村と隣の浦山村の者が既に山に分け入っておる。さらなる人手の必要はないな」

源造は一歩前へにじり寄ると、

「橋を修理する材木は愛本村の人たちで十分とのことですが、儂らは困ります。これから戻ってのお許しとなれば一日が無駄になります。一日でも早く材木を村に届けるのが、木こり源造の役目でございます」

役人は少したじろいだように瞬きをすると、

「おぬしらの言うことも一理はあるの。それでは、ここで証書を書くから、報告は作事組へ届けるのじゃぞ」

そう言って、村名と入山者の名前、そして必要な木材の名称と本数などを記載した書状を手渡した。

「どさくさに紛れてというのは正にこのことだな」

外に出た男たちはそう言いながら、顔を見合わせてニヤリと笑った。

三

黒部川の流れは愛本橋付近で急激に狭まり、ここを扇の要とするかのように黒部川の扇状地が広がっている。河口から三里余りの愛本橋の上流は、広い河原が続き、通常は碧色に彩られた黒部の河水が悠々と流れている。

書状を手にした男たちは、鉞や木挽き鋸を背に負うと、当然のように愛本橋の上流へと足を踏み入れた。

「おい、源造、いくら極印を頂いたからといって、この道を通って良いのか。他の連中は越道峠のほうへ向かっているぜ」

中の一人が心配そうに声をかけた。

「なあに、心配には及ばねえよ。黒部の上流を目指すのであれば、越道峠を越えなければならないが、俺たちは、そんなに上流は目指さねえのさ。近場の山で急ぎ働きをして、さっさとずらかるのさ」

源造は、後ろを振り返りもせずに応えた。

「この川の上流部分は藩の所有に成っているらしいが、下流側の山は、何処かの金持ちの持ち物になっているんだ」

「ということは、他の連中は藩の持っている山へ木を切りにいっているわけだ」

「まあ、そういうわけだ。藩からのお許しであれば、当然藩の持ち山へ分け入るのは当然さ。だから奴らは越道峠を越えて、黒薙谷から黒部へ入り、そこから黒部川上流を目指しているのさ」

「この河原を歩くほうがよっぽど楽だと思うがな」

中の一人が呟いた。

「俺もそう思うが、ここを通っちゃいけねえわけでもあるのかい」

源造は皆に聞こえるように言った。

「確かにこの河原は歩きやすい。しかし、人伝によれば、少し登った所には難所があるらしい。なんでも両岸が断崖絶壁になっていて、荷を負っての遡行は難儀らしい」

「そこを遡行するのは難儀なわけだ」

男たちは、「くだらねえ」などと言いながら笑い合った。

源造の言うとおり、右岸から弥太蔵谷を流入させた地点までは河原も広いが、そこから少し遡ったあたりから、黒部川の両岸には断崖が続き、左岸から流れ込む尾沼谷、野坊瀬谷、嘉々堂谷などからの流れを避けるため、河を泳いで渡らなければならない場所もあり、通常の経路としては利用されていなかった。

「俺たちが目指している山は、個人の持ち物とのことだが、そこの旦那衆が人を差し向けてきたら、見つかる恐れはないのか」

源造はギョロリと目をむいて応えた。

「なあに、その心配には及ばねえ。この辺りの木こりは、こんな夏場に木の切り出しはやらねえんだ。切り出しは、雪が降りはじめる秋の終わりか、雪の残っている春先にやるのが普通だからよ」

「それには何かわけでもあんのかい」

鉈や鋸を持ってはいるが、中には山の事情に疎い者も居ると見えて、源造や作二郎に問いを浴びせる者もあった。

「寒ささえ我慢すれば、山にも分け入りやすいし、切った材木も運びやすい。考えてもみな、雪の上のほうが目的地へ向かってまっすぐ登っていけるし歩きやすい。切った材木も雪の上を滑らせれば運搬も容易なわけだ」

男たちは、流木や木の根などが残っている広い河原を、横並びになって歩みながら、話を続けていた。

「今回は、いつものテッポウを使って木を運ぶつもりだ。知ってのとおりかなり危険な作業だから気を引き締めて当たってくれ」

しばらくして、源造は歩を止めて、皆を見渡しながら言った。

テッポウとは、木こりたちが常用している言葉で、非常に荒々しい木材運搬法である。まず、流水に直角に数本の材木を渡し、そこに木の枝などを組み込み一時的に水をせき止める。次に、川がせき止められてできた貯水池に、切り出した木材を投入する。そして、貯水池が材木で一杯になった時点で、川に渡してあった材木を引っこ抜く。文字通り堰を切ったように流れる流水の勢いで、貯木してあった木材を一気に下流へ運ぶというものである。

ちなみに、大雨の折に発生する土石流の原因として、鉄砲水という言葉が使われるが、これも、川の狭窄部などが流水の障害となり、その背面に水が溜まる。その水圧に押されて周囲の土砂が崩れ落ち、堰を切ったように土砂と河水が混濁して流下するものであり、原理的には同一のものである。

四

黒部奥山廻り役のもとへ、普請組を通じて連絡が入ったのは翌日であった。橋梁補修や家屋倒壊に使用する木材を伐採させるため、多くの木こりたちを黒部川流域へ入れた。それぞれには入山と樹木伐採の許可証である極印を与えてある。遺漏と危険がないよう見回りを行って欲しい旨の伝令であった。

目付の立花賢二郎の命を受けて、現地に向かったのは藤田小太郎と黒田貫太郎であった。二人は山行の準備を整えると、猟師の勘助と二名の農夫を伴い、その日の夕刻には愛本橋の詰め所に到着した。

極印を受け黒部流域へ入山した集団の数は十二組であった。普請組の管轄によるものが九組で、勘定方のものが三組であった。勘定方の記録を転記していた小太郎は、小摺戸村の記載を見て「おや」と言って顔をあげた。

「小摺戸村からの許諾申請は普請組でも受け付けていたな」

そう言って、懐から普請組で転記してきた記録を取りだした。

「一つの村から二つもの申請が出るのはおかしい。どちらか一方が偽りの恐れがある」

小太郎は、勘定方の役人から極印授与の経緯を聞き、

「おそらく、ここで極印を受けた者たちが偽った可能性が高い。それで、その者たちはどちらから黒部へ向かいました」

と、役人に聞いた。

「書類を出したあと、橋改修の打ち合わせがあったため、確かめてはおらぬが、ここを通過した者たちはすべて、越道峠のほうへ向かっておりました」

役人は自信なさそうに答えた。

「禁を犯す者どもは、まともな経路では入山しない可能性が高い。さりとて、我らを二手に分けることは、万一の場合の対応が手薄になる。まずは、越道峠の側から黒薙谷を改め、黒部との合流地点で

再度吟味しよう」

小太郎は、同行してきた一行に向かって指示を出した。

翌朝早く、小太郎たちの一行は詰め所を出立し、昼には黒薙谷を下降していた。小太郎は、奥山廻り役の役人となって、幾度となくこの道を行き来したが、そのたびに、年蔵やその妹八重などとの遠出の思い出が頭をよぎった。見るものすべてが懐かしく思え、小川のせせらぎの音までが当時の郷愁を誘った。


あの事件（その三・針ノ木峠）が起きた翌年の春の浅い日、八重のもとへ三挺の駕籠が到着した。高桑藩の元藩主、高桑主膳の正室奈須殿の一行であった。駕籠の前後を警護する藩士の先頭には、八重と鶴丸を刺客の手から守った、当時の浪人者の姿があり、その後に中間の矢七が続いていた。

浪人の名は和賀哲心といって、高桑藩の後見人となった佐竹藩の家臣であった。高桑藩の実情を知った佐竹藩主は、和賀を江戸屋敷に呼び、鶴丸と八重を密かに護衛するように指示を出していた。佐竹藩の城下にある道場で師範代を勤めていた和賀は、浪人者に身をやつし、八重と鶴丸の一行を刺客の手から守ってきたのであった。

奈須殿は、八重に連れられて外に出てきた鶴丸をきつく抱きしめると、頬ずりをしながら涙を流した。鶴丸は一瞬驚いたような表情を見せたが、奈須殿の涙を受けると母親の胸に顔を埋め、しがみつくように奈須殿に抱きついた。

同行させてきた徳丸と再会した鶴丸を両手に携え、奈須殿は八重に向き直り、八重を強く抱きすくめた。

四弁の花びらのように抱き合うその姿に言葉は不要であった。

奈須殿は、八重の両親と兄の年蔵にこれまでのお礼と迎えの遅くなった詫びを言い、八重を再び高桑藩江戸屋敷へ奉公に出てもらいたいと申し入れた。

年蔵は、奈須殿の言葉を聞きながら、八重の顔を見つめていた。そして、江戸への奉公の話が出たとき、八重の瞳が、一瞬、同席していた小太郎に注がれるのを見た。

小太郎は、顔を伏せながら奈須殿の話を聞いていたが、意を決したように言葉を発した。

「この度の、鶴丸君と八重殿へのお迎え、誠におめでとうございます。また、遠路の旅、さぞやお疲れにございましょう。某は、八重殿の兄者である年蔵の友人の、藤田小太郎政信と申します」

「おお、そなたが小太郎殿か。先の峠越えではひとかたならぬ働きで、八重や鶴丸を守ってくれたとのこと。そなたの活躍は、ここの和賀と矢七から聞いております。本当にご苦労であった」

奈須殿は、小太郎に笑顔を向けながら言った。

側に傅く和賀と矢七も、小太郎に笑顔を向け、目礼で挨拶を送ってきた。

それに笑顔で応えながら、小太郎の口元は引きつっていた。

「恐れながら奥方様に申し上げます」

一同の目は再び小太郎に集まった。

「ただ今、八重殿を再び江戸へお連れになるとのことですが、某は八重殿を嫁にもらいたいと思っております。二人で約束をしたわけではありませんし、未だ、ご両親にお許しを頂きに参ってもおりません。それ故に唐突なこととおしかりを受けることは重々承知してはおりますが、何とぞ江戸への同行は、お許し願いとうございます」

一瞬、八重の顔に紅がさした。そして小太郎に向かって「うれしゅうございます」と小声で応え、両親のほうに向き直り頭を下げた。

「それは目出度いことじゃ。八重、よかったのう。儂は、小太郎が何時このことを言い出すか心配しておったのじゃよ」

年蔵が大きな声を張り上げて八重を祝福した。

奈須殿は、小太郎の一言一言を笑顔を浮かべながら頷くように聞いていたが、

「このような目出度い話が、私の前で繰り広げられるとは、まことに持って目出度いかぎりじゃ。八重のご両親もさぞかしお喜びのことであろう」

そう言って、八重の両親のほうに向かって笑顔を向けた。

「ありがとうございます。儂等も二人が一緒になってくれれば良いのじゃがと、かねがね話し合っておりました。八重、良かったのう」

父の勘兵ヱ衛の言葉に、八重は目頭をそっと押さえた。その肩を、涙をためた母親のタネが優しく抱き寄せた。

このような経緯があり、両家の婚儀もまとまり、今年の秋には祝言が行われることになっていた。

小太郎は、八重の顔を思い浮かべながら越道峠を越えていった。

五

男たちは、黒部川を遡行しながら、山に生育する樹木の林相を探っていた。右岸から弥太蔵谷そして左岸から宇奈月谷が流入する地点を通過した。そこには黒部川の河原の諸所から湯煙が立ちのぼり、石を積み重ねた浴槽の跡が点在していた。

「おい、見ろよ。この辺りは温泉が湧いているようだな」

「湯船のような跡があるということは、村の者どもが、隠れて楽しんでいるようだな」

「儂等もゆったりと、湯治と洒落込みたいところだが、一働きするまでお預けとしよう」

そう言いながら、男たちは上流を目指して登っていった。

男たちが目にした湯煙は、後に愛本温泉として、土地の人々の湯治の場として使われるようになり、近年に入ってから、宇奈月温泉と名を改めた場所であった。

男たちは、そこからしばらく遡行した谷筋で立ち止まった。

源造は、谷間に生育する木々を指さしながら言った。

「この辺りは、ブナや樺の木が多いが、あそこを見ろ。黒っぽく見えるほどの緑の葉を備えた樹があるだろう。あれがネズコよ。見たところ、この谷筋にはネズコが多そうだ。ここで一働きするか」

「で、源造よ。何処へテッポウを仕掛けるつもりなんだい」

作二郎が、谷筋の奥に目を運びながら声をかけた。

「流れが少し弱いが、この谷に仕掛けるしかあるまい」

源造は、顎をしゃくり上げながら目の前の谷を指した。

「いいか、この谷にテッポウを掛ける。テッポウを切れば、材木はここに流れ着く。ここに流れ着いた材木を鳶で引き上げ、五本か六本にまとめて筏に組み直す。その筏に乗って一気に海に出ようてえ寸法さ」

源造の手はずを聞いた男たちは、顔を見合わせながらニヤリと笑った。男たちの目には、船に引かれながら越中の海を越え、京都方面に向かう筏の列が見えているようであった。

源造は男たちを二手に分けた。ネズコの切り出しは作二郎を頭として三人を配し、テッポウの場所を探るため残りの二人の仲間を連れて谷の奥へと消えていった。

源造は、谷が北側に緩く湾曲した地点で立ち止まった。

「この辺りがいいな。幸い、上のほうの川幅も広くなっているし、この狭窄部へテッポウを掛ければ、収穫は大きいだろう」

源造は近くに生えているブナの若木を倒すと、荒々しくその枝を打ち、その末口を対岸の岩場を目掛けて突き刺した。

「いいか。この木に斜めに架かるように、向こう岸から木を懸けろ。枝打ちは必要ないからな。三本ほど懸けたら、その隙間を小さな木で覆え。そうすれば、その後に水が貯まるてえ寸法さ」

男たちは手際よく、付近の樹木を伐採すると、底部に太めの樹木を配置し、その上に細身で長尺な樹を配置した。正面から見ると、谷の地形に合わせたかのように、V字形に木材が配されていた。そして、その隙間は、無造作に伐採された灌木の枝で埋められていた。

やがて上流からの流水は、谷を横断した形で作られた障害物に遮られ、少しずつ溜まっていった。

源造たちのもとへ、樹木切り出しの鉞の音が、周囲の山にこだましながら届いてきた。

「おっ、作二郎たちもいよいよ取りかかったようだな。俺は切り出しの現場へ向かうが、お前たちは適当な場所を探して小屋掛けをしておいてくれ。言うまでもないが、よそから焚き火が見えねえ場所にしろよ」

源造はそのような指示を与えると藪の中へ身を翻し、切り出しの音の響く方向へと登っていった。

源造が藪の中を進む速度は、平地を歩むのと変わらない速さであった。

源造が切り出しの現場に差し掛かったとき、ズズズズドシャーンという大音響とともに、一本のネズコが切り倒される音が響いてきた。

源造が駆けつけると、作二郎が歯をむき出して笑いながら言った。

「この辺りには、随分と育ちの良い樹が生えてるぜ。今切ったのが最初の一本だが、その根元は優に三尺はあったぜ」

と、得意げであった。

「あまり大きな木は、枝打ちも容易ではなく、運搬も手数が掛かる。根元が二尺程度のものに統一したほうが、作業がやりやすいんじゃあないか」

源造が言うと、枝打ちをしていた次介が頷きながら言った。

「あまり太いと切り出しにも時がかかる。源造の言うとおり太さを統一したほうが、筏に組むときも楽だぜ」

「よっしゃ。できるだけ真っ直ぐな樹を捜して切れよ。幸いなことに、ネズコはあまり大きな枝を張らないから枝打ちも容易だぜ」

作二郎はそう言って、近くに立つネズコの大木に手を掛け、上を見上げた。

三人一組で行われる、男たちの切り出しは見事であった。目的の樹を定めると、斜面の方向を見極め、樹の倒れる方向を定めた。まずは、樹を倒す側の根元に鉞を入れ、大きな溝を刻んだ。次いで、反対側の根元に溝を入れ、その溝の奥にのこぎりを当て曳いていった。

目的の樹が倒れそうになると、大きな声を出し仲間に倒木の合図を送り、倒す方向へ樹の腹を押した。切られたネズコの大木は、大音響とともに斜面に倒れ込み、その勢いに乗って斜面を滑り落ちた。斜面を滑る樹木の枝は、周囲の灌木をなぎ倒したが、同時に、ネズコ自身の小枝もうち払われていた。

男たちは、残った木の枝を鉈や鋸で払い、四間ほどの長さで末口を揃えると、斜面の下に貯まっているテッポウの水面目掛けて、樹木を滑り落とした。

藪の中に一本の運搬路を確保すると、男たちは、細身の丸太を敷いたり並べたりして、切り出したネズコが転がりやすい環境を整えていった。

空が赤味を帯びた夕刻を迎えるまで、カーン、カーンと、ネズコの根元に打ち込まれる鉞の乾いた音が、周囲の山々にこだましていた。

六

黒部川が黒薙川を合流させる地点は、大きく広がり、満々と水を湛えた淵が広がっていた。黒薙川からの土石流によって運ばれてきた土砂が、自然の堤防を形作ったように横に広がり、その背面に両河川からの河水が貯えられていた。黒部川の本流はその淵を右側に巻くように、小さな渦を伴いながら流れていた。

碧色の水を湛え、両岸の岩肌を黒く映し出す湖面は、神秘的な雰囲気を醸し出していたが、ある種の不気味さも漂っていた。小太郎は幾度となくこの広大な淵の畔に立ったが、叔父の八兵ヱが目にしたという怪魚の魚影に出会ったことはなかった。

黒部川の河原に降り立った小太郎たち一行は、二手に分かれて、付近で切り出しをしている木こりたちの検分を行った。彼らは切り出した樹木の運搬路として、黒部川の奔流を想定しており、比較的川筋に近い場所で伐採を行っていて、テッポウなどのような、荒っぽい運搬方法を想定している集団はなかった。

検分を終えた小太郎と猟師の勘助は、白い玉石が点在する河原へ降り立った。彼らの足音に驚いたのか、一匹の蛇が、身を暖めていた転石の上から滑り出し、山裾のほうへ逃げ出した。勘助が木の枝で行く手を遮り、その枝で蛇の頭を軽くなでるような悪戯を試みた。蛇は一瞬、鎌首を持ち上げ威嚇の形を取ったが、身を翻して淵の湖面に向かい、湖面上を身を左右に振りながら泳ぎだした。

小太郎は、これまでも蛇が水面を泳ぐ姿には見慣れていたが、その見事な泳ぎっぷりには何時も感心していた。誰に教わったわけではないのに、その泳ぎは芸術的であり、湖面に残る波紋もまた美しいものであった。

突然、湖面を泳ぐ蛇の背後に、黒い魚影が忍びより、蛇を水中に引きずり込んだ。一瞬にして泳ぎの波紋が消え、代わって、跳ね上がった魚影の鰭に打たれた丸い波紋だけが広がっていった。

「何だ、今の魚は」

小太郎は、八兵ヱの話を思い浮かべながら声を発した。

「大岩魚ですよ。この辺りには三尺を超える岩魚がうろうろしてますよ。奴らは雑食ですから、何でも食べます。それにしても可愛そうなことをしてしまったな」

勘助は神妙な顔つきで、蛇の消えた湖面を見つめていた。

「それにしても、あの鰭の大きさからして、相当な大物だろうな」

「確かに大きい岩魚ですが、あれぐらいのものはこの辺には多く生息しています。奴らは自分と同じぐらいの長さの蛇なんぞは、苦もなく水の中へ引きずり込みますよ」

勘助からは驚いた風もない、淡々とした答が返ってきた。

「この辺りには、怪魚が巣くっているとの噂があるがどうじゃ」

「この辺りよりも、上流のカベッケガ原のほうが大物は多いようです。しかし、この辺りには淵の主らしい、大岩魚が居るという噂は聞いたことがあります。でも、私は見たことはありません」

噂は猟師の勘助にも届いていた。

小太郎は、検分に当たった黒田からの報告を受け、転記してきた書き付けに目を通していた。黒田に同行した農夫が、

「藤田様。舟見村の一行に顔なじみがおり、そいつの話なんですが」

と、おそるおそる声をかけてきた。

「彼らは、この合流点の下流側で切り出しをやっておりますが、昨夜というよりも昨日の夕方、切り出しを終えて休んでいるとき、黒部の下流からの鉞の音を聞いたと言っておりました。彼らは、山持ちの旦那が切り出し人夫を雇って、樹を切り出しているのだろうとのことですが、何か変ではありませんか」

小太郎は頷きながら黒田の顔を見た。

「ここから下流側での許可を与えられているのは、舟見村と厚木集落の者だけだ。おそらく、小摺戸を名乗った一味の仕業であろう。明朝、この川を降って検分する必要があるな」

黒田も大きく頷いた。

「この下は、流れもあり難儀な道で、多少の危険はあるがやむを得ないだろう。藤田殿と儂、それに猟師の勘助は川を降る。お前たちは荷物をまとめて峠越えで戻ってくれ」

黒田の提案に、小太郎も頷いた。

七

男たちが作り上げたテッポウの水面には、およそ二十本ほどのネズコが貯留されていた。

「いいか、明日の朝はテッポウを切る。下で筏に組み、これに乗って越中とはおさらばする。手抜かりなくやるんだぞ」

源造の声が飛び、茶碗酒に酔った男たちの髭面を、焚き火の明かりがさらに赤く照らしていた。

「俺と作二郎の二人でテッポウを切る。なあに、最初に斜めに渡した材木があったろう。あれを引っこ抜けば、あとは、この水が運んでくれらあ。あれを抜くときに一工夫しなければならないが、俺たちは手慣れているから大丈夫さ」

源造は、作二郎のほうを向いてニヤリと笑いながら言葉を続けた。

「手前たちは、黒部との合流点で流れてくる材木を待ち受け、それを鳶で引きずり上げろ。そして、その場で筏に組んでおけ。筏に二人ずつ乗るとして、組む数は三つだな。材木には大小があるから、五本か六本を目処にすればよい」

男たちは、筏を組み上げるときに使う、葛の蔓を火にあぶりながら話を聞いていた。葛の蔓は火を通せば柔らかくなって、結束作業などはやりやすくなり、しかも、多少の衝撃を加えても切れることのない強度を有していることを、男たちは長い経験から知っていた。

男たちは、柔らかくなった葛の蔓に鉈で切れ目を入れ、縦に蔓を裂いて小さな束にすると、背負子にくくりつけた。そして、夜露を凌ぐだけの小屋掛けの中に潜り込むと、簑を体に巻き付け深い眠りに入った。それは、山慣れした荒くれ者にしか貪れない眠りでもあった。

翌朝、男たちは荷物をまとめると、源造と作二郎を残して沢を降り、黒部川との合流地点に到着した。

仲間の四人が合流地点に到着した頃合いを見計らって、源造は作二郎を促し、テッポウの基になっている丸太に手をかけた。

「この丸太をそのまま引っこ抜けば、俺たちも流れに引き込まれる恐れがある。この丸太に、別な丸太を結びつけて、彼処の木の根本を頼りにして、梃子の要領でこの木を引っこ抜く」

そう言って、準備していた材木を丸太に斜めに取り付けた。

「それじゃあ行くぜ。サイノ、セッ」

二人は声を合わせて、結びつけた丸太に肩をかけ、上方へ引き上げた。
ズ、ズッという振動が肩に伝わり、斜めに張っていた丸太が動きはじめると、沢を覆っていた樹枝が一気に崩れ、轟音とともに貯留されていた水が、浮かべていた材木を載せたまま落下していった。
「よおし、上手くいったぜ」

二人は側にあった荷物を手にすると、風のようにその沢に飛び込み、滑るように走り降りていった。

テッポウを切った響きは、下流にも同時に伝わってきた。

「さあ、来るぞ。抜かるんじゃあねえぞ」

男たちは鳶口を構えると、黒部川の上流側へ一列になって散っていった。

男たちが散ると同時に、激流が黒部の河原に落下し、数本の丸太が飛ぶように黒部川の対岸に打ち上げられた。その後に続くように、残りの丸太も束のようになりながら落下してきた。

落下した沢の水は、一瞬、黒部川の上流側にも散り、男たちを水浸しにしたが、しばらくしていつもの流れに戻っていった。

「川に流された材木は鳶で引き上げろ」

男たちは川に飛び込むと、流れに乗って下流へ動きはじめた木材の回収に当たった。

そこへ、源造と作二郎も駆けつけた。

「途中、流れ損なった材木が三本ほど沢に残っていたが、あれはあきらめよう。これだけ集まれば首尾は上々よ」

沢の流れの勢いで対岸まで飛び河原に転がった木材と、流れから引き上げた木材を含めると十八本のネズコが男たちの足下に転がっていた。

「よし、六本ずつ束にして筏に組み上げろ」

源造のかけ声が飛び、男たちは、鳶口を器用に扱いながら木材を転がし、筏を組みはじめた。黒部川の川岸に五本の丸太を揃えて浮かべ、それを葛の蔓で互いを堅く結んだ。そして、木材に直交するように小さな丸太を数本横に配し、長距離の運搬にも耐えられる構造体に組み上げていった。残りの一本を筏のほぼ中央の溝に横たえ、座ったり足を踏ん張る場所をも確保し、帆を立てるためと黒部川の奔流を操るための竹材を投げ入れ、準備を終了した。

男たちの遙か上流に、川を泳ぎ渡ってくる人影が目に入った。

「拙い、奥山廻り役の奴らだ。早いとこずらかろう」

男たちは、竹竿で岸辺の岩を押し、組み上げた筏をそろそろと流れの本流に乗せると、河口を目指して下りはじめた。

八

男たちが行動を開始したほぼ同じ時刻、小太郎の一行も黒部川の下降に入っていた。しばらくは黒部川の右岸の河原を歩むことができたが、河水が河原のなかで蛇行し、右岸に連なる岩棚に沿って流れる場所に突き当たった。

「この岩棚を高巻く手もあるが、滑落の恐れもある。何処かに浅瀬があるはずだからそこを探して徒渉するしかあるまい」

猟師の勘助が川の流れに沿って歩きながら、徒渉に適した場所を探した。

「お役人様。この辺りしか渡れそうな場所はありません。少し流れの勢いも強いので気を付けてください」

そこは、河原のなかで川の流れが左から右へ転流するほぼ中間に位置する場所で、浅瀬があるとはいえ、深いところは腰まで水に浸からなければ徒渉できない場所であった。小太郎と黒田は、刀や書き付けを頭の上に結びつけ、そろそろと河床に足を踏み入れた。早朝の川の水は刺すように冷たく、しびれるような痛さが足を包み、しばらくすると足の感覚が麻痺したようになり、足の痛みは感じなくなったが、頭の芯までそのしびれは伝わってきた。

対岸に上がった一行は、その場で飛び跳ねたりしながら暖を回復し、山袴や小袖は濡れたまま追跡を開始した。

「多少の寒さには慣れているから驚かないが、この冷たさには敵わないな」

「寒さを感じるところと、冷たさを感じるところは別々のようです」

などと軽口をたたき合いながら、若い二人は河原を下っていった。

しばらくすると、両岸が岩棚で囲まれた廊下状になった場所に行き当たった。

「ここからしばらくは、このような瀞が続きます。岩棚の割れ目や突起を頼りに水の中を行きますが、ところによっては、泳がなければならない場所もあります。気を付けてください」

勘助の言葉に頷きながら、

「気を付けてといわれても、問題はこの水の冷たさだな。しかし、気合いを入れていくしかあるまい」

二人はにっこりと笑い合いながら、河水の中に足を踏み入れた。

猟師の勘助が先導となり、岩棚の突起に両手をかけ、身を浮かしながら岩肌にしがみついた。そして、右手を伸ばし次の突起を掴むと、足を水中に泳がせ、岩肌の裂け目や突起などを探りながら足場を捜し、そこを起点にして体を移動させていった。このような遡行を繰り返しながら小太郎たちの一行は、少しずつ黒部川を下降していった。

流れの方向が変わる場所では、対岸の岩棚へ移動しなければならない場所もあり、そのような場所では、川の中を泳いで対岸にたどり着く必要があった。黒部川の流れは、左右からの谷の流入により、その流れの方向を変えるため、首まで水に浸かっての泳ぎも頻繁であった。

当初はあれほど痛く、しびれをもたらした川の水にも慣れ、岩肌に取り付きながら話もできるようになっていた。

「このような難所があるから、廻り役の面々もここを通らず、越道峠の道を選んでいるわけだ」

小太郎の声に勘助が答えてきた。

「お役人さん方はともかく、荷物を背負ったらここは通過できません」

「もっともなことだ。先人はよく地形を知っているよ。そういう意味では今回は良い経験になったといえるな」

黒田がもらした言葉に、三人の笑い声が岩棚に響いていった。

瀞が終焉を迎える地点からは、下流の河原が目にはいるようになり、白い転石の広がる彼方の水辺に、動き回る人影が確認できた。

「おっ、居たぞ。奴らが盗伐を企てた一味に違いない。やっと追いついたぞ」

小太郎たちは、黒部川を流れ行く筏を目で睨みながら下降を急いだ。

九

小太郎の一行は、岸に這い上がり小袖に含む水を切ると、川岸を走って男たちの追跡を開始した。黒部川が右に湾曲した断崖に遮られて、男たちを乗せた筏の影は捉えられなかったが、小太郎の一行は転石の間を飛ぶように下降していった。やはり猟師の勘助の足は速く、二人は置いていかれる形勢であったが、若い体力でそれを補っていた。

湾曲した断崖の下にたどり着いた勘助が、小太郎たちに向かって声をかけてきた。

「藤田様。奴らの筏は次のカドも曲がってしまったようで、影も形もありません。この様子からすると、奴らは筏下りにも長けた連中のようです」

追いついた小太郎が心配そうに聞いた。

「我らが走るよりは、川の流れのほうが速そうだな。せっかく追いついたのに、みすみす逃がしてしまうことになるのか」

「確かにこの辺りは流れが速いですから筏のほうが先に行きます。でも、心配はいりません。この下には流れの遅いところもあります。そこで追いつけるでしょう」

小太郎と黒田は、安堵の面持ちで顔を見合わせた。

幾つかの湾曲部を越えたところで、小太郎たちは、男たちの筏を目に捉えた。そこは、男たちが登ってくるときに見た河原から温泉の湧出している場所で、黒部川の流れも緩くなり、川幅も広がっていた。

筏の底が、川底に引っかかっている様子で、男たちは筏を降りてその背後に回り、膝まで水に浸かりながら、懸命に筏を押していた。やがて、男たちの力で押し出された筏は、黒部川の奔流へと移動していった。

岸辺に走り寄った小太郎は、持参した書状をかざしながら、

「我らは、加賀藩の奥山廻り役の者だ。吟味の筋がある。直ちに筏を止めろ」

そう言って、川岸を筏の流れに併せて走った。

男たちは無言であった。

「止まらぬとあれば致し方ない。役儀によって捕獲いたす」

小太郎の警告が終わるやいなや、筏の上から「しゃらくせえ」という怒声とともに、細身の丸太が岸辺に投げ込まれた。

カランカランと湿った丸太にしては乾いた音を立て、河原を転がりながら、小太郎たちの足下にまで届いてきた。転石で不規則に跳ね返った丸太は、黒田の足をかすめて止まった。

「手向かいいたすか。許さぬぞ」

小太郎と黒田は、川底を蹴って動き出した筏に走り寄った。

筏の上では、男二人が鳶口を振り回しながら抵抗をはじめた。

小太郎めがけて打ち下ろされた鳶口の軌跡を瞬時に読み、一歩前に踏み込んだ小太郎は、その柄を

袖口で挟み取ると、力任せに柄を引き次の瞬間大きく押し返した。男はもんどりうって筏の上に倒れ込み、足場を崩して水面に転がり落ちた。男はしばらく水中でもがいていたが、筏に手をかけ立ち上がると、水面を走りながら鳶口を突き立ててきた。

小太郎は刀を抜き、繰り出される鳶口の引きに乗じて水面を飛び、男の利き腕を軽く引いた。男は傷口を片方の手で押さえると、その場にへたり込んだ。

「このやろう」

もう一人の大柄な男が、小太郎めがけて鳶口を打ち込んできた。作二郎であった。先ほど丸太を投げつけたのもこの男で、力自慢らしく鳶口を繰り出す速度も並はずれて速かった。小太郎は、刀でその柄を摺り上げながら外し、手元に飛び込もうとしたが、鳶口を引く速度も速く、打ち込みに窮していた。

操る人手を欠いた筏は、河水の流れに翻弄され、岸に張り出す岩角に激突した。この衝撃で平衡を欠いた作二郎の隙をついて、小太郎は筏の上に飛び乗った。筏の上での睨み合いが続いたが、作二郎が繰り出した鳶口を刀で受け止め、それを割るように繰り出した小太郎の一閃で、鳶口の柄が二つに裂けた。

作二郎は、一瞬目を見張り信じられないという表情を浮かべ、小太郎を睨んだ。

「おい。作二郎。逃げろ」

先頭の筏に乗る源造からの声を受けると、作二郎は残った柄を小太郎めがけて投げつけ、踵を返し、水面に飛び込み隣の筏に走り込んだ。そして、竹材を川底に突き立て、勢いを付けると川下に向かって筏を繰り出した。

小太郎に腕を切られた男は、黒田と勘助に取り押さえられていたが、黒田も丸太を避けた際に足を痛めたと見え、顔をしかめていた。

「奴らの残した筏で後を追おう。勘助、筏は操れるか」

「自信がありませんが、やってみましょう」

小太郎の一行が筏を川面へ滑り出したとき、男たちの筏は遙か遠くを流れていた。

十

男たちは二台の筏に分乗し直し、竹の棒で川底を突きながら下降を急いでいた。

「やられたのは善助か。捕まった者は仕様がねえが、奴らだって命まで取ろうとはしないだろう。まあっ、助けに行って俺たちまでフン捕まっちゃあ、元も子もねえからな。奴には悪いがこのままトンズラさせてもらおう」

源造は筏の舳先に立ち、忌々しそうに声を張り上げた。

「それにしても、あの若造め。俺の繰り出す鳶を切りやがった。こんなことははじめてだぜ」

作二郎は悔しそうに顔をゆがめて怒鳴った。

男たちは筏の扱いに手慣れている様子で、小太郎たちの筏は次第に引き離されていった。

「間もなく愛本橋の普請場に出る。普請場の連中が気がついてくれれば良いが、奴らのことだから言葉巧みに逃げおおすだろう。急には舟の準備もできないだろうから、この筏で追うしかあるまい」

小太郎の予想通り、男たちの筏は普請場の者たちに疑われるどころか、ご苦労さんなどのねぎらいの歓声を浴びながら、矢のようにその場を通り過ぎていった。

普請場に着いた小太郎は、怪我をした黒田をそこで降ろし、書き付けと大刀を詰め所に預けると、代わりに樫の木刀を持って筏に乗り込んだ。筏に慣れていない小太郎にとって、木刀は舟上の均衡を保つ杖にもなるし、また、できるだけ人を切るのは避けたかった。

猟師の勘助に代わって、漁師を生業とする治助が急ごしらえの櫓を結び、黒部川の本流を降りはじめた。筏の上には、一人では危険が大きいとの判断から、黒田に代わり勘定方の藩士が二人同乗していた。

四里ほど降った河口付近に男たちの筏を見つけると、小太郎は筏の上に立ち上がり、逃亡を直ちに停止して潔くお縄に着くよう警告を発した。

男たちは焦っていた。河口までは竹竿を駆使して奔流を下り、河口付近からは一旦筏を止め、櫓を結んでから沖にこぎ出し、沖合に出たところで帆を揚げる予定だったが、その準備が整わない時刻に小太郎たちの追跡を受け、櫓を結ぶ間もなく小太郎たちの筏が近づいてきたからである。

「ええいっ、ここは一か八か帆を揚げてしまえ。上手く風を捉えられればこっちのものだ」

源造の怒鳴り声に、男たちは「おうすっ」と声を発し、帆柱の立ち上げに入った。

帆柱を立ち上げ、かねてから準備のしてあった帆掛け布を掛けようとしているところへ、小太郎たちの乗った筏が勢いよく突っ込んでいった。

双方の筏が激しく揺れ、互いに腰を屈めての睨み合いになったが、男たちは鳶口や竹竿を振り回して小太郎たちの乗った筏を遠ざけようとした。

カツンと小太郎の乗った筏に打ち込まれた鳶口の柄を、持っている木刀で斜めに払うと、柄は刀で切られたように二つに切れた。その時、作二郎の繰り出した鳶口が小太郎目がけて飛んできた。それは、一瞬身を引いた小太郎の小袖の袂に当たった。均衡を失った小太郎はもんどりうって海面に落下し、続いて作二郎も海面に転げ落ちた。

水中で身を翻した小太郎は、持っていた木刀で作二郎の鳩尾を突いた。作二郎は声もなく、両手をだらりと下げたまま沈んでいった。

水面に顔を出した小太郎目がけて、源造の鳶口が飛んできた。木刀を両手で抱えその打ち込みをかわすと、小太郎は瞬時に息を吸い込んで、沈んでいる作二郎のところまで潜り、襟首を引っ張って水面に引きずり上げた。

水面に引きずり上げられた作二郎の姿を見た源造は、

「野郎ども。ここまでだ。手向かいはやめろ」

大声を発して、男たちを鎮めた。

筏の上に引き上げられた作二郎は、気を失っていたためか水も飲んでおらず、小太郎の背中への活で気を取り直した。横になったまま周囲を見渡していたが、情勢は判断できたと見え、起きあがり筏に座り込むと深々と頭を下げた。

丁度その時、黒田からの報告を受けた藩士たちを乗せた舟が到着し、男たちは藩士に引き立てられた。後ろ手に縛られ、舟に移された源造は、筏を離れる間際に小太郎に向かって、

「この度は、とんだご迷惑をおかけしてしまいました。まことに、相済まんと思っております。その上、子分の作二郎の命まで助けていただきありがとうございました。このご恩は忘れません」

と言って、深々と頭を下げた。

小太郎は、「二度とこのようなことをするでないぞ」と戒めて、笑顔を送ってやった。

気がつけば、夏の陽は西に大きく傾き、越中の海に沈もうとしていた。真っ赤な太陽の光を受け、海面に赤い光の帯が延び、沈む太陽の花道を形作るように輝いていた。その赤い光の帯の中を、これまた帆を赤く染めた一隻の小舟が横切っていった。

その五　「内蔵助平」

一

雪の壁が裂けて崩れ落ちてくるような激しい吹雪が続いていた。幕がたなびくように吹きよせる雪が男たちを絶え間なく打ちつけた。

荒くれた戦国武者も、まともに顔を上げることもできず、しばらくは、烈風に背を向けて耐えるしかなかった。その襟足からも、巻き込まれた雪が吹き込み、既に極限に達している男たちの体温を奪っていった。

男たちの多くが、手に足にそして顔に凍傷を負っていた。

雪に撃たれるように、藩士たちは一人二人と雪中に倒れ込んでいった。その影に、吹きすさぶ白い魔物が襲いかかり、瞬く間にその跡を消していった。

天正十二年（一五八四年）十一月二十三日、時の越中領主であった佐々成政は、百二十余名の家臣を引き連れて、越中から佐良佐良峠を越え黒部川に至り、更に針ノ木峠を登り信州への山越えを行っていた。

この時期は、現在の陽暦に換算すれば、十二月二十四日のキリスト生誕前夜の日に当たり、正に、北アルプスが厳冬に突入した時期であった。登山装備や登山技術の発達した今日ですら、危険が多く近づく人の少ないこの地を、百二十名を越える集団で踏破するということは、無謀に近い暴挙であった。

佐々成政は、この山越えを敢行した後は、浜松の徳川家康を訪ね、羽柴秀吉（後の豊臣秀吉）を討つために、ともに兵を起こすことを依頼しようとしていた。家康に会いに行く以上、見窄らしい陣備えでは失礼に当たるとの思いがあり、百二十名を超える家臣団を引き連れての山越えとなったのであった。

立山山麓に住む猟師や木こりが動員された。彼らは集団の先頭に立ち雪を踏み固め、家臣団はその踏み跡を辿ったといわれているが、打ち寄せる吹雪や寒さは想像を絶するものがあった。

この山越えで、家臣団の大半が雪中に没し、信濃の国に辿り着けたのは、領主佐々成政以下六名の家臣団のみであったという。身分の高い者は、先導する猟師や木こりが準備した雪洞に転がり込み、暖を摂ることも可能だが、身分の低い者は自分で雪洞を掘る必要があり、暖などは望むべくもなく、体力の限界を迎えるのは早かった。ましてや、負う荷も多く装備も貧弱であったことがこの悲劇につながった。

山慣れた猟師たちは、カモシカやウサギの皮を身にまとい、藁で編んだ雪靴の内側には、水気は通さないといわれるカモシカの皮を巻き、凍傷などへの備えを怠らなかった。雪靴も丈夫なものにするため、藁の中にアケビの蔓を編み込み、型くずれしない頑丈な作りとなっていた。

これまでの行程で、同行した藩士の半数近くが吹雪に呑まれていたが、佐良佐良峠を越えた地点で更なる猛吹雪に襲われ、一行は停滞を余儀なくされた。

勘定方からの一員として、この山越えに同行していた岩内左門は、配下として同行させてきた五名の藩士を己れの雪洞に呼び寄せた。

「お主らの命を、儂に預けてくれ」

左門の第一声はこれであった。

藩士たちは、黙って頷いた。藩士の全てが手や足に凍傷を負い、彼ら自身の気持ちの中に「行きも地獄なら帰るも地獄」との意識があった。しかし、役目遂行の意気だけは衰えず、眼光は鋭さを有していた。

左門は「さすが、俺が選んだだけのことはある」と内心に喜びを隠しながら言った。

「明日、我らはこの隊を離れる」

左門の雪洞に、頭だけを突っ込んで聞いている男たちの背を、吹雪の轟音が通り過ぎていった。

「その折に、お主らがここまで負ってきた荷は、そのまま負っていってもらう」

男たちは一様に四貫を超える荷を負わされていた。筵で固く包まれた荷の中には、小さな瓶が並べられ、その中には黄金が詰められていた。黄金は佐々成政が、徳川家康と会見した折、軍資金として差し出す予定のものであった。

男たちに、筵の中身は知らされていなかった。

「明朝早く、ここを出立する。他言は無用じゃ。このことは、ご領主様もご承知のことだ。重ねて言うが、他言は無用じゃ」

そう言って左門は、男たちに獣の皮を二枚ずつ手渡した。

「明日の案内は、猟師の源助、源次兄弟に依頼してある。これは、彼らを通じて猟師仲間から買い集めたものだ。足に巻くなど好きなように使えばよい」

地域から動員された猟師や木こりたちは、収穫した獣の皮を多量に運び込み、冬山に不慣れな藩士たちに、高額で売りさばいていた。

翌朝早く、源助兄弟に先導された男たちは、吹雪の刈安峠を越え、水面が棘のように結氷している黒部川の河原に降り立った。そして、氷の上に隊列を組み直し下流目指して歩んでいった。

その足跡を、白い雪が瞬く間に覆い消し去った。

二

黒部の谷には厚い雲が沈み、その雲の先に信州側の高峰が黒く浮かんでいた。そして、その峰々は、越中と信州を遮る屏風のように聳えていた。

立山三山の一つ、雄山に建立されている雄山神社で、宮司見習いとして奉公に来ている伸助にとって、朝一番に小屋の外へ出て、目の前に聳える剣岳の岩峰にご機嫌を伺い、次に、故郷の信州側の山々を眺めることは、一日のはじめの日課となっていた。

社務所に溜め置く水瓶の面にも、時折薄い氷が見られるようになったこの時期は、高山の草木もその葉や実の色を変え、やがては全山を赤や黄色の彩りへと変えていく兆しを見せていた。

　このような時期は空も空気も澄んでおり、いつもであれば、遠く連なる信州側の山並みの後方には、さらなる雲海が続いているのが普通であった。そして、その雲の連なりを割るように、真っ赤な太陽が顔を出し、一日がはじまっていた。

　しかし、今朝の空には厚い雲が覆い被さっており、雲海との区別すらつかなかった。太陽の光が夜と朝とを分ける一日のはじまりではなく、いつの間にか朝になっているような夜明けであった。

　伸助は、何時も腰を下ろす岩の棚に立って、その空を眺めていたが、いつもの時刻になっても、雲海と空の雲とを割って太陽が現れることはなかった。

「今日は、お天道様もご機嫌斜めだな。これからは、天気も悪くなりそうだな」

と独り言を言い、「おおっ、寒い」と肩を抱きすくめるように腕を組み、小屋の入り口を目指して走り出した。

　伸助は、小屋に入る前に、眼下に続く稜線に目をやった。立山一の越と呼ばれる峠から、立山信仰総本山の雄山神社への急坂を、一人の山伏が登っていた。彼は兜巾をつけ、笈を背負い、手にする錫杖を軽々と操っていた。

「一人で夜を徹して登ってきたらしい。案内人をつけていないところを見ると山に慣れた修験者のようだな」

　そうつぶやいて伸助は小屋の中へ入った。

　立山信仰は、古くから多くの信徒を集め、夏季を中心に賑わっていた。通常は、立山山麓の岩峅寺や芦峅寺に参拝し、その宿坊に宿を借り、翌日早朝に案内人の先導で室堂を目指すのが一般的であった。

その登山経路も、一時は称名川沿いの経路をたどる時期もあったが、常願寺川に称名川が合流する千寿ヶ原と呼ばれる地点から、材木坂の急坂を登り弥陀ヶ原に至る経路が一般化していた。途中千五百尺にも及ぶといわれる称名の滝を左手に眺めながら、弘法茶屋、追分、姥石、鏡石などの名所を経て室堂に至るなだらかで見晴らしも良い経路である。

室堂からは、一の越へ向けた緩やかな坂路を辿ることになる。途中、祓堂と呼ばれる祠で邪念を祓い一の越へ至り、そこからは急峻な稜線を登って雄山神社に至っていた。

参拝者は、雄山神社での祈祷を終えると室堂に戻り、さらに足を伸ばして、地獄谷の噴煙やミクリガ池の蒼さを楽しんでいた。地獄谷では、多くの噴気口から吹き出す火山ガスや蒸気と灼熱の噴水、そして、硫黄に覆われた荒涼たる岩の斜面が、仏教で言う地獄を彷彿させ、信心深い立山の参拝者はその眺めにただ恐れ入っていた。

伸助にとって、山伏は僧侶と同じ格式の者との認識があった。ともに合掌し念仏を唱えるが、発する言葉も異なっており、胸に下げる数珠の形も大きさも異なっていたが、ともに修験者であるという点が両者を結びつけていた。

朝の仕事を終えて外に出た伸助が目にしたのは、遠く大汝山へ続く稜線を行く山伏の姿であった。

「あの坊さん、何処へ行くのだろう。富士ノ折立から地獄谷へ出るのかな」

独り言を言いながら、人の気配を感じて上を見ると、社務所に続く岩棚の上に、社務所で雑務を任されている弥助が立っていた。弥助は腕を組みながら、眼光鋭く件の山伏の動きに目を注いでいた。

「やあ、弥助さん。お早うございます。何か心配事でもおありですか」

伸助は笑顔で声をかけた。

「心配事という程のこともないが、いくら山慣れした山伏でも、この先の道は難儀だから少し心配になっただけだよ」

弥助は、山伏から目を離さずに答えてきた。

弥助は、雪解けが過ぎ、雄山神社を開く頃になると、毎年手伝いに来る男であった。在所は有峰のほうにある集落とのことであったが、誰も詳しいことは知らなかった。それでも、立山一帯の地形に詳しく、働き者で山慣れした弥助は、社務所の人々にとってはなくてはならない男であった。彼は宿坊や雄山神社を雪の中から掘り起こす作業を手はじめに、参拝路の維持管理にあたっていた。このような社務所の雑用をこなしながら根雪が降りはじめ、宮司たちが、小屋をたたんで下山するまでの半年近くを、社務所で過ごしていた。

立山の山容を仏の姿にたとえ、膝を一の越、胴を二の越、肩を三の越、頭を四の越そして頂上を五の越と命名された登山路は、室堂を基点として整備されたもので、信者の多くはこの経路を辿って雄山神社に至っていた。一方、信州側から針ノ木峠を越え黒部川を渡り、佐良佐良峠から獅子岳、竜王岳、浄土山を越えてくる者もあり、この参拝は裏詣でと呼ばれていた。しかし、黒部地域への入山に制限が加えられた時期から、この裏詣では禁止されるようになっていた。また、雄山神社から先の稜線は、真砂岳から大汝山などへのなだらかな登山路が続くが、その北方に位置する別山乗越から先の剣岳方面への稜線は、鳥も通わぬといわれるほど急峻な岩峰がつづき、近づく者はなかった。ただ、富士ノ折立を過ぎた鞍部付近からは、浄土川の源流を降り、地獄谷背面へ向かう修験者も見かけられた。

梅雨明けの時期からしばらくは、この沢筋には多くの残雪が残っており、その上を下降することも可能だが、夏も終わりに近づいたこの時期になると、残雪も後退して岩盤が露出しているため、かえって歩きにくい経路となり、この降りを利用する者は少なかった。

三

伸助が予想したとおり、その日の午後から天候は急速に悪化していった。社務所に打ち付ける風雨も強くなり、夜に入ってからは足元の小石を吹き飛ばすような烈風が吹き荒れるようになった。

強い風と雨は二日間にわたって吹き荒れた。この間、社務所に隣接する宿坊には、立山講の信者たちが停滞を余儀なくされ逗留していた。信者たちは案内人の手ほどきを受けながら粗末な食事を分けあい、飢えを凌いでいた。

嵐の去った翌朝は、山全体がなま暖かく湿っており、周囲は靄のような薄い霧で覆われていた。遠く信州側から、ぼんやりとした太陽が昇りはじめると、周囲の霧が紫色に輝いて見えた。

空を含む全山が紅色に染まることはめずらしいことではないが、全てが紫色に覆われる光景は、伸助にとってははじめての経験であった。身体をも染めそうな紫の中に身を置きながら、伸助はいつものように、剣岳に向かって手を合わせて頭を下げた。その伸助の耳に、遠く、錫杖が石を打つ音が聞こえてきた。

振り返った伸助の目に、雄山神社を目指して登ってくる二人の山伏の姿が映った。

「あれ、まあ、またまた早い到着だこと。それにしても、今年は坊さんの修験者が多いな。何かあったのかな」

伸助は独り言を言いながら、二日前に大汝山を目指していった一人の山伏を思いだし、この嵐を無事に過ごせたか心配していた。

山伏たちは、雄山神社の前でしばらく合掌していたが、社務所に立ち寄り祈祷を依頼することもなく、早足で大汝山方面へと降っていった。

外へ出た伸助は、二人の山伏の後を追うように、弥助が足早に途中の岩峰に登り、彼らの行く先を注視している姿を目にした。社務所から少し離れたその場所は、真砂岳から剣岳への稜線が手に取るように見渡せる地点であった。

朝食を終えたころになると、周囲を覆っていた霧も消え、空には青空が広がりはじめていた。

「今朝方の、紫色に染まった霧は、やはり女の腕まくりだったな」

伸助は、最近教えてもらった流行言葉を口にしてニヤリと笑った。

俗に、「朝霧は女の腕まくり」などといわれ、朝霧の立つ日はその後に晴れることが多く、女人が腕まくりをして洗濯に当たることを示唆した言葉だが、女人が腕まくりをしても、その腕力はさほどでもなく恐れるに足りないことから朝霧の立つ日は雨が降ってもたいしたことはないなどと、その日の晴天を示唆する言葉としても広まっていた。

斜めの太陽を受けながら、案内人に先導された多くの信者が雄山への急坂を登ってきた。嵐のあった二日間を、室堂の宿坊で過ごした信者たちは、白い装束に身を包み、久々の晴天を喜ぶかのように笑みを浮かべながら、急坂に取り付いていた。

その中には少年たちの姿も見えた。古くから越中を含むこの地方では、立山詣でを済ましていない男の子は、一人前の若者とは認めてもらえないしきたりがあり、年頃になると競い合うように、雄山神社への参拝を目指していた。

少年たちは、それぞれの故郷から拾ってきた小石を懐に収め、参拝を終えた後はその小石を雄山山頂に奉納した。参拝を済ませた少年たちは、立山権現と書かれた紅い旗をひるがえし、社務所で購入した鈴を高らかに鳴らしながら、誇らしげに山を降っていった。

少年たちが、周りからの祝福を浴びながら降っていくのとすれ違うように、今度は三人の山伏が山頂を目指して登ってきた。

山伏たちは、雄山山頂を望む岩場に膝を折ると、首に懸けた長い数珠をおろし、大きく頭上に掲げながら念仏のような言葉を発して、幾度も頭を垂れて合掌していた。伸助の耳には、山伏の唱える念仏が「アビラウンケンソワカ」と聞こえていた。

祈りを終えた山伏たちは、前の山伏たちと同様に室堂へは戻ることはなく、大汝山を越え真砂岳方面へと向かっていった。

一行の行き先を確認するためであろうか、再び岩峰へ登っていた弥助が、腕を組みながら思案気に山を降ってくる姿を伸助は目にしていた。

そして、その晩、弥助が雄山神社の宮司に対し、暇をもらいたいとの願い出を出したとの話を聞いた。

翌朝、弥助は伸助が起き出す前に山を降っていた。

日頃から実直な性格で、周囲の人々から慕われていた弥助が、皆への挨拶もそこそこに山を降ったことで、何か身内に不幸でもあったのではないか、などという話題にもなったが、伸助は、弥助が山伏たちに見せていた警戒心が、その原因ではないかと感じていた。しかし、それがどのような理由によるものかは分からなかった。

四

弥助は、室堂までの登山路を走るように降り終えると、弥陀ヶ原の中程から左に道を取り、松尾峠から立山温泉に向かって、その急坂を降りていった。立山温泉で早めの昼食を摂り、常願寺川へ注ぐ真川沿いの河原を遡行し、スゴ一ノ谷やスゴ二の谷に懸かる瀑布を左手に眺めながら、折立峠を越えると、有峰集落のある方角へと降っていった。

有峰集落の家々には灯りが点り、茅葺きの屋根から囲炉裏の煙が白く吐き出されていた。夕げの匂いが漂う集落でも足をとめることなく弥助は東谷に沿った道を選び、程なくして十数軒の藁葺き屋根の建つ集落へ入っていった。

長い難儀な道のりを踏破してきたとは思えない、静かな佇まいのまま、弥助は集落の長老が住む家の戸をたたいた。

弥助の報告を受けた長老は、それぞれの家に使いを走らせ、長老の家に集まる指示を出した。すぐに、長老の家には六名の若者が集まった。弥助を加えた七名の若者に向かって、長老はおもむろに口を開いた。

「今戻った弥助の報告によれば、立山の内蔵助平に不審な山伏が侵入したとのことじゃ。しかも、一人や二人ならいざ知らず、六名もの集団での入山は、何事か意図を持った動きとも考えられる。お主らは、明朝にここを発って、山伏たちの動きを観察してくれ」

そう言って、周りを囲む若者たちを見渡した。

老人の左の頬は大きく肉がそげ落ち、指示を与える左手の指は、その大半が第一関節から先は失われていた。しかし、指示を与える口調には張りがあり、若者を見つめる眼光は鋭く、その瞳は鷹の目のように光っていた。

「お主らも知ってのとおり、我らは、先のご領主様より軍資金の一部を預かっている。これは、先の佐良佐良越えの折に、儂を含めた、お主らの先代たちに託されたものじゃ。我らは、これを何があっても守らなければならない。それが、我らに課せられた命であり、ここに生まれてきた者の定めなのじゃ」

若者たちは、無言で頷いた。

「先のご領主様より預かった軍資金は、二カ所に分けて埋蔵してある。めったに露見することはないが、噂が噂を呼び、この埋蔵金を探し歩く不心得者が出るようになった。ただ単に、内蔵助平に踏み込んだとて、埋蔵金の在処を探し当てることは不可能だが、万が一ということも考えられる。従って、かの地に、埋蔵金の発掘を目的として入山した者は、気の毒だが、始末しなければならない」

若者たちは、頬を紅潮させて、互いに目と目で頷きあった。

「先のご領主様が、豊臣秀吉により切腹させられ、領地を没収されてはいるが、儂等は、その命を受け軍資金を守っている。軍資金管理は、ご領主様からの直接解除の命を受けるまでは、継続しなければならない。軍資金の埋蔵場所は、絵図面にしてこの集落内に保存してある。その場所は、代々の長老が引き継ぐことになっている。我らは、未来永劫この地に根を張り、先のご領主様の軍資金を、守っていかなければならない」

長老は、ここで息を継ぎ、続けて言った。

「そのためには、命を懸けてもらうこともある。命を失わないためにも、これまで鍛錬を重ねてきた武術を活かしてくれ」

長老は顔を上げ、遠くを見るように天を仰いだ。

「お主らにも気の毒じゃが、これが主命なのじゃ」

若者たちは、立山講の信者が身につけている白装束に身を固め、翌日の早朝には集落を離れていた。家人の見送りも戸口までで、戸外に出て別れを惜しむ者はなかった。

長老は、戸外を進む若者たちの足音を確かめるように聞き耳を立て、深いため息をついた。

五

伸助には、弥助が急に暇を取ったため、彼の雑用の一部が回ってきたが、日頃の弥助の親切を考えると苦にはならなかった。

社務所の外に出て、登山路の整備を行っていた伸助の後方から、白装束に身を固めた一団が近づき、伸助を追い越していった。

伸助は「ご苦労様です」と挨拶を交えながら一行をやり過ごしたが、最後尾の男と目が合い仰天した。彼は、一昨日暇を取って山を降った弥助その人だったからである。

「あれ、まあ、弥助さんじゃないの。どうしたんですか」

弥助は、苦笑いをしながら伸助に近づき、

「私の村の人たちが、立山詣でをしたいと言うものですから、迎えに行ったのですよ。突然で申し訳ないし、仕事も増えたと思いますが、あと暫くは勘弁してください」

と頭を下げた。

「なあに、良いですよ。皆さんを送ったらまた戻ってきてください」

仲助は、笑顔で弥助に応えた。

社務所に戻った仲助は、弥助に会ったことを皆に話したが、他に弥助を目撃したという者はなく、白装束の一団が、参拝もそこそこに大汝山へ向かって、飛ぶように降りていったという話を聞いた。

「よう、仲助さん。精が出るね。お元気ですか」

登山路の整備に戻った仲助は、急坂の下から声を掛けられた。

「あっ、藤田様。気がつかずにご無礼申し上げました」

そこには、奥山廻り役の藤田小太郎政信の笑顔があった。

「さあ、さあ、どうぞ奥へお入りください。お疲れでしょう。今、お茶を用意します」

仲助は、小太郎たちの一行を社務所に案内し、世話をはじめた。

「ところで、弥助さんは居りますか。忙しいところを申し訳ないが、我らを内蔵助平へ案内してもらいたいと思って参ったのだが」

小太郎をはじめとする黒部奥山廻り役の一行は、立山から別山までの稜線を検分し、内蔵助平を経て内蔵助谷を降り、黒部川へ出る計画となっていた。その案内を、立山地域の土地に精通した弥助に頼もうというものであった。

立山には、氷河期の遺物といわれる圏谷が残っており、雄山直下にできる大きな圏谷は、室堂側から正面に仰ぐように見ることができる。形状もよく人気が高い。が、強い西日を受けるので、夏には堆積している雪も消えてしまうことが多い。一方、富士ノ折立と真砂岳を結ぶ稜線の下に広がる圏谷は、残雪の量も多く遅くまでその形をとどめている。

扇形に削り取られた窪地には、べったりと雪が張り付き、その要に位置する底部には、氷河が移動した時に削った堆積物が小高い丘のように残っている。その間を縫うように、溶け出した雪渓の水が染み出し、やがて、大きな流れとなって黒部川へ注いでいる。この一帯を人々は内蔵助谷と呼んでいる。

この内蔵助谷の流域に、南北半里、東西二百間ほどの盆地が広がっている場所がある。この地が内蔵助平と呼ばれる台地で、周囲を立山の高峰に囲まれ、立山連峰の内ふところの様相を呈する、神秘的で静寂な場所である。

小太郎からの問いに伸助は答えた。

「弥助さんは暇をもらって、今はおりません」

「そうか、それは残念だな。彼の他に誰か内蔵助平に詳しい者はいないかな。伸助さん、あなたは如何ですか」

伸助は「とんでもない」と手を振りながら断り、

「でも、ひょっとしたら、弥助さんは内蔵助平のほうに行っているかもしれませんよ」

と言って、嵐の前後に相次いで稜線を渡っていった山伏のことや、弥助が彼らの行く手を注視していたことを話した。そして、今朝方、暇をもらったはずの弥助たちの集団が、山伏の一団を追うように稜線に消えたことを話した。

「それは妙な話だの」

横から、廻り役藩士の黒田が声を出した。そして、呟くように言葉をつないだ。

「内蔵助平に謎ありきか。何か、事でも起こらなければよいが」

小太郎とて同じであった。

「それではご一同、案内人はいないが通い慣れた道ではある。事件の心配はないかもしれませんが万一ということもある。事のおきる前に阻止できればそれにこしたことはない。彼らが浄土川を降って地獄谷方面、あるいは剣岳や大日岳方面へ向かったのならば問題はないが、仮に、入山御法度の内蔵助平に無断で入ったとなれば、そちらの取り締まりも行わなければならない」

一行は、身支度を整えると社務所を後にした。

六

嵐が来る前の日に立山を通過した山伏は、富士ノ折立を過ぎた鞍部で後を振り返った。後に続く者や稜線に人の姿のないのを確かめると、未だ雪の残っている内蔵助圏谷へと足を向けた。黄色に色づく細い砂を敷き詰めたような斜面を慎重に降り、やがて残雪がべったりと張り付いた雪渓の上に立った。雪渓の上部は吹き飛ばされた砂が堆積し、黄色や黒のまだら模様を呈していた。そして、その雪渓の底からは万年雪が解けて流れる、サラサラとした水音が伝わってきた。

「この様子では、雪面を踏み抜く危険があるな」

山伏は、一人呟くと雪渓の中央部を避け、右岸に近い雪面を選択すると、滑るようにその雪面を降っていった。そして、圏谷底部の岩棚の上に辿り着くと、たった今通過してきたばかりの稜線を見上げた。そこに人影はなく、稜線を急ぎ足で通過する雲だけが動いていた。しかし、雄山に連なる岩峰の陰から、山伏に鋭い目を注ぐ弥助の姿を発見することはできなかった。

嵐があけてから入山した一行は、先の山伏が通過した経路の跡を追うように内蔵助谷に懸かる雪渓の上を歩んだ。風雨による浸食で稜線はもとより、雪上の踏み跡は跡形もなく消滅していたが、先に通過した山伏の軌跡をそのまま追うように、一行は雪渓を降っていった。彼らも、岩峰の陰からの弥助の目には気がつかなかった。

弥助が宮司に対し、暇をもらいたいと願い出たのは、その日の夕刻であった。

山伏たちは、圏谷底部の堆積物を越えると、内蔵助谷に沿って下降をはじめた。やがて沢筋の傾斜が緩くなり、沢の左右には、夏には咲いていたと思われる花々の茎だけが風に揺れていた。彼らは沢に沿った斜面を下り、広い台地を眼下に見下ろす場所に出た。

内蔵助平と呼ばれる台地の正面には、黒部別山南峰と大立《おおたて》岩面《がびん》の岩峰が衝立のように聳え立ち、その下を流れる沢筋を幽谷の趣に仕立て上げていた。その岩峰の下部に氷河でえぐられたような窪みがあり、その下を渓谷の清流が流れていた。

嵐の後に立山に入った山伏たちは、いつの間にか五人一組の集団となっていた。その集団を目にした一人の山伏が、祠のようになった岩の窪みから這いだし、男たちに向かって声を掛けた。

「おおい、ここだ、ここだ。二日も嵐に祟られて、食料も底をついてしまったよ」

「やあー、やっと会えたな。この嵐で心配していたところだよ。それにしても元気そうで何よりだよ」

集団の先頭を行く山伏が笑顔で応えた。

六名になった山伏たちは荒れ地の上に笈を下ろし、それに腰を掛けるようにして車座になった。中には、たばこ盆を取り出し一服火をつける者もあった。

「ところで、何ぞ収穫はあったか」

山伏の中の頭領と思しき男が、山に留まっていた山伏に声を掛けた。

「嵐の二日間は身動きもできなかったが、その後は、あの辺りを中心に岩を掘り返してみたが収穫はなかった」

山伏は、たった今自身が這いだしてきた祠のような岩棚を指さして答えた。

「見渡したところ、財宝を隠すには格好な場所だ。それだけに、その場所を探し当てるのは容易なことではなさそうだな」

この、頭領の言葉に、別な山伏が疑問を呈するように言った。

「しかし、彼らが財宝を埋めたのは、山々に雪が積もり、周囲が氷に閉ざされた時期だ。そのような中で、凍り付いた岩を動かし、土を掘り返すことは不可能に近い。埋めたとすればそのように深い場所ではあるまい」

「もっともな意見じゃ。しかし、噂によれば、彼らは大きな火をおこし、岩肌を焼いて氷を解かし岩を動かした。そして地面を掘り下げて壺を納め、再び岩を元に戻したとのことじゃ」

「彼らも命がけでやった仕事だ。簡単に見つかる場所は選ばないであろう」

一同の中に沈黙が流れた。

「そう言えば、このことを聞き出そうとした若者も、自ら命を絶ったからな」

一同は、苦い思い出を突きつけられたように、再び黙りこくった。

七

作次は気の弱い男であった。

しかし、村の長老や今は亡き父親から言われ続けていたことは、常に頭に留め、任務も忠実に務めていた。

言われ続けていたことは、次の二点であった。

「よいか、お主等がまだ生まれる前の話になるが、儂等はご領主様の命を受けて、徳川様へお会いに行く行列を離れたのじゃ。そして徳川様へ持参すべき軍資金の一部を、人知れぬ場所へ隠したのじゃ。儂等はこのことを他言することなく、この財宝を守り通さなければならない」

「お主等は各地に散って、ご領主様の財宝を探し当てようとする動きを探り、そのような動きがあれば直ちに報告に戻り、この集落の者の総力を挙げて、探索に来た者どもを成敗しなければならない」

天正十二年佐良佐良峠越えの列を離れた一行は、猟師源助兄弟の先導により内蔵助平に軍資金の一部を埋めると、再び峠を降り鍬崎山の麓を通り、有峰集落の奥へと歩を進めた。峠を戻る雪道には、同行していた藩士が折り重なって倒れ、凍り付いて転がっていた。男たちは涙を流しながら合掌し、冥福を祈りながら雪道を駆け降った。

薬師の森（現・薬師岳）や太郎山に続く尾根筋を源流とする和田川の上流には、盆地が広がっており、源平の合戦以来、平家の落人が隠れ住んでいるといわれる集落があった。その地を越中の人々は有峰と呼び、豊富な森林資源を有するこの地との交流を続けていた。

男たちは、有峰の集落を通り過ぎると、森林に覆われた平地に居を構えた。そして、人知れず越中に降り、家族を伴って山に戻り生活をはじめていた。越中の街中にも佐良佐良越えの悲劇は伝わっており、そのための一家離散があったとしても、誰も不審に思わなかったことも、隠蔽には好都合であった。

作次は成人を迎えると、加賀の材木問屋に働きに出かけた。街に出た作次を待っていたものは、集落では呑むことも少なかった酒であり、着飾って歩く女の姿であった。何時しか作次は酒と女の虜になり、酒に酔った勢いと女に注目されたい一心から、何時しか佐々成政の黄金伝説を口にするようになっていた。

このことが、女の口から材木問屋の主人の耳に入り、主人の口から藩上層部の役人にもたらされるようになった。藩の要職を務める役人は、密かに藩士数名を配し、作次の挙動と生家などを調べさせた。

　政策上の探索を繰り返してきた藩士にとって、作次の素性や素行を調べることは造作もないことで、やがて、有峰集落の東方にある集落の存在までが知られるようになった。

　藩士たちは確証を得るため作次を番所によんだ。

「材木問屋桝木の奉公人作次に相違ないか」

「へい、木挽町の材木問屋桝木にお世話になっている作次でございます。私奴に何か御用の筋でもあるのでしょうか」

「二三吟味したい件があってここに来てもらった」

　役人は鷹揚に頷きながら作次を見下ろした。

「私奴は酒に目がなく、多少飲み過ぎることはございますが、人に後ろ指を指されるようなことをした覚えはございません」

「そのことじゃ。お主は酒の席で黄金伝説を吹聴し、人心を乱しているとの訴えがあった。それは誠か」

　作次の顔に緊張が浮かんだ。

「私は、人伝に聞いた話を酒の肴にしているだけでございます。決して確証があってのことではございません」

「それでは、お主にその話をした者の名を申して見よ。その者も厳しく吟味する必要がある」

　作次は、何処かの酒の席で小耳にはさんだ話であるとか、酒場の名前は記憶にないなどと言い訳に終始していたが、話が生家の集落の場所にまで及ぶと黙りこくってしまった。

役人たちは、白州での吟味をうち切り、担当者数名による吟味室での取調べに変更した。自白を強要する様々な道具が使われ、作次に過酷な取調べが行われたが、作次は黄金伝説や生家について語ることはなかった。

そして、三日目の晩、舌をかみ切って自らの命を絶った。

役人たちは、作次が街で話した内容を書き留め、その中からおおよその筋書きを読みとった。それは内蔵助平のどこかに軍資金の一部が隠されていること、そして、それに関する絵図面が作次の集落の何処かに隠されていることなどであった。

藩の高官は、手の者を集め指示を出した。

「このことを公にすれば噂が噂を呼び混乱する恐れがある。数名の者で内蔵助平の探索を行わせよ。その際、かかる場所は入山禁止措置のとられているところでもあり、隠密裡に入山する工夫を行うように。そして、命を絶った若者の住んでいた集落に、探索の人手を差し向ける準備をするように」というものであった。

命を受けた藩士たちは、山伏に身をやつし、修行のための入山を装い、内蔵助平に入る算段を整えた。集落への探索には、住民の抵抗をも考慮に入れ、鉄砲隊を含む数十名での編成とする計画を立てた。

山伏に身をやつした一行は、集団では目立ちすぎるとの配慮から、小人数に分けての入山となり、三回に分けた雄山神社の通過となったのであった。

八

弥助たちの一行は、人目につきやすい雪上での移動を避け、富士ノ折立に続く岩稜を降り、内蔵助平を見渡すことができる尾根に沿って内蔵助平に近づいていった。

彼らの動きは、足音をたてることもなく、走っても木々を僅かに揺らす程度の素早さであった。そのため、山伏の一行は、修行を積んだ藩士の集団であったにもかかわらず、自分たちが後を付けられ、さらに監視されていることには全く気がつかなかった。

内蔵助平を見下ろす尾根からの監視により、山伏たちの行動が明らかになった。台地のほぼ中央に荷を解き、そこに二張りほどの小屋掛けを行い、二人一組になって周囲の岩室などの探索に当たっている状況が判明したのである。

三班に分かれた山伏たちは、内蔵助平の北側にある黒部別山山麓の探索に当たっているのが二班で四名、残りの二人は、内蔵助平から内蔵助谷となって黒部川に流れ込む、谷筋の岩場を探索していた。

弥助たちの一行は、内蔵助谷への入り口近くを探索している二人組を、包囲する形を整えながら尾根を降った。弥助たちの三人は上流側にまわり、二人が下流側にまわった。そして残りの二人は尾根筋から二人の山伏に近づいていった。

山伏姿の藩士二人は、大立岩面からの岩峰を仰ぎながら、内蔵助谷に続く岩肌を舐めるように検分し、人工的な手が加えられている場所の有無を探していた。

気配を隠しながら二人を包囲した弥助たちは、岩陰や木立に一体化すると、トリカブトの毒を鏃につけた矢をつがえ、二人組に狙いをつけた。

弥助は岩陰から身を起こすと、二人の背後に近づき、静かに声を掛けた。

「何かお探しものですか」

ギョッとして振り向いた二人は、立山講の白装束に身を包んだ弥助を見ると、居丈高に声を荒げて言った。

「黙れ、お前ごときに答える筋合いはないわ。お前こそ何をしておるのじゃ」

「私どもは、この地にて埋蔵金を守っている者でございます。このまま、この地を去られれば命まで取ろうとは申しません。即刻、この地をお離れください」

二人は驚いた表情を浮かべたが、弥助一人と見て侮ったのか、背に負った刀の柄に手を掛けると、

「それは好都合だ。お前から財宝の在処を聞いたほうが手っ取り早そうだな」

そう言いながら、刀を抜いて弥助に近づいていった。

突然、鹿の鳴くような合図の音が響き、一斉に矢が放たれた。

放たれた矢は、正確に二人の胸や首を射抜き、二人は声も出さずにその場に崩れ落ちた。見る間に、毒が回った顔が紫色に変色していった。

弥助たちは男たちに合掌すると、その体を岩陰に隠した。

内蔵助平の台地に戻った弥助たちは、残る四人の動向に注視していた。そして、二つの班が離れて行動する機会をうかがった。

間もなく二人の山伏が、内蔵助平の北側にある平地を探索するため、流れ込む小さな沢に沿って登りはじめた。その姿が灌木の間からも見えなくなると、弥助たちは内蔵助平の台地に残り、黒部別山に続く尾根筋を探索している二人に近づいた。そして先刻と同様、二人を遠巻きに取り囲んだ。

ものの動く気配と、押し寄せるかすかな殺気を察した山伏の一人が振り向いた。しかしそこには人影はおろか、動く動物の姿すら見いだすことはできなかった。

何ともいえない不安を感じた山伏は、川下で探索を続けている班に向かって声を上げ、同僚藩士の名を呼んだ。

その声は、大立岩面の荒々しい岸壁にこだまし、内蔵助谷へと吸い込まれていったが、下流側からの応答はなかった。

「内藤殿の班は如何したのであろうか」

山伏の一人が相方に顔を向けながら問うた。

「おそらく、谷筋の下流へ回って探索しているのであろう。それにしても、聞こえぬほど遠くを調べておるのかのう」

相方からはのんびりとした答えが返ってきた。

その背中に、空気を引き裂く音とともに、二本の矢が突き刺さった。

一瞬、身を低くした山伏の耳元を、これまた二本の矢がかすめ去り、付近の岩に当たってはじけ飛んだ。

「何者だ」

腰を屈めて刀を抜いた山伏の目の前に、弥助をはじめとする白装束の一団が走り寄り、中の一人が山伏の胸に飛び込むように滑り込み、短剣を胸に突き刺した。

山伏は、抜いた刀を振り下ろす間もなくその場に転倒した。その体は、白装束の一団に押さえ込まれ、その喉元に短剣が突きつけられた。

「声を出すな。声を出せば喉元をカッ切るぞ」

押さえ込まれた山伏は、足をばたつかせ全身をバネにして起きあがろうと抵抗したが、押さえ込まれた体はビクともしなかった。

「お前たちは何者だ。儂等は藩の命を受けてこの地を探索している者じゃ。狼藉は藩への反逆になるぞ」

山伏の口から、血を吐くような怒声が絞り出された。

「何を目的とする探索かを聞かせて頂こう」

弥助が低い声で糾した。

「藩命を軽々に口にできるか」

山伏は、弥助を睨んで吐き捨てるように言った。

「それではお命を頂戴するしかありませんな」

「狼藉者じゃ」と大声で仲間に警告を発しようとする山伏の喉が、弥助によって一瞬のうちに切り裂かれた。

弥助たちは、その場を離れると飛ぶように周囲に散り、残りの二人の山伏が降りてくるのを待った。

内蔵助平の北に続く草地の奥から、

「おーい、どうした。何かあったのか」

遠い声が届き、木々が揺れて走り降りてくる足音が届いてきた。

「おーい、佐伯殿。何か見つかったのか」

二人の山伏は台地に駆け込むと、大立岩面の岩峰に向かって声を掛けた。しかし、二人が目にしたのは、喉元を切られ岩畳の上に転がる佐伯と、背を射られて岩壁に崩れ落ちている仲間の死骸であった。

息を呑んだ二人は、探索に使っていた錫杖を投げ捨てると刀を構え、油断無く辺りを見渡した。しかし、周囲からは人の気配はもとより足音さえも伝わっては来なかった。

「ど、どうしたんだ。内藤殿たちは無事かな。おーい。内藤殿」

山伏たちは、背中合わせに周囲を睨みながら声を発した。

しかし、その声に応える声はなかった。

「だ、誰にやられたんだ。出てこい。俺が相手になってやる」

虚勢を張った声が空しく内蔵助平に響いた。

「おい、ひょっとしたら、佐々成政の祟りじゃあないか」

一人が怯えたように、腰を引いて呟いた。

「ば、馬鹿なことをぬかすな。おそらく、財宝を狙う別な奴らにやられたんだろうよ。それにしても、その奴らは何処へ行ったんだ」

二人は及び腰のまま周囲を見渡したが、その顔は恐怖に歪んでいた。

「おい、このままでは儂等も危ない。藩に戻ってことの顛末を報告したほうが良いのではないか」

「それもそうだな。それでは、急いでここを離れることにしよう」

二人が、小屋掛けした自分たちの根城へ戻ろうとしたとき、

「仲間の死骸をうち捨てたまままここを離れるのか。侍てえのは薄情なもんだぜ」

森の中から声が掛かり、白装束の一団が木陰から姿を現した。

「出、出たー」

一人の山伏が恐怖に顔を引きつらせながら、走り去ろうとした。その正面に大手を広げた弥助が立ちはだかった。

「待て、動くな。逃げようとしてもそれは叶わぬことだ。逃げようとすれば、弓矢を放つぞ。この矢にはトリカブトの毒が塗り込められている。動かぬほうが身のためじゃ」

二人の山伏は、へなへなとその場に膝をついた。

二人を後ろ手に縛り上げた一行は、この地、内蔵助平へ侵入したわけを糾した。材木問屋に奉公する若者を締め上げ、その所在地を告白させようとしたが叶わず、人伝てを頼っての探索であることが判明した。

材木問屋に奉公する作次が、取調の途中で、舌を咬んで自らの命を絶った経緯を聞いた弥助たちの目に涙が溢れ、怒声とともに刀が振り下ろされ、一人の山伏の首が飛んだ。絶叫して逃げ出そうとその場に立ち上がったもう一人の山伏も、怒り狂った集団の刀のサビと消えた。

弥助たちの一行は、山伏たちの死骸を岩陰に並べ合掌すると、暮色さす内蔵助谷を降りはじめ、黒部川本川へと降っていった。

九

小太郎たちの一行が、内蔵助圏谷の雪渓に到着した頃には、空には夕焼けが広がりはじめていた。そして、内蔵助平に続く平地にたどり着いた頃には、夕闇が辺りを包み、夏には咲き乱れていたであろうチングルマの種子が、綿帽子のように白く揺れるのが目に付くだけであった。

空に残る僅かな明るさを頼りに一行は、一夜を過ごす簡単な小屋掛けを済ませた。その場所は、山伏たちが根城にしていた仮設小屋から、僅かに離れた場所であったが、余人の滞在など微塵も考えない一行にとっては、この地に仮設小屋が存在すること自体考えられないことで、その近くに小屋掛けすることは無理のない判断であった。ましてや、この地は加賀藩による入山御法度となっている場所でもあった。

床に就いた小太郎は、動物たちの吼え叫ぶ声を耳にして夜半に目を覚ました。その吼え叫び合う声は、おびただしい数の動物たちが群れをなし、諍いを繰り返しているように聞こえた。

「獣どもの様子が、ただならぬようだが何かあったのかな」

小太郎は、隣から起きだしてきた猟師の勘助に尋ねた。

「あれは狐の鳴き声です。皆は、狐の鳴き声は、コンコンという取り澄ました声のように思っていますが、餌を奪い合ったり、威嚇するときなんぞは、あのようにギャーギャーと鳴き叫ぶものなんですよ」

「あれが狐の餌を奪い合う声だとすると、何かあったのかな」

小太郎は独り言を言うように呟いた。

「昨夜、この地に入ったとき、何か嫌な気配があり、かすかに血の臭いがしたように感じました。気のせいかなと思っておったのですが、やはり何かあったようですね。朝になったら早速調べてみましょう」

猟師の勘助が、小屋掛けの中の一行に聞こえるように言葉を発した。

夜明けとともに小屋掛けの地を発った一行は、直ぐ近くに別な小屋掛けがあり、山伏が背にする笈が並べてあるのを発見した。異変を感じた一行は、四方に手分けをして周囲を探索した。間もなく、二カ所から驚きの声が発せられ、全員がその場に駆けつけた。

そこには、獣などの餌食となり食いちぎられた山伏たちの躯が、無惨な形で転がっていた。間もなく内蔵助谷のほうからも二人の遺体が見つかった。

小太郎は、笈の中を調べ、身元の確認を行おうと思ったが、身元に繋がる遺品はなく、笈の周囲には、修験者には不要と思われる石ミノや金槌が散乱していた。

　町奉行へことの次第を告げる使いを出した後、一行は周囲の検分を行い山伏たちの行動を記録し、藩士の到着するのを待った。しかし、検視の役人は二日たっても到着せず、上席である目付を伴って現地に到着したのは、三日目の夕刻であった。

　検視に当たった目付は、山伏たちの死骸を見ると一瞬驚いた表情を見せたが、直ぐに荼毘に付すように命じた。そして、このことを他言することのないよう厳しく言い渡して、翌日の早朝に内蔵助圏谷を登り、奉行所に戻っていった。

　小太郎たち、黒部奥山廻り役の一行は、内蔵助谷を降り黒部川本川に出ると黒部川を遡り、通称、黒部平と呼ばれる地に建つ丸太小屋に到着した。そこは、見廻り役が巡視する際に前進基地として使用する小屋であった。

　盛夏の頃は、越中と信州との間を往来する旅人の安全を確保するため、藩士が交替で詰めることもあるが、この時期になると常駐する者はおらず、たまたま、通りかかった藩士が立ち寄り、異常があれば記録書にことの顛末を記載するようになっていた。

　丸太小屋の奥の戸棚に置かれた記録書によれば、事件に関する記述はなかった。ただ、四日ほど前の記録の一文に、信州側からの七名の信者に対し、佐良佐良峠からの雄山までの道のりは、尾根づたいに辿るのではなく、一旦、室堂に出てからの行程を指示したという文面が残っていた。

　今更確かめようのないことだが、この信者たちは弥助たちの一行で、内蔵助平を通過してこの地に至り、信州側からの信者を装い廻り役の目を欺き、再び越中側へ戻ったものと推察できた。

小太郎は、ひょっとしたら内蔵助平の山伏殺害も、彼らの仕業ではないかとの疑いを持った。しかし、六人もの命を奪ったそのわけは思いつかなかった。実直を絵に描いたように働く弥助の姿と、内蔵助平での殺戮とを結びつけることはさらに難しかった。

十

内蔵助平で、山伏に変装した藩士の死骸を確認した目付は、芦峅寺までの道のりを駆け下りると、そこで早馬を仕立てて、藩の高官が待つ屋敷へと急いだ。

夜が更けているにもかかわらず、藩高官の屋敷には赤々と篝火がたかれ、多くの侍や足軽が集団となってたむろしている姿が見えた。

集団の輪を蹴散らすように屋敷に飛び込んだ目付は、高官を含めた主だった役人たちの前で、内蔵助平へ調査に出した六名の藩士は、何者かの手によって全員殺害されていたことを報告した。

藩の高官は目を瞑って軽く顎を曳いたが、周囲の役人たちは色めき立った。

「彼らを殺ったのは何者だ」

「どうして彼らが殺られたのだ。皆、かなりの使い手ぞろいではなかったのか」

「殺った奴らは、彼らの目的を知っていたのか」

「内蔵助平には魔物が住んでいるのか」

これらの問いかけに答えられる者はいなかった。

暫くして、黙想を続けていた藩の高官が口を開いた。

「何者かが、内蔵助平に近づく者を排除していたのであろう。そ奴らがここに常駐しての仕業か、あるいは常に監視していたかは定かではないが、内蔵助平に人を近づけない行動を続けていたことは明らかだ」

そう言いながら、高官は周囲の役人を見渡した。

「これはあくまでも推察だが、さきの越中藩藩主佐々成政公の残党が、この地の何処かに身を潜め、埋蔵したと伝えられる当時の軍資金を守っているのではなかろうか。そのように考えればこれまでのことにも合点がいく」

周囲の役人たちも身を起こし、顔を見合わせながら頷いた。

「今回の内蔵助平の捜索は、舌を咬んで自害した若者の話が発端となっている。あの若者の出身集落が、御家老の申される成政公の残党の住む場所であろうか」

「そのように考えるほうが妥当であろう。であれば捜索隊を組織して、彼の集落を捜索しては如何でしょうか」

「いやいや、それでは生ぬるい。鉄砲隊を含めた討伐隊を組織して集落を囲んで威圧し、集落の長に事情を聞くようにする。そこで恐れ入って埋蔵金のことを白状すれば良し。逆らうようであれば、集落を焼き討ちにすべきだ」

「内蔵助平で殺された同輩の弔い合戦だ」

役人たちの論議は、次第に過激な方向へと発展していった。

御家老と呼ばれた藩の高官は、黙して聞いていたが、隣に座る役人に静かに尋ねた。

「隠密狸に集められる兵力は如何ほどになる。また、それだけの兵を動かす口実は何としたものか」

「既に、藩士や足軽は三十名ほどは集結させてあります。さらに鉄砲隊を含め五十から六十名ほどの人手は、今夜中には何とかなります。御懸念の口実ですが、御家老様の鷹狩りとでも称したら如何ですか」

「さりとて、鷹狩りに鉄砲隊を伴わせるのは如何なものかの」

「以前にも、そのような例は少なくはありません。鉄砲隊を伴い、狩り場へ赴く途中で砲術の訓練を行うことは、これまでも行われております」

御家老と呼ばれる藩の高官は小さく頷いた。そして、

「それでは、明朝までに人手を手配しておくように」

と命を下すと、屋敷の奥に消えていった。

十一

集落の長老は懸念していた。それは、街に奉公に出している作次からの連絡が途切れたことであった。

この集落に生まれ、ここで元服を迎えた若者は、加賀や越中などの街中に奉公に出し、時代の変遷を見聞させるとともに、埋蔵金に関する噂や不穏な動きなども探らせていた。

弥助を、立山の雄山神社の下働きとして奉公に出しているのも、内蔵助平へ近づく者を探らせるためであった。弥助の他にも五名ほどの若者を各地に奉公に出していたが、若者たちは定期的に集落に戻り、見聞してきた巷間の様子などを、樵や猟師となって集落を守っている男たちに報告していた。

これまでは、奉公に出している若者からの連絡が途切れることはなかった。作次の身を案じた長老は、元服して間もない忠助を街に派遣し、作次の動向を探らせようとした。忠助を街へと旅立たせた翌日に、弥助が雄山神社から戻り、内蔵助平への不穏な動きが報告され、今回の事件へと発展していったのであった。

街へ出た忠助は、作次が奉公に出ている材木問屋を訪れた。

「わたしは、ここに奉公に来ている作次どんの知り合いの者ですが、作次どんに伝えたいことがありますので、会わせて頂けませんでしょうか。決してお手間はとらせません」

口上を聞いた丁稚は、直ちに番頭に取り次いだ。

「作次さんのお知り合いの方ですか。作次はあいにくと外に出かけており、今はここに居りませんのでお引き取りください」

番頭は店の裏手へ忠助を招き入れると、挨拶もそこそこに切り口上で言った。

「それでは、作次さんは何時戻られるのですか」

「長い用を言いつけてありますので、ここ当分は戻りません」

「それでは、わたしがそこへ行きますので作次さんの出向いている先を教えてください」

忠助は食い下がったが、番頭は、作次はここには居ない。京のほうへ使いにやっている。京の居場所は教えられないなどと、言を左右にして忠助をあしらった。

諦めきれない忠助は、翌日も材木問屋を訪れ執拗に食い下がったが、それ以上の情報は得られなかった。

途方にくれ、肩を落として裏木戸を立ち去る忠助に、黒塀の陰から声が掛かった。

「作次のことを聞き回っているてえのはお前か。いい加減にしねえと怪我をするぜ」

着流しを着た土地の遊び人風の男が二人、忠助の行く手を遮るように立ちはだかった。

「わたしは、以前に作次どんに命を助けられたことがあります。是非お会いしてお礼を言いたいのです。そのために懸命になって居場所を捜しているのです」

忠助は必死になって応えた。

「でもよう、兄さんよ。店では居ないって言ってるんだろう。居ないものはしょうがないじゃないか。諦めて帰んな」

男たちは、忠助を前後にはさむ形で威圧してきた。

「聞けば京都へ行っているとのことです。京の居場所さえ教えてもらえればそれでいいのです」

忠助は懇願するように男に近づいた。

「ばかやろう。なめた口を利きやがって。さっさと帰らねえと痛い目に遭うぜ」

正面の男が突然平手打ちを食らわせてきた。

日頃からの鍛錬の成果もあり、忠助は顔を引くと同時に体を開いて、男の平手打ちを避けた。

「やろう。舐めた真似しやがって。ただじゃあ済まねえぞ」

忠助に平手をかわされ、たたらを踏んだように横にのめった男は、懐から匕首を取り出し腰に低く構えた。

周囲から「人殺しだ」との声が上がった。

人通りの少ない路地とはいえ、二人の男の挙動は人目を引くものがあり、遠巻きに動きを見つめる人の目は多かった。

男たちは、その声に驚いたように周囲を見渡した。それからいきなり体当たりを食らわせ忠助をその場に転倒させると足蹴にし、そのままあとも見ずにその場を走り去った。

起きあがった忠助が着物に付いた土を叩いているところへ、一人の女が近づいてきた。「年端もいかない子に何てことするんだろ。大丈夫かい」

女は忠助の着物の裾に着いた土を叩きながら言った。

「どうかしたのかい。奴らに何か恨まれることでもやっちまったのかい」

女はぶっきらぼうに尋ねた。

「私は、ここの山桝さんへ知り合いの人を捜しに行っただけです。それだけなのに、何故襲われたのか分かりません」

「山桝の何てえ人だい」

女は探るような目つきで忠助を凝視した。

「丁稚奉公に来ている作次という男です」

「ああ、あの飲んべえ作次かい」

「えっ、作次さんを知っているのですか。作次さんはそんなに飲んべえだったのですか。今、何処にいるか知りませんか」

忠助は、畳み込むように女に問いかけた。

女は忠助を手で制しながら、作次は、町中にある食事と酒などを提供する店で酒浸りになっていたこと。そして、そこで何時も話をするのはお宝の話で、それで周りの注目を集める毎日を送っていた。そのことが、善良な市民の人心を乱すとのお咎めを受け、番屋に引っ立てられたなどと、これまでのいきさつを話した。

忠助は作次が引っ立てられたという番屋に赴き、作次への面会を申し込んだが、取調中は身内に会うことすら禁じており、奉行による正式な手続きを踏まなければ、面会などはままならぬことを知らされた。

途方に暮れた忠助は、作次が出入りしていたという店にも足を運んだが、得られた情報は皆無であった。

忠助は翌日も店に顔を出し、客として来ている男たちに作次の居所を聞いてまわった。酔客に怒鳴られ、諦めて店を出ようとしたとき、

「ちょいと小僧さん。こっちへおいでよ」

と声が掛かり、奥から件の女が顔を出した。

女は、作次が番屋に引き立てられて以降、彼を見た者はなく、ちまたでは殺されたのではないかという噂が伝わっていると教えてくれた。

十二

女の勧めもあり、忠助は集落へ続く道をとぼとぼと歩いていた。

刈り取りの済んだ田圃には、雀や鴫が群れをなし、落ち穂に付いた雑穀をついばみ、水辺には白鷺が立ち、泥鰌や小魚を狙っていた。

遠くに馬の嘶きが聞こえ、多くの男たちの足音が響き、田圃に群れていた鳥たちが一斉に空に飛び

立った。

周囲を包む朝靄の中に、数頭の軍馬に率いられた一団が行進しているのが目に入った。隊の人数は五十人ほどで、列の後方には種子島を肩にする集団も続いていた。

忠助は、その集団の後方を離れて歩いていた。

頭の中では、作次を捜し当てられなかった無念さと、殺されたという噂への真意と疑惑とが交錯していた。

忠助は、ふと、この集団は何処へ行くのだろう、という疑問を持ち立ち止まった。

列の中には鷹を左手に載せ、飄々と歩く三名ほどの鷹匠の姿が見られ、一見すると鷹狩りに向かう集団に見えたが、鉄砲隊を引き連れた鷹狩りの集団は尋常ではなかった。そして、どことなく殺気を感じさせる集団でもあった。

「奴らは、自分たちの住む集落を襲うために組織された集団ではなかろうか」

「では、何故に集落が襲われるのであろうか」

「佐々成政公の埋蔵金の在処を調べるためということが考えられる」

「彼らは何故、埋蔵金のことと我らの集落のことを知り得たのだろう」

「作次さんが番屋に引き立てられ、白状させられたと考えればつじつまが合う」

忠助は自問自答を繰り返しながら、自分が出した結論に驚愕していた。

「奴らより早く集落へ着き、長老様にこのことを話さなければならない」

忠助は道を外れると、目に付かぬよう田圃の中の用水路の水を蹴散らしながら走り抜け、有峰集落への登りに差し掛かった辺りで、集団を追い越した。

常願寺川へ注ぐ前川（現和田川）沿いの道を忠助は急いだ。途中の尾根筋を越える高台から下流を見て、忠助の疑惑は確信に変わっていた。

鷹狩りを装う集団は、紛れもなく有峰集落への道を選び、忠助が踏破してきた山道を粛々と歩き登っていた。

忠助は、ひっそりと山懐に住まう有峰集落の人々と会うことも避けながら、さらにその奥にある自分たちの集落へ走り込むと、長老の家に飛び込んだ。

忠助が息せき切って、ことの顛末と集落へ向かう集団の話をしても、長老は驚いたそぶりは見せなかった。そして、忠助にねぎらいの言葉を告げ、

「作次は、番屋で舌をかみ切って自らの命を絶った。可愛そうなことをした」

そう付け加えた。

長老は、集落の主だった者を集め切り出した。

「内蔵助平の件については既に知らせた通りじゃが、今戻った忠助の報告によれば、藩は、この集落へ向けて鉄砲隊を含む部隊を送った模様じゃ。おそらく、明早朝にはこの地を取り囲むことになるであろう」

そう言って、周りを見渡した。

内蔵助平で山伏に変装した藩士を殺して、集落に戻った弥助たち若者をはじめ、猟師や樵を生業として、集落の生計を預かってきた男たちが静かに頷いた。

「儂等は、この集落を捨てる」

長老の言葉に、一同ははじかれたように顔を上げた。

男たちは一様に、信じられない言葉を聞いたという表情で、長老を見つめた。

彼らの心の中には、差し向けられた討手と差し違えてでも戦い、武士の面目を保とうという決意が込められていた。

「しかし、長老様。このままおめおめと引き下がったのでは、前君の意向に、ひいては武士の面目がたちません。叶わぬまでも敵と戦い、切り死にすることこそ武士の本分かと存じますが、如何でしょうか」

男たちは、そうだそうだと声を出して頷いた。

「そのような戦国の時代は終わったのじゃ。儂等は生き延びて、前君の軍資金をお守りするのが務めなのじゃ。ここで死んでしまったら、これまでの苦労が水の泡じゃ」

「戦いともなれば、集落に住む女子供も戦に巻き込まれてしまう。ここは、死んではいけないのじゃ」

男たちは、頭を下げて長老の話を聞いていたが、誰も頷く者はいなかった。

最初に弥助が膝の上に拳を握りしめて、こぼれ落ちる涙も気にせずに声を出して泣きはじめた。そして、堰を切ったように男たちの口から、絞り出すようなうめき声と泣き声が漏れはじめた。

「分かってくれたか。礼を言うぞ。今夜中にここを発って、大多和峠を越える。その先は幕府直轄の飛騨地方だ。天領ともなれば、奴らとて追っ手を掛けるわけにはいくまい」

沈黙が流れた。

「やむを得ぬか。そうと決まれば急がねばなるまい」

一人の男が立ち上がった。それに触発されたように、他の男たちも立ち上がった。

「それでは、長老様の荷物は私がまとめましょう」

弥助が涙を拭きながら言った。

「その心遣いは無用じゃ。儂はここに残る」

その言葉に、帰ろうとしていた男たちの足が止まった。

「長老様、それはなりませぬ。我らは一丸となってこの地を離れ、また一丸となって新天地を切り開いていくという主旨と理解し、此度の決定に従いました。今のお言葉のように、長老様がお残りになるということであれば、話は変わって参ります」

一人の男が、重い口を開きゆっくりと語った。

「そのことは十分に承知している。儂とて思いは同じじゃ。しかし、よく考えてみろ。藩の軍勢がここを包囲したとき、誰も対応に出なければ、奴らは直ちに追っ手を差し向けるであろう。追っ手は、我らの踏み跡を追ってくることは必定である。我らの中には女子供も居れば老人も居る。僅か半日の時間差などは何の役にも立たなくなる」

「時間を稼ぐために、長老様はお一人で多くの軍勢と戦うおつもりですか」

一人の男が心配そうに尋ねた。

「儂は奴らと戦をする気はない。ここに留まり、奴らの要求を聞き、応えられることは応えながら対応するつもりじゃ。奴らとて、単なる殺戮集団ではないはずじゃ。ましてや、儂を亡き者にすれば、軍資金の在処は永久に分からなくなる。このことも、いざとなったら武器にするつもりじゃ」

「私もここに残り、長老様と一緒に対応します」

弥助が決意したように言い放った。

「弥助。気持ちは分かるが、そのことは相ならん。儂以外の者がおれば、その者の命を盾に軍資金の在処を聞き出そうとするのは必定である。ここは、一人のほうが与しやすいのじゃ。皆は、集落の一同を早く安全な場所へ導くことのほうが大事じゃ」

沈黙が流れた。

「何時までもこのような話をしていても埒があかん。さっさと家に戻ってひきはらう準備を整えることが先決じゃ」

鋭い長老の言葉に促されるように、男たちは長老の家を後にした。

十三

準備を整えた集落の一行が、大多和峠を越えて奥飛騨の山林深く旅立ったのは、夜半を越えた時刻となっていた。

月明かりに照らされた山道を行く集団の中を、弥助はうつむきながら歩いていた。百年は経たと思われる大きな杉の木を回ったところで意を決したように立ち止まり、後方に続く助十と寛平に声を掛けた。

「俺は、ここから引き返して集落に戻る。藩の兵たちがどのように集落を取り囲み、その後の展開がどうなるか分からないが、長老を一人だけ残すことはできない」

弥助の顔は、月明かりに照らされて青白く輝いていた。

「このことは、しばらくの間皆には黙っていて欲しい。お主等には済まないが、俺のわがままを聞いてくれ」

二人は黙って聞いていたが、

「儂等とて同じ思いじゃ。さりとて、儂等が離れれば集落の人たちも困るだろう。新しい村を築くのも儂等の仕事になる。そして、町に奉公に出ている仲間にもこのことを知らせに走る必要がある。その時は儂等が走り回らなければならない。戻って戦いたいのは山々だが、今後のことを考えると残らざるを得ないと判断している」

助十は、面と向かって賛否の表現はしなかったが、数少ない若者の役割を説いて、弥助の行動の戒めを図った。

弥助は首をうなだれたまま聞いていたが、

「俺の生涯のわがままと思って許してくれ」

そう言って列を離れた。

夜道を急ぐ弥助の前に、二つの黒い陰が動いた。

「追っ手か」そう思った弥助は、木陰に身を潜めその黒い陰を凝視したが、彼らの足も集落に向かっていた。

後を追う弥助の気配に気がついた二人の男は後方を振り返った。助右衛門と竜之介の二人だった。

二人とも、弥助の思いを理解したのか、

「良いのか、弥助」

と、声を掛けただけであった。

三人が、集落にたどり着いたとき、唯一、長老の家から灯りが漏れていた。

長老宅の扉をたたき、屋内に入った三人に対し、長老は何も言わなかった。

十四

有峰集落に程近い台地に夜陣を張った藩の軍勢は、夜明けとともに陣容を整え、川上にある集落を目指して出発した。鉄砲隊の足軽には、家老の命令があれば発砲ができるように準備をしておけとの命も下されていた。

藩の軍勢が集落を見下ろす高台に到着したとき、集落の家々の明かり取りの窓からは、囲炉裏からの煙が立ちのぼり、朝食後の団欒を楽しんでいるような雰囲気が醸し出されていた。家々を行き来する男たちの姿もそこかしこに見られ、藩の軍勢が、集落を取り囲もうとしていることには気がついていない様子が伺われた。

左右に流れる小川に沿って扇形に点在している、二十軒余りの家々を取り囲むように兵が配された。

この間、集落内の家々からの反応はなかった。兵たちは、村の者どもは、恐ろしさに打ち震え、屋外へも出ることができず、家の中に閉じこもっているのであろうと推察していた。扇形に点在する家並みの要に当たる場所にある一軒の家から、一人の老人が姿を現し、周囲に展開している兵を見渡していた。それはあたかも、これから戦を仕掛けるための敵陣を視察するかのように堂々とした振る舞いであった。

家老は、腹心の部下二人を従え、馬の背に揺られながら老人に近づいていった。

老人の立つ広場で相対した家老は、馬上から老人に声を掛けた。

「ここは、作次という若者の住んでいた集落か」

老人からの返答はなかった。

腹心の男が声を荒げて返答を求めた時、老人はゆったりとした口調で言った。

「人の住む集落へ無断で入り、しかも、馬上から人に問いかけをするということは礼を失していると は思わぬか。話を聞きたかったら馬から降りて話すべきであろう」

家老は、一瞬目を剥いて怒りの表情を表したが、直ぐに平静を装い、

「仰る通りでござった。これは失礼した」

そう言って、馬から降り、老人と向かい合った。

老人は、家の扉を開け、三人を屋内に案内した。屋内には三人の若者が控えており、鋭い目つきで入室した三人を見つめていた。

家老たちは、室内の若者たちが寸鉄も身に帯びていないことを確認したが、それでも自らの刀を左へ置いた。当時、武士は話し合いの席などでは、刀を右側に置き、戦う意志のないことを態度で示すことが作法とされていたが、今回は、相手が武士ではなく、農民や樵の集団と侮っての行為であった。

「さて、それではお話を伺いましょう」

老人は、囲炉裏の正面に家老を案内すると、話を切り出した。

「この地に、先の領主であった佐々成政公が埋蔵したといわれる、軍資金に関わる絵図面があるとの情報を得て参った。速やかにその絵図面を渡して頂きたい」

家老は、単刀直入に切り出した。

老人は、そげ落ちた頬に手を当てながら話を聞いていたが、

「そのようなものはござらぬ。何かの間違いでござろう」

ゆったりとした口調で答えた。

「ええい、言うな。そのことは、この集落から奉公に出ている者の口から聞いたことじゃ」

家老は声を荒げた。

「その者は、ここに絵図面があると言ったのですか。その者を、この度供をさせ、連れてきているのですか」

「その者は、取調の途中で舌をかみ切って死んだわ」

家老の供の者が、いらだたしそうに言った。

「余程激しい折檻をやったと見える。埋蔵金など、根も葉もない噂話を真に受け、若者を死なせてしまいましたか。可愛そうに。埋蔵金を探し出すといわれるが、そのことが、あたら若い命を失わせるほど大切なことでしょうか」

老人は、合掌すると、家老を睨み付けながら言った。

後に控えた若者も「やはり、作次は殺されましたか」と言って涙をぬぐい、長老の合掌に合わせた。

「黙れ。殺したのではなく自ら命を絶ったのじゃ。おまえたちは儂等の言うことを聞いておればそれでよいのじゃ。早く絵図面を渡せ」

家老は長老を睨み付けながら怒鳴った。

「同じことでございましょう。人一人の命を奪っておきながら言うことを聞けとは、あまりに惨いお言葉です。われわれとて虫けらではありません。れっきとした人間です。生きていくため、そして町の人々のために、米つくりや樵を生業として生きておるのです」

長老は一歩も引かずに、眼光鋭く三人を睨み付けた。

ガーンという火縄銃の発射音とともに、丸太小屋に弾丸が弾ける音が響いた。屋根組みの丸太に向けた威嚇射撃である。

室内にいた家老と供の者は、刀を持って立ち上がった。長老と若者たちは座したまま動かず、三名の藩士を見上げていた。

「種子島まで準備されてのお出ででしたか。ことと次第によっては我らを皆殺しにするおつもりですか」

長老の言葉が終わりきらない間に、二発目の種子島が発射され、丸太に食い込む弾の音が響いた。

「おとなしく、我らの言うことを聞いておれば危害は加えぬ。手出しをするようであれば村人に被害が出るのも避けられまい。おとなしくしたほうが身のためとは思わぬか。さあ、早う、絵図面を渡せ」

三人は、勝ち誇ったように胸を張った。

「ないものはござらぬ」

長老の鋭い言葉とともに、その手には長い火箸が握られ、座したままではあったが、火箸の先は家老の胸を目掛けて構えられていた。

「おのれ。手向かいいたすか」

藩士たち三人は、囲炉裏の対面に座している長老に向かって抜いた刀を突きつけた。

囲炉裏に懸かる自在棒が外れ、白煙が舞い上がった。

「動くな」

鋭い声が響き、いつの間にか若者たちのつがえる鏃の先が三人の胸を狙っていた。

「この鏃には、トリカブトのブスが塗り込んである。動けば命はないぞ。刀をゆっくりとその場へ置け」

家老たち三名はその場に立ちすくんだ。

「お前等は何者じゃ。ただの農夫や樵どもではないな。内蔵助平で、我が藩の藩士を襲ったのもお前等の手の者か」

家老たちは、歯ぎしりしながらその場に刀を投げ捨てた。竜之介が素早く回り込み、刀を拾い上げると、侍たちが携えていた小太刀も腰から抜き取った。

家老たちを縛り上げようとする若者を制した長老は、

「侍にとって、縄を打たれるということは万死に値する恥辱じゃ。儂等の仲間を死に追いやった憎き者どもであるが、武士の面目だけは立ててやろう」

そう言って、部屋の隅に三人を座らせた。そして、供の者の一人に、囲みを解いて引き返すように指示を出すように命じた。

供の者は、家老の顔を伺ったが「そのようにするしかあるまい」という言葉を受けて、一人屋外へと立っていった。

屋外からは「なに、御家老様が……」などという怒号も飛び交っていたが、暫くすると集落を取り囲んでいた集団が解かれ、隊列を組み直している音が伝わってきた。

十五

夜になった。

月は雲に隠れ、漆黒の闇が村を支配していた。

小用に立った竜之介は一人表に出て周囲を見渡した。

外には、梢をそよぐ風の音だけが聞こえていた。その風はいつもより強く、時折枝を揺らす音が波を打つように鳴いていた。竜之介にとって、いつもは遠く聞こえる獣の鳴き声が、今夜に限ってないのが不気味であった。

小屋に戻ろうと闇に背を向けた竜之介の背後に、黒い陰がすっと現れ、竜之介の口を塞ぎその胸に短刀が突き刺された。

その陰は、倒れ込む竜之介を抱きかかえたまま、絶命した竜之介の体を暗闇の中へ引きずり込んだ。

「よし。まずは一人目だ」

押しつぶしたような声に、無言で頷く黒装束の一団があった。


囲みを解いて撤退することを求められた供の者は、家老が人質に取られており、要求を呑まざるを得ないことを説き、藩士たちを納得させると、丸太小屋の中の様子をつぶさに伝えた。

藩士たちは、その手際の良さと武家社会のしきたりを熟知している様子から、佐々成政の家臣で、軍資金の一部を守って人知れず暮らしている集落であるとの確信を得ていた。

平家落人の集落といわれる有峰をはじめ、全国随所にそのような集落が設けられることは、当時としては珍しいことではなかった。ただし、長老の家以外からは人の気配が感じられないことについては、この諍いが終了するまでは、別な場所で待機しているのであろうと考え、村人の全部が村を捨てたことまでには考えが至っていなかった。

供の者の説得を受け入れ、囲みを解いて集落を後にした兵たちは、集落を見下ろす高台を越え、有峰集落のほうへと去っていった。

帰路に就く集団の中から、一人二人と列を離れる武士の姿があった。彼らは申し合わせたように、再び元来た道を引き返し、集落を見下ろす高台の上に集結した。

彼らは、互いに声をかけ合うこともなく、無言のまま、身につけている武具を外し、黒い襷で袖を押さえると、腰にためていた刀を外して斜めに背に負った。そして黒い布を使って自分たちの顔を覆った。

男たちの集団は十名ほどであった。指揮官と思しき男が一同を集め、夜半に襲撃をかけ家老を救い出すこと。その後は、村を焼き払い、抵抗する者があれば皆殺しにする旨の指示を与えた。

男たちは夜半を待ち、再び身支度を整えると、集落に続く道を降りていった。そして、家老と供の者二名を人質に取り、若者たちが立て籠もる長老宅を取り囲んだ。

弥助は、竜之介の帰りが遅いことを気に掛けていた。小屋の中は、天井から吊された燭台の灯だけが周囲を照らしていた。吹き込むすきま風に炎が揺れるたびに、中の男たちの影を動かしていた。

長老は、人質に取った家老たちに向かい、人質とした非礼を詫び、明朝には解放することを伝えていた。

外を吹く風の音に混じって、小屋の天井がみしりと音を立てた。弥助と助右衛門は刀を掴んで立ち上がったが、長老は静かに囲炉裏端で火箸を使っていた。

長老の住む丸太小屋の屋根は、茅葺きではなく杉の樹皮を使って葺かれていた。その音は、風に舞う落ち葉が屋根を打つものとは異なり、何か重い物体が乗っている気配を示していた。

突然、外に火の手が上がり、同時に、小屋の天井に設けられた明かり取りの隙間から、黒装束の男たちが飛び降りてきた。そして、それが合図だったかのように、入り口の扉が壊され、数名の男たちが乱入してきた。

室内を照らしていた灯火が消えた。

囲炉裏に残る熾き火の僅かな明かりの中で、弥助は刀を横に祓い、摺り足で近づいてきた一人の胴を打った。続いて、切り下ろしてきた敵の刀身をすりあげ、そのまま面を打った。二人の黒装束が闇の中に倒れ込むのが目に入った。

囲炉裏をはさんだ反対側では、長老が家老へ飛び付き、自身も腹を刺されながら、家老の首筋へ火箸を突き立てているのが目に入った。そして、その長老の背に、数人の黒装束が刀を突き立てていた。

弥助は、長老を救わなければならない、そう思い囲炉裏を飛び越えようとした瞬間、肩から背にかけて張りつめるような痛みを感じた。

背面からの二の太刀を避けるように刀を横に祓い、敵が怯んだのを確かめた弥助は外に飛び出した。

弥助は隣接する家に火が放たれ、折からの強風にあおられた炎が、天を覆っている光景を目にした。炎は渦を巻くように上空に流れたり、風にあおられて横に倒れ込んだりして、長老の家や集落内の他の家にも燃え移っていった。

弥助を数名の黒装束が取り囲んだ。弥助は、正面の敵に刀を突きつけたまま突進していった。正面の黒装束は、その勢いに押され後退し、体を横に開いて刀を振ってきた。その刀を刀身で押さえながら囲みを押し開き、そこから跳ねるように走り、暗闇を目指して疾走した。背後から追っ手の足音が聞こえていたが、深追いは禁じられてでもいる模様で、集落内を流れる小川を背に振り返ったとき、そこに敵の姿はなかった。

弥助は、このまま逃げようか長老宅へ引き返そうかと迷ったが、足は自然と長老宅のほうへ向かった。

炎は数件の家屋を飲み尽くし、残りの家にも火の粉が飛び、その屋根に転々と火がついているのが目に入った。炎に包まれた長老の家は、今にも崩れ落ちそうに傾いていた。

その炎に向かって、御家老様と叫びながら炎の中に飛び込もうとする藩士を、仲間の藩士が必死で押しとどめている姿があった。

弥助は、長老の救出を諦め、再び暗闇へ向かった。

「これでは、埋蔵金の在処を記した絵図面も灰となってしまったに違いない。そして、その場所を知る唯一の生き残りの長老も亡くなってしまった。これで埋蔵金の所在は誰も分からなくなった」

弥助は、そう思いながら、あふれ出てくる涙を袖でぬぐった。尊敬する長老が亡くなったことへの悲しみの涙か、生まれ育った村が灰燼と化すことへの惜別の涙か、それとも先君、佐々成政公からの命を全うできなかったことへの無念の涙かは、自分でも分からなかったが、一方でこれでこれからは戦わずに済むという安堵の気持ちは、弥助の肩の力を抜かせるものがあった。

張りつめていた気が抜けると、背に受けた刀傷の痛みが蘇ってきた。背の傷は思ったより深く、流れ出る血で腰帯までが変色していた。

早く手当をしなければならないとの思いはあったが、背中ではどうしようもなかった。人手を借りなければ手当は困難であり、母親や仲間がいれば助けてもらえるとも思った。弥助は、家族や仲間が去っていった山道に足を踏み出したが、首を振るようにして踵を返し、山道の痕跡が残らぬようにとの願いを込めて、山道とその近くに建つ人家に火を放った。

弥助は、山道にも火が入ったのを確認すると、村の人々が目指した方向とは異なる村の東側へ回り、太郎山の方向に向かって歩みはじめた。炎に包まれた村の灯も、周囲の闇が包むように覆い、漆黒の闇が行く手には続いていた。

十六

黒部奥山見廻り役のもとへ、黒部川源流への警戒命令が発せられたのは、村落襲撃の一日前であった。

それによれば「藩に謀反をたくらむ反逆者の集団が住む村を明日襲撃する。その折に、黒部川流域へ向けて逃亡を図る者の出る恐れがある。奥山廻り役は、そのような者がいた場合は直ちに召し捕ること」というものであった。しかし、襲撃を加える集落の名や位置などの情報は、機密保持の名の下に目付けにすらもたらされることはなかった。

黒部奥山見廻り役の目付は緊急に廻り役の招集を行い、黒部川の源流域への派遣指示がなされた。黒部川の源流といわれる鷲羽岳から東方へ一つの班が配され、三ノ又（現三俣蓮華岳）、黒部五郎岳、上ノ岳（現北ノ保岳）、そして上ノ岳から北へも一班、そして太郎山、薬師の森（現薬師岳）周辺へも班の配置が決められた。

内蔵助平から戻ったばかりの小太郎も、奥山廻り役の詰め所からは一番遠方に当たる、太郎山周辺の警戒に当たるようにとの指示を受けた。

当時の太郎山には、越中側からの直接的な登攀経路はなく、佐良佐良峠に至り、そこから続く稜線を南に下るしかなかった。

小太郎と同僚の黒田は、野宿の小屋掛けなどの雑事を担う二名の農夫を伴って詰め所を発ち、その日は立山温泉にある廻り役の小屋に宿をとった。黒部川の源流へ向かう経路は、黒部川から東沢谷を遡り東沢乗越に至り、そこから続く稜線を辿って鷲羽岳へ、そしてさらには、三ノ又、黒部五郎岳へ至る経路が一つ開拓されていた。もう一つの経路は、佐良佐良峠から南に続く稜線を辿り、鷲岳、鳶岳、越中沢岳そして薬師の森を越えて太郎山方面に至るものであった。

これらの経路へ至るためには、立山温泉がその基地となる。内蔵助平の惨状は既にうわさ話となって、同行する農夫の間にも知れ渡っており、小屋の隅に集まった輪の中から、埋蔵金などという言葉が漏れていた。

小太郎は、同行の黒田と顔を見合わせながら苦笑した。いくら口止めをしても世間の人の口に戸をたてるわけにはいかないことを痛感していた。

ましてや、佐々成政は、暴れ川として領民を苦しめていた常願寺川の改修工事を行い、新しい田畑を開拓していたこともあり、当時の領民にとっては尊敬すべき対象となっていた。その彼が、佐良佐良峠越えを敢行し失敗に終わったことは、公然の秘密として知られており、軍資金として持ち出したと伝えられる金の行方も、領民たちの格好の話題ともなっていた。

翌日、早朝に小屋を発った一行は、佐良佐良峠を越えた。

峠を越えて、黒部川へ向けて下降していく二つの班を五色ヶ原で見送り、小太郎たちの一行は鳶岳方面へと南下を開始した。

稜線沿いの経路というのは、生育する灌木も少なく岩や土が露出しており、見通しも良く歩きやすい。そのため稜線を経路として選択した場合は容易なことが多いが、越中沢岳から薬師の森に至る稜線には、樹木が鬱蒼と生い茂っており、経路を捜すのは困難を極めた。

以前に誰かが通過したと思われる踏み跡を辿ったり、途中にある小さな頂を巻くように新しい道を切り開きながら、小太郎たちは薬師の森を目指した。

薬師の森は、大きな山稜が二つ南北に連なっており、その堂々とした山容は、古くから地域の人々の信仰の場として崇められていた。

小太郎たちの一行が、薬師の森の頂を踏んだ頃には、越中の海へ太陽が沈もうとしていた。空には、丸太を浮かべたような雲が連なり、遠く越中の海へと続いていた。越中の海面に薄く張った雲と、連なる雲の間を太陽が分け入るように沈み、紅い陽光がそれらの雲を照らしていた。

一行は、しばし大自然の芸術に見入っていたが、その日の宿営地を捜すべく、薬師の森の頂から東に延びる稜線を辿り、未だ残雪の残る窪地に荷を降ろした。

十七

弥助は、自分が何故村人が去っていった後を追わず、それとは逆の方向にある太郎山を目指したのか判断しかねていた。

これまで、幾度となくこの山を訪れ、正面に見る薬師の森を仰いだことはあった。そのため村人が信仰の対象として崇めた薬師の森に抱かれて死のうと思ったのか、追っ手を引きつけるために村人とは反対の方向へ道をとったのか、今でも当時の決断の根拠は定かではないが、その両者とも判断の材料になったのであろうとは考えていた。

「俺は、ここで死ぬのか」

小さく呟いたとき、妹の千草の笑顔が目に浮かんだ。

「俺はここで死ぬかもしれないが、長老も亡くなってしまったし、火事で絵図面も焼けてしまった。俺たちが生まれ育った村が焼けてなくなってしまったのは悲しいが、我々に科せられていた埋蔵金からの呪縛はこれでなくなったんだよ。これからは、何の気兼ねもなく暮らせる世の中になったんだよ。お前たちだけは幸せに生きてくれよ。もう心配することは何もないんだからね」

弥助は、千草の影に語りかけた。

「おい、弥助さん。どうしたんだ。しっかりしろ」

薄れゆく記憶のまま、眠りに入った弥助は、不意に声を掛けられ目を開いた。

弥助は、小太郎に抱きかかえられていた。

目の前には、小太郎の驚いたような表情があった。弥助は力なく笑顔をつくると、杖にしてきた小枝を頼りに、その場に立ち上がった。しかし、直ぐに膝から崩れるようにその場に倒れ込んだ。

小太郎は、その体を支えると、

「弥助さん。無理してはいけないよ。そのまま、そのまま」

と言いながら、弥助の体を横にした。

弥助が横になっていた白い砂礫の上は、弥助が流した血糊で赤黒く変色していた。

小太郎たちの一行は、夜明けとともに薬師の森を発ち、太郎山目掛けて駆け下りた。薬師の森の稜線に立ったとき、朝の陽光に照らされ陰影をそのままに、怒濤のように連なる山々の先には、飛騨白山の雄姿が浮かんでいた。太郎山に続く山並みの間から、遠く、白い煙が燻るように立ち上がっているのが目に入った。

「山が燃えているようだ」

「山火事だと、これは大変なことだな」

「方向としては、有峰のほうだな」

一行は、口々に声を発した。

小太郎は、藩に謀反を働いた集落を急襲するという、上層部からの伝言の場が、遠く煙を立ち上げている所ではないかと考えていた。小太郎の脳裏には、集落を急襲した兵士たちが、集落の家々に火を放ち、そこに住む人々を取り囲むように追いつめ、逃げまどう村人を弓矢や種子島で殺戮している光景が思い浮かんだ。

「襲撃に至る要因は定かではないが、村民皆殺しという大虐殺までする必要があるのか。できればこれは、俺の思い過ごしであって欲しい」

小太郎はそう思いながら、太郎山のなだらかな頂に到着した。

太郎山の西方には、広大な湿地状の台地が広がっている。通称、太郎兵衛平と呼ばれる高原で、有峰方面に落ち込むように続くなだらかな傾斜地には、諸所に池塘も発達している。

太郎兵衛平に続く稜線上に、這松が数本かたまっている場所があった。その下に群生するツガ桜の草地を敷き布団とし、這松の枝を掛け布団とするかのように、一人の若者が倒れ込んでいた。

その場に駆け寄った小太郎は、倒れている若者が弥助であることを確認し、急いで抱き上げた。背に受けた刀傷はかなりの深手であったが、体のぬくもりもそのままで、吐く息も正常であった。

小太郎たち一行は、藩の兵士たちによる襲撃を受けた、村人の一人であろうと瞬時に判断したが、指示を受けていたように直ちに縄を打とうという考えは起きなかった。

一度は立ち上がり、再び小太郎の腕に倒れ込んだ弥助は、

「熊狩りに出て、逆に深手を負ってしまいました」

そう言って、力なく笑った。

「そうか、それは災難だったね。ところで他の人たちは無事ですか」

小太郎の問いに弥助は答えることなく、その目からは大粒の涙がこぼれ落ちた。

その涙は、藩士による集落襲撃の模様を伝えるには十分であった。

「このままでは弥助さんも死んでしまうよ。早く里へ降りて傷の手当てをしよう」

弥助を肩にしながら小太郎は言った。

「とんでもない。藤田様の背をお借りするなど、もったいのうございます。私はここで死んでも構いません。お構いくださらず、早くお役目に戻ってください」

弥助は、小太郎の背を強く押しながら拒否した。

「何があったかは、おおよその推察はできている。何があったとしても、あたら若い命を粗末にすることはない。まずは生きることが第一じゃ」

同行する黒田が、弥助を諭すように言った。

弥助の目に再び涙が湧き出てきた。そして、地面にひざまずき手を合わせると、白い煙の方向に向かって深々と頭を垂れた。

小太郎は、弥助に肩を貸し有峰集落の方向へ下降しようとしたが、弥助は自分の体を支えることす

らできなかった。

二本の小枝を三尺ほどの長さに揃え、それを縛って背負子を作った。小太郎は、並べた小枝の上に弥助を乗せ、赤子を運ぶように弥助の体を背負ってやった。

背中からは、申し訳ないとかありがとうなどという、謝罪と感謝の言葉は聞こえてきたが、集落の人々の安否に話が及ぶと途端に口が重くなった。

背に負う弥助に対し、小太郎は極力声を掛けるよう努め、弥助の気力が萎えることを防いでいたが、暫くすると背中からの返答はとぎれがちになった。

「弥助さん。しっかりしろ。間もなく里に着いたら手当をしてもらえるから。それまでは、気をしっかり持って」

などと励ましながら山道を急いだ。

突然、背に負う弥助の重みが増した。

小太郎は、背を揺すりながら弥助に声を掛けたが返答はなかった。

急いで弥助の体を大地に下ろし、体を揺すってみたが反応はなかった。ただ、弥助の顔からは、出会った当初の無念さは消え、おだやかな面持ちに変わって目を瞑っていた。

昭和三十四年、鍬崎山の南山麓に提高百四十メートル、貯水容量二億立方メートルの大貯水湖が建設された。有峰ダムと呼ばれるこの人造湖は、その広大な水域で周囲を覆った。そのため、平家の落人集落といわれた有峰をはじめとし、弥助たちが隠れ住んでいた集落は、今では、深いダムの底に沈んでいる。

黒部《くろべ》奥山《おくやま》見廻《みまわ》り日記《につき》

平成二十四年九月十五日　第一刷発行

著　者　杜《もり》　あきら

発行者　佐藤　聡

発行所　株式会社　郁朋社《いくほうしゃ》
東京都千代田区三崎町二—二〇—四
郵便番号　一〇一—〇〇六一
電　話　〇三（三二三四）八九二三（代表）
ＦＡＸ　〇三（三二三四）三九四八
振　替　〇〇一六〇—五—一〇〇三二八

印　刷
製　本　壮光舎印刷株式会社

郁朋社ホームページアドレス　http://www.ikuhousha.com
この本に関するご意見・ご感想をメールでお寄せいただく際は、
comment@ikuhousha.com までお願い致します。

ISBN978-4-87302-529-2　C0093